诗歌
智慧的水珠

◎邵毅平 著

复旦大学出版社

内容提要

　　《智慧中国文学》"四季"套书一套四种，从"智慧"角度诠释中国古典文学四大文体，具有作者独特的视角、文笔与写法，既富深湛的思致和学理，又有很强的可读性。

　　本书是其中的第一种"春卷"，主要诠释中国古典诗歌中所呈现的智慧，分为"诗艺篇"、"时间篇"、"空间篇"、"自然与超自然篇"等四编。就诗歌形式而言，探讨中国古典诗歌在抒情、意象、诗律等方面所呈现的智慧；就诗歌内容而言，探讨中国古典诗歌在时间观、季节观、人生观、历史观、政治观、乡土观、爱情观、生活观、自然观、超自然观等方面所呈现的智慧。

　　本书初版在大陆曾热销而又绝版，在台湾先后由多家出版社出版，并常销十余年。现由作者精心修订重版，纳入本套书中，是为定本。

目 录

初版前言

"智慧"之类题目的写作,也是对作者本人智慧的一个考验。"画虎不成反类狗"(《后汉书·马援传》),弄得不好,它就成了一个陷阱,适足以显出作者的愚蠢。不过,即使难免此厄,我还是打算一试。

本书所说的"诗歌",主要是指中国的古典诗歌,它的范围不仅包括近体诗和古体诗之类狭义的古典诗歌,也包括词、曲之类广义的古典诗歌,有时还偶尔涉及一些其他的韵文样式。

要为本书所谓的"智慧"划定一个范围,相对来说就要困难一些。正如一个人举手投足之间,在在都显示出其精神脾性一样,中国诗歌中小至一个词语的选用,大至形象思维的运演,也自然无不反映出中国诗人的智慧。本书只是选择了若干我们认为较具中国特色的侧面,来浮现中国诗歌中所表现的中国智慧的方方面面。不言而喻,换一个作者,也许会作出完全不同的选择,因而读者不必对本书的选择过于认真。更何况所谓"智慧",本身也属于那种

"可感难言"的东西之一,要说它对我们会特别垂青,那也是我们所不敢奢望的。

　　类似本书所要处理的内容,原本是不必划分什么章节,从而给活泼泼的"智慧"的表现强套上人为的框框的。不过分类也只是人类试图认识事物时所采用的不算最拙劣的手段之一,因而我们还是依所述内容的性质,大致上将各篇归了归类。第一编"诗艺篇",涉及的主要是中国诗歌在形式方面表现出来的智慧;其余三编,则主要涉及中国诗歌在内容方面表现出来的智慧。第二编"时间篇",主要想谈谈中国诗歌中所表现的时间意识的特点,它被认为是中国诗歌的抒情源泉之一,并潜在地影响了中国诗歌的季节意识、人生意识和历史意识。第三编"空间篇",却与"时间篇"的如实取义不同,而只是一个比喻的说法,即想谈谈中国诗歌中所表现的广义的人际关系(个人与群体,人与乡土,男人与女人,人与生活)的特点,而不是想说中国诗歌中所表现的"空间意识"。第四编"自然与超自然篇",则涉及了中国诗歌中所表现的人类与自然及超自然关系的特点。这只是一个非常随意的分类,而且编以下的章、章以下的节的分类就更是如此了。

　　由于本书涉及了一个颇为广阔的范围,因而我们的论述不可能完全建立在个人第一手研究的基础上,这样,借鉴他人的研究成果就是必不可免的了。对于本书所借鉴的各种具体的研究成果,我们将在书中随处指出;至于本书在整体构思上所受到的各种潜在影响,则我们只能在此表示一个总的感谢了。

在这中间，我们尤其注意听取海外汉学家们的意见。这倒不是因为出于"远来的和尚会念经"的心理，而只是因为意识到"认识自己要借助别人的眼睛"这个道理。海外汉学家们的看法，也许难免有隔靴搔痒或偏至不公之处，但因为他们所处的文化背景与我们迥然不同，因而也许能更敏锐地觉察到许多为我们自己所熟视无睹或习焉不察的问题。

本书不是为专业读者而写的，也不是一本导论性质的书，它仅仅想提供一些个人角度的见解。因此想要在考试中得到高分，或者想要获取一些"标准知识"的人，都没有必要来读它。本书的例证将尽量选取一些名诗名句，以期使本书也能稍稍具有一点鉴赏读物的功用。不过所引诗歌仅限于与所述内容有关的部分，不一定引全，也不使用省略号，这一点要请读者注意。大多数的小标题都选用了文中所提到的诗歌中的诗句，因为我们相信，在概括该节的内容方面，这些诗句也许比我们所能说的要更为简洁生动一些。

本书的写作使我度过了一段值得回忆的时光，现在它将要离我而去，我希望它能在读者中间找到朋友和知音，我也愉快地期待着来自读者的批评和反应。

邵毅平

1991 年 4 月 1 日（愚人节）识于复旦大学

2007 年 12 月 13 日改于沪上胡言作坊

诗艺篇

第一章 抒情的智慧

　　几千年来,中国诗人认为自己的诗歌是"天下"(古中国人心目中的)唯一的诗歌,他们很少意识到还有其他种类的诗歌存在,一如他们很少意识到还有其他种类的文化存在一样。如果他们碰巧遇到了一些用其他语言写成的诗歌,他们就把它们译成中国诗歌的式样,仍作为中国诗歌来欣赏。

　　但是进入近代以后,中国诗人的这种幻想便被无情地粉碎了,一如他们在其他方面所遭遇的那样。随着以西方诗歌为中心的外国诗歌的涌入中国,他们知道了原来还存在着一些远不同于中国诗歌的诗歌样式,而且同样拥有自己悠久的传统与丰硕的成果。

　　同样的情况也在相反的方向上发生。以西方诗人为中心的外国诗人,也开始知道原来世界上还有一种中国诗歌,这种诗歌远不同于他们所熟悉的诗歌样式,却同样拥有悠久的传统与丰硕的成果。

　　在这种相互了解的过程中,比较被不可避免地作出

了。人们发现的中国诗歌与西方诗歌的一个根本区别,便是抒情诗传统与史诗传统的不同。

也就是说,正如人们一再谈到的,西方诗歌是以史诗开场的,并且形成了强大的史诗传统;而中国诗歌却是以抒情诗开场的,并且形成了强大的抒情诗传统。

当然,西方诗歌中也不是没有抒情诗传统。早在古希腊时期,萨福和品达就以抒情诗闻名。史诗衰落以后,抒情诗继之而起。但在西方诗歌中,抒情诗总是只占第二位的,总是被看作第二义的。

从更广阔的范围来看,这种对比当然不仅仅发生在中国诗歌与西方诗歌之间。以史诗开场的,不仅有西方诗歌,而且还有同样属于东方诗歌的印度诗歌等;而以抒情诗开场、并且形成了悠久的抒情诗传统的,也不仅有中国诗歌,而且还有日本诗歌、朝鲜诗歌和阿拉伯诗歌等。因而,史诗传统与抒情诗传统的对比问题,其实不仅涉及中国诗歌与西方诗歌,而且牵涉到一个更为广阔的范围。

不过,我们在这里却只能涉及中国诗歌与西方诗歌的对比问题。首先我们想介绍一下东西汉学家们对于这个问题的一些看法。由于近现代的大多数汉学家大抵都要谈到这个问题,所以我们在此只是就手头所及随便举几个例子。

普实克谈到了史诗对于中西文化的影响及在中西文化中所处地位的不同:"史诗及史诗的现实观在希腊文学及史学中极为重要,并且对于后来整个拉丁及欧洲的史学,有着非常重大的影响,然而它们在中国史学的地位,大体说来,却是无关紧要的。"①他这里所谈的侧重于史学,其实对文学来说也是如此。

保尔·戴密微谈到了中国诗歌没有史诗色彩的问题:"除了一些非古典式的受到民间文学影响的叙事诗之外,这些诗都没有史诗的色彩。"②他还将中国诗歌与印度诗歌作了比较:"在印度,梵文和巴利语的圣经里的诗文主要特点往往是教训,讲述,或者是颂歌式的,很少有抒情的乐章。这跟中国迥然不同。在中国诗歌传统里,抒情占主导地位。"③

刘若愚也指出了中西诗歌传统的这种对比:"中国的诗歌主要是抒情的(即非叙事性的也非戏剧性的)。当然,叙事诗是存在的,尽管从来没有达到西方史诗的长度。戏剧性的诗歌出现较晚,并往往插入散体。在西方诗歌中戏剧与史诗曾是历史上主要的文学类型。因此,中国诗歌与西方诗歌形成了一种鲜明的对照。"④

比较的目的本来只是为了更好地了解被比较的各方,

① 普实克《中国和西方世界的历史和史诗》,转引自杨牧《论一种英雄主义》(单德兴译),载叶维廉主编《中国古典文学比较研究》,台北,黎明文化事业股份有限公司,1977年版,第25～26页。
② 保尔·戴密微《中国古诗概论》(杨剑译),载钱林森编《牧女与蚕娘》,上海,上海古籍出版社,1990年版,第62页。
③ 保尔·戴密微《禅与中国诗歌》(钱林森译),载钱林森编《牧女与蚕娘》,第64页。
④ 刘若愚《中国文学艺术精华》(王镇远译),合肥,黄山书社,1989年版,第1～2页。

但不幸的是价值判断常会不由自主地搀杂进去,于是诗歌传统的不同便被解释为文化优劣的不同;而由于外交上的实力原则的潜在影响,这种价值判断又常常是不利于中国诗歌的。这一方面引起了西方人士的傲慢,一方面也引起了中国人士的自卑。傲慢的表现比较一致,而自卑的表现则不尽相同:或者以中国诗歌中"缺乏"史诗传统为天大憾事,或者汲汲于在中国诗歌乃至散文小说中去发掘史诗传统。

当人们说什么东西"缺乏"的时候,其实本身已经蕴含了批评,因为在这种说法里面,暗寓了"本来应该有结果却没有"这样一种遗憾的心情。当人们说中国诗歌"缺乏"史诗传统时,其意识深处正蕴含了这种遗憾与批评。其实,"缺乏"总是相互的,正如吉川幸次郎所指出的:"中国没有产生莎士比亚,但要看到,西洋也没有产生司马迁与杜甫。"①换言之,我们也同样可以说,中国"缺乏"西方式的史诗传统,但西方也"缺乏"中国式的抒情诗传统。世界上没有什么东西是完全一样的,因而才构成了它们各自存在的理由。

对于中国诗歌几千年来的抒情诗传统,我们没有理由妄自尊大,以为其他诗歌传统都不在话下;但也没有必要妄自菲薄,以为它是一种残缺不全的东西。我们有理由相信,中国诗歌的抒情诗传统,乃是中华民族几千年来智慧

① 吉川幸次郎《中国文学史一瞥》(章培恒译),载吉川幸次郎著、高桥和巳编《中国诗史》(章培恒等译),合肥,安徽文艺出版社,1986年版,第15页。

的结晶,蕴含着极为丰富的、不仅对中国也对整个人类有益的文化宝藏。

抑制对神的关心而只凝视人间的文学

西方的史诗传统是从荷马史诗开始的,中国的抒情诗传统是从《诗经》开始的,它们给人的最深印象之一,是它们的内容竟是如此不同。

吉川幸次郎曾对此作过饶有意思的比较:"最初的西洋文学,荷马史诗和希腊的悲剧喜剧,就表现了英雄、神、妖怪,并能在海上作战。总之,史诗的内容不是凡俗日常的世界,而是超凡越俗的天地。西洋文学正是发轫于这种虚构的文学……但是,《诗经》内容与荷马史诗以非日常世界为素材不同,而以日常生活为素材;原则上不表现英雄,例外地就英雄后稷的成长歌颂了其神秘性,而这位英雄长成后是位农业英雄。仅此例外,其他都是现实的日常生活中所产生的喜悦和悲哀。其中心是各国民谣《国风》诸卷,所表现的是赞美村女,祝贺新婚;或为幽会桑中、怨恨爱人不相从之类恋歌;或为征夫怨妇的咏叹;或欢欣于凯旋,或斥责穷兵黩武,或诅咒徭役的繁重,这都是以我们现实凡俗之人的日常生活和其中的悲欢离合为题材的诗歌。"①他这里所说的"虚构的文学",与我们一般所说的概念不同,乃是指表现"超凡越俗"内容的文学;另外,像后稷这样的

---

① 吉川幸次郎著、黑川洋一编《中国文学史》(陈顺智、徐少舟译),成都,四川人民出版社,1987年版,第6页。

农业英雄,也与荷马史诗中的神性英雄不同,可以说仍未脱离日常生活。这两点是需要补充说明的。

这种表现凡俗日常世界与表现超凡越俗世界的不同,不仅表现在中西诗歌的源头《诗经》与荷马史诗里,而且也贯穿于整个中西诗歌传统乃至中西文学传统之中。因而可以认为,正是在这种表现内容的不同里面,蕴含着中西诗人对于世界的不同看法,也就是中西诗人不同的哲学观念。

在西方哲学中,世界被分成现象世界与本体世界两个部分。现象世界是人生活于其中的凡俗日常世界,西方哲学认为它是没有什么认识价值的。他们所关注的是超越于现象世界之上的本体世界,认为它才是有认识价值的。本体世界有形形色色的变形,从古希腊神话中的超自然世界,到古希腊哲学中的理念世界,到基督教中的宗教世界,随着时代不同而有所变化。正因如此,西方诗歌也就更重视表现超现实世界的史诗,而像萨福和品达那样的歌唱个人感情和表现日常生活的抒情诗,则被认为是第二义的。

但是,在中国哲学中,却始终没有把世界二元化为现象世界和本体世界这两个世界。中国哲学就其主流来说,所关注的主要是现实世界的问题。中国神话、宗教和哲学的不发达,都说明了这一点。吉川幸次郎认为:"对于汉民族来说,有价值者是从感觉世界带来的既存事实,汉民族是从来不将其信赖建立在不能从感觉世界中带来的空想,诸如他民族的 Idea 和神等等之上的。"①"正如中国人被誉为现实的国民那样,他们认为,被现实地感觉地把握的是客观实在,只有在现实世界中,而不是在空想中,才有陶冶人情操的美好之物。"正因如此,"这种哲学决定了将平凡人日常生活中所表现的事作为素材的文学,并以此作为其文学传统"②。也正因如此,中国诗人也就更重视表现凡俗日常世界的抒情诗,而不是表现超凡越俗世界的史诗。

如果要表现超凡越俗的世界,那么史诗也许是最好的形式;但如果要表现凡俗日常的世界,那么抒情诗无疑是最好的形式。正是由于对于世界的看法不同,所以决定了中西诗歌从最初起采取的形式的不同。正如余光中所指出的:"由于对超自然世界的观念互异,中国文学似乎敏于观察,富于感情,但在驰骋想象,运用思想两方面,似乎不及西方文学;是以中国古典文学长于短篇的抒情诗和小品文,但除了少数的例外,并未产生若何宏大的史诗或叙事诗。"③当然,这种不同,是应该没有价值高下之分的。

如果说,史诗传统表现了西方诗人认识世界的独特方式,因而表现了西方诗人的独特智慧的话,那么也可以说,抒情诗传统表现了中国诗人认识世界的独特方式,因而表现了中国诗人的独特智慧。"若就文学而言,像这种文学

---

① 吉川幸次郎著、黑川洋一编《中国文学史》(陈顺智、徐少舟译),第22页。

② 吉川幸次郎著、黑川洋一编《中国文学史》(陈顺智、徐少舟译),第7页。

③ 余光中《中西文学之比较》,载古添洪、陈慧桦编著《比较文学的垦拓在台湾》,台北,东大图书公司,1985年版,第137页。

（中国文学）那样地凝视着地上的文学,抑制对神的关心而只凝视人间的文学,是其他地域无与伦比的吧。"[1]"一般认为,尊重空想的文学往往忽视现实,而中国文学在告诉我们空想是建立于现实经验之上的同时,还告诉我们现实中也有美好的世界。"[2]这一来自日本汉学家的意见,在我们考虑中国诗歌抒情诗传统的特征与价值时,也许仍有值得倾听的价值。

它常常是由偶然的事件所激起的

与上述这种重视凡俗日常世界的哲学观念联系在一起的,还有中国诗歌通过个人经验来把握现实世界的表现方法。

按照黑格尔的美学理论,只有当诗歌表现了"客体的全部"时,才谈得上史诗体裁;而与史诗体裁相反,抒情诗体裁则以表现个人经验为目的。显而易见,这两种不同的体裁需要运用不同的思维方式。要把握"客体的全部",就要对客体之间纷纭复杂的关系进行分析,并将客体与个人的感情进行分离;而要表现个人经验,则只要凭藉对日常生活的敏锐感受和对自己感受到的东西的直观把握即可。显而易见,前者恰恰是西方人的思维方式的特长,而后者恰恰是中国人的思维方式的特长。

---

[1] 吉川幸次郎《中国文学史一瞥》(章培恒译),载吉川幸次郎著、高桥和巳编《中国诗史》(章培恒等译),第15页。

[2] 吉川幸次郎著、黑川洋一编《中国文学史》(陈顺智、徐少舟译),第28页。

因而，对于中国诗人来说，表现瞬间感受到的个人经验，自然要比从宏观的角度表现"客体的全部"更为重要。这早在《诗经》里就已经是如此了。《诗经》中的诗歌，大都是表现个人经验的。而且在最早的诗歌理论表述之一的《毛诗大序》中，这种表现个人经验的表现方式，就被作了明确的规定："诗者，志之所之也。在心为志，发言为诗。"后来的整个中国诗歌，在表现方式上都具有这样的倾向。正如保尔·戴密微所指出的："它（中国诗歌）常常是由偶然的事件所激起的，人们只有通过事件的背景才能真正地理解它，普遍性的印象和象征性是可以从这些偶然的背景中得出来，但它们永远不能从中国人本能地畏惧的抽象力量中产生出来。"①而且，这种表现方式也一直影响及于日本诗歌及东亚其他诗歌。

但是，中国诗歌这种表现个人经验的表现方式，并不只具有个人的具体的意义，同样也具有普遍的象征的意义。只不过其普遍的象征的意义，是蕴含于个人经验的表现之中的，这就是人们常说的"具体的共相"。"读者应把这些诗中所展示的细小画面看成是从现实事物中提取出来的成千上万的意象。你们会从这些景象中看到所展现出的人类的全部生活……你们会随时透过那些含义始终是具体的词语，发现中国浩瀚无垠的疆土、与人类相适应

---

① 保尔·戴密微《中国古诗概论》（杨剑译），载钱林森编《牧女与蚕娘》，第61页。

的宇宙。"①当保尔·戴密微这么说的时候,他正是看出了中国诗人通过个人经验来表现普遍的象征的意义的方式。这种表现方式,应该说是与史诗的表现"客体的全部"的表现方式截然不同的,但它却仍然具有自己的独特优越性。

这种通过个人经验来表现普遍的象征的意义的表现方式,也就是"具体的共相"的表现方式,不仅为中国诗歌,而且也为中国其他文化领域所具备。

比如,与西方的史学传统以试图表现事件全貌的记事体为主和试图将历史抽象化系统化的历史哲学层出不穷不同,中国的史学传统则以"通过叙写个别事例而广泛地提出社会问题"②的纪传体正史为主,至少它在历来的史学观念中被认为是最高的形式。

又比如,与西方哲学的思维方式强调从逻辑出发深入地分析进而达到高度的抽象不同,中国禅宗的思维方式则主张从直觉出发通过个人体验直接接触事物的本质。"在禅宗这里,个人的经验便是一切……因此,为了获得关于某一事物最明确、充实的理解,必须通过个人的经验,特别当这事物与人生密切相关的时候,个人的经验便是绝对必要的了。"③同时,这种个人经验又是通向更深刻的内在运动与存在本质的桥梁。"我们常常会由于它接触日常生活

---

① 保尔·戴密微《中国古诗概论》(杨剑译),载钱林森编《牧女与蚕娘》,第63页。
② 吉川幸次郎著、黑川洋一编《中国文学史》(陈顺智、徐少舟译),第94页。
③ 铃木大拙《通向禅学之路》(葛兆光译),上海,上海古籍出版社,1989年版,第3页。

事实而忘记它的高度抽象性,禅宗的真正价值其实正在于此。为什么呢？因为禅宗在竖起一个指头或与偶然路上遇到的朋友的寒暄之中也能感受到远远超越这一简单行动的不尽的意味。"[1]

紧紧抓住个人经验,通过个人经验领悟存在本质的禅宗思想,还有"通过叙写个别事例而广泛地提出社会问题"的史学思想,都与中国诗歌通过个人经验表现普遍的象征的意义的表现方式非常相似。

当一个中国诗人写道："步出城东门,遥望江南路。前日风雪中,故人从此去。"（古诗《步出城东门》）他仅仅是表达了他日常生活中的一次个人经验:他前不久刚在风雪交加之中送走了一位南归的朋友,而他自己的故乡也在江南,因而当他此刻又看见那条通往江南的大路时,对于朋友的眷恋和对于故乡的思念便一起涌上了心头。这里没有任何抽象的东西,诗人的灵感仅仅来自于个人的体验。但是,正是在这首表现个人经验的诗歌中,有着一种普遍的象征的东西,因为它写出了所有体验过送别与乡愁之滋味的人们的共同感受。从这个意义上说,像这样的表现个人经验的抒情诗,又是表现了生活和存在的本质的。"一滴水可以知大海",也许,中国诗人早就凭直觉领悟到了现代全息理论的某些基本内容了。

---

[1]　铃木大拙《通向禅学之路》（葛兆光译）,第 5 页。

只有短诗给他留下最明确的印象

如果诗歌的任务只是直观地捕捉个人的经验,而不是宏观地把握客体的全部,那么,它就不需要冗长的篇幅,而只需要短小的形式。正是在这方面,中国诗人凭藉自己对于抒情诗本质的敏锐洞察,创造出了世界上即使不是最短小的、也是最短小的之一的诗歌形式。

在中国诗歌的各种诗型中,除了有些古体诗、排律和个别叙事诗较长之外(也只是相对而言),包括绝句、律诗、大部分古体诗和词在内的大多数诗型,都是非常短小的。成套的散曲也许较长,但每一支曲子则很短。七律是五十六个字,五律是四十个字,七绝是二十八个字,五绝是二十个字,这些中国诗歌的主要诗型,都是非常短小的。

比中国诗歌的诗型更为短小的,大概只有日本的和歌与俳句了。和歌三十一个音,俳句十七个音,从音节上看,与七绝五绝差不多,但是从实际容量上看,则要比七绝五绝小得多,大抵只相当于七言或五言的一联甚至一句(这从历史上日本诗人曾以中国诗歌的一联或一句创作一首和歌的"句题和歌"的情形也可看出来)。

诗型的长短与抒情的方式直接相关,越是追求瞬间的感受的表现,则越是会倾向于采取短小的诗型。在这方面,可以说无有过于日本诗歌者。

不过,日本诗歌的内容多侧重于季节感受与内心情绪,而不太重视社会生活与政治观念,因而在表现范围上远不能和既注重表现个人情绪、又注重表现社会生活的中国诗歌相比。因此,从表现范围的广阔来看,中国诗歌的诗型也仍然可以说是世界上最短小的之一。而且,如果和西方诗歌的主要诗型相比,中国诗歌与日本诗歌之间的差别,也就相应地显得不太明显了。

中国诗歌的诗型之短小,对于熟悉其他诗歌传统的人来说,也许是最容易留下深刻印象的特色之一。俄国第一个介绍中国文学、并编写了世界上第一部中国文学史的汉学家瓦西里耶夫,在其《中国文学史纲要》(1880)一书中感叹道:"如果我们了解并且高度评价普希金、莱蒙托夫、科里左夫的一些短诗,那么中国人在绵绵两千年里出现的诗人,那样的诗他们就有成千上万。"苏联汉学家艾德林所归纳的中国诗歌的两个主要特点中的一个,便是"短小"(另一个是"古老")①。

与这些欣赏中国诗歌短小诗型的意见相反,在西方也出现了一些持轻蔑态度的意见。保尔·戴密微介绍说:"如果读者脑子里充满了我们的地中海文化的传统,他也许会觉得这种诗太短小了",因为根据地中海的文化传统,"人们采用只有二十个音节的四行诗的形式是不可能创作出伟大的诗篇的"。在这些带有偏见的人中,甚至还包括法国画家塞尚,他曾以轻蔑的口吻说,中国诗歌只不过是

---

① 见李明滨《中国文学在俄苏》,广州,花城出版社,1990年版,第20页,第148页。

"一些中国的影象"①。（有意思的是，人们曾认为唐代近体诗与马蒂斯和塞尚的画有相似之处②。）

不过，无论是欣赏还是轻蔑，总之都表达了对于中国诗歌的诗型之短小的深刻印象。

中国诗人认为，用有限的语言是无法穷尽自然的奥秘与存在的本质的，所谓"辞不达意"、"言不尽意"、"得意忘言"等等，都指出了语言表达的这种局限性。因而当中国诗人抒情的时候，他们所注重的，往往是通过若干最有感发意义的画面或瞬间，来表达他们对于世界与人生的看法，而不是面面俱到地罗列事物的各个方面和事件的所有细节（正因为汉大赋具有这样的特征，所以常常受到中国学者的批评）。

比如，在自然山水诗刚刚兴起的六朝时代，诗人们还喜欢罗列众多的自然现象；而到了唐代诗歌中，"与六朝文学相反……两三个现象便可勾勒出自然的全貌"③。像杜甫的下面这首《绝句》："迟日江山丽，春风花草香。泥融飞燕子，沙暖睡鸳鸯。"虽然只描写了不多几个画面，却把春天的氛围表现无遗，给人留下了比那些冗长的描写更深刻的印象。

---

① 保尔·戴密微《中国古诗概论》（杨剑译），载钱林森编《牧女与蚕娘》，第 61 页，第 62 页。
② 高友工、梅祖麟《唐诗的魅力》（李世耀译），上海，上海古籍出版社，1989 年版，第 51 页。
③ W·顾彬《中国文人的自然观》（马树德译），上海，上海人民出版社，1990 年版，第 226 页。

由此可以看出,短小的诗型往往比冗长的诗型更适于中国诗歌的抒情方式。而从六朝诗歌到唐代诗歌的发展过程,也正是中国诗人不断探索更短小的诗型的过程。也许可以说,当律诗和绝句这两种短小的诗型终于成熟定型之际,也就是中国诗歌的抒情方式最终找到最佳表现形式之时。

"美国诗人和评论家爱伦·坡在《诗的原理》(1848)一文中说,只有短诗给他留下最明确的印象。他认为长诗是不存在的。他说'长诗'这个词语在措词上有明显的矛盾。他从心理学的角度来讲,说:诗使人激动,而激动都是短暂的,难以持久。至多半小时,以后就松弛下去,衰歇了。"①爱伦·坡从心理学角度所说的短小的抒情诗的价值,我们想中国诗人大概早就凭直觉领悟到了。而且即使同是短诗,中国的短诗也比西方的更短。

西方的史诗传统使人们相信,"人们采用只有二十个音节的四行诗的形式是不可能创作出伟大的诗篇的",但是中国诗人却的确用它创作出了许多伟大的诗篇。今天,无论在中国的穷乡僻壤,还是在世界的其他地方,最广为人知的中国诗歌,还是这些短小的诗篇。"你们会感到与这相比,其他的一切诗歌似乎都有些过于啰嗦。"②至少对

---

① 丰华瞻《中国的抒情诗传统与西洋的史诗传统》,载林秀清编《现代意识与民族文化》,上海,复旦大学出版社,1987年版,第63页。
② 保尔·戴密微《中国古诗概论》(杨剑译),载钱林森编《牧女与蚕娘》,第63页。

中国读者来说的确是如此。

含蓄是我们从东方学来的重要东西之一

用短小的诗型来表现个人的经验,就需要使用最为经济的手法。正是在这方面,中国诗歌可以说表现出了极高的技巧,并形成了一种重视含蓄的美学传统。正如刘若愚所说的:"虽然在中文里有一些铺陈的诗篇,但是许多诗人与批评家都主张诗歌应凝炼而不满冗赘,主张启人思绪而不必说尽。力求引起'言外之意',暗示文外曲致,已成为一种普遍的观念。"[①]

当陶渊明面对美丽的自然景致时,他曾用两句被后人视作名言的诗句,表达了他的全部看法:"此中有真意,欲辨已忘言。"(《饮酒》其五)也就是说,他感到眼前的自然景致中蕴含着深远的意境,他想用诗歌语言来详尽地传达他的感受,但最终觉得还是保持沉默为好。

这种看法并不是从陶渊明开始的,早在上古时代,庄子就表达过类似的想法;同样也并不至陶渊明而结束,大多数中国诗人都深得其中三昧。正是通过这种诗意的沉默,诗人突破了语言表达的局限性,而带给人以无限的联想与启示。这正是中国诗歌乃至中国艺术所常用的手法。

"君自故乡来,应知故乡事。来日绮窗前,寒梅着花未?"(王维《杂诗》)无限的乡愁,仅仅凝聚在寒梅开否的一

---

① 刘若愚《中国文学艺术精华》(王镇远译),第 2 页。

问中。"红豆生南国,春来发几枝? 愿君多采撷,此物最相思。"(王维《相思》)无限的相思,也仅仅凝聚在采撷红豆的一动中。中国诗人就是这样仅仅"采用只有二十个音节的四行诗的形式",创作出了这些伟大的诗篇的。

中国诗歌这种表现手法的特点,照美国意象派诗人艾米·洛威尔的说法,便是"使人们在心中想到某个地方或某个人,而不是去直接描写这个地方或这个人",她认为这便是"含蓄"①。如果把范围从地方和人扩大到事件、情绪、感觉、自然等各个方面,那么她的说法无疑是很有道理的。中国诗歌这种表现手法的特点,正是在于运用不多几个典型的细节(同时作为必然的结果,当然会留下众多的空白),去暗示诗人所要表现的东西,让读者通过这种暗示,去领会诗人想要表达的一切。

戴维·拉铁摩尔对这种含蓄的表现手法有过很好的论述:"中国诗的传统不是史诗,不是戏剧,也不是雄辩,而是歌谣,以把动作和描写简化成几个重点和暗示性的细节,省略了衔接和上下文为特色……模糊在诗中可以达成好几个艺术的目标。诗歌叙述中交代不明的地方,像在一幅画中的一样,可作各式各样的解释,可使整体效果不像全靠显著的构图因素得来的那么刻板。空白的地区……留给读者淋漓尽兴地发挥想象,于是藉个人的投射能力来参与审美的经验,正如一个人在心目中描绘一个故事的角

---

① 见迈克尔·卡茨《艾米·洛威尔与东方》(韩邦凯译),载张隆溪选编《比较文学译文集》,北京,北京大学出版社,1982年版,第200页。

色和情景。"①

有意思的是,在谈到中国诗歌的这种表现手法时,他联系到了抒情诗与史诗的区别,从而表明,正是抒情诗而不是史诗,更加需要这种含蓄的表现手法。反之也可以认为,这种含蓄的表现手法,是契合抒情诗的本质的。

正是在这种含蓄的表现手法方面,中国诗歌与西方诗歌表现出了极大的不同:一边是寥寥数笔的画龙点睛,一边是曲尽其微的反复描写,其区别一如中国画与西方画的区别。目加田诚认为:"近代的写实主义,由于企图站在客观的立场上,把对象完全描写出来,所以想极尽委细地表现那实体。但在东洋主观的自然主义中,感到要把无限深化扩展的兴趣,用有限的语言表现出来是不可能的。要淋漓尽致地表达陶渊明的所谓真意的语言终于没有,因此有所谓的'言有尽而意无穷'的说法。在绘画中则形成构图的空白,任凭观者去想象。这就是将引起作者自身感兴契机的东西,凝缩为一点一划、一字一句,用作象征而后唤引起观者和读者的感动,使之自由地扩大感兴。除此之外,别无他法。情韵悠远的文学就在这里产生。"②也正是因了这种区别,艾米·洛威尔才会认为,"含蓄是我们从东方学

---

① 戴维·拉铁摩尔《用典和唐诗》(陈次云译),载侯健编辑《国外学者看中国文学》,台北,"中央"文物供应社,1982年版,第43页。
② 目加田诚《中国文艺中"自然"的意义》(贺圣遂译),载《中华文史论丛》1985年第二辑,上海,上海古籍出版社,第24页。

来的重要东西之一"①。

一种中国智慧的芳香

含蓄的表现手法,自然容易产生情韵悠远的意境和模糊朦胧的效果,用西方近代文学批评的术语来说,也就是带上印象主义的色彩。这往往被西方人看作是中国诗歌的魅力之一。

19世纪法国诗人马拉美从小喜欢中国诗,他自己的诗作有时也反映出中国诗歌的影响,因而曾被评论家们誉为"笼罩着一种雾,一种中国智慧的芳香"②。所谓"一种雾",大概就是指诗的印象主义色彩吧,这被看作是"中国智慧的芳香"。这正说明,在西方人的眼中,这种模糊朦胧的效果,是中国诗歌的魅力之一,也是中国智慧的表现之一。

李白的《送孟浩然之广陵》诗,在中国也是一首脍炙人口的杰作:"故人西辞黄鹤楼,烟花三月下扬州。孤帆远影碧空尽,惟见长江天际流。"保尔·戴密微认为,此诗是"带有印象主义色彩的四行诗的杰作之一"。值得注意的是,他把这种印象主义色彩的获得,看作是使用含蓄的表现手法的结果,"可以说这首绝句是'言犹(有)尽而意无穷'"的③。孤帆远影,正体现了友情的深厚;烟花三月,又烘托

① 迈克尔·卡茨《艾米·洛威尔与东方》(韩邦凯译),载张隆溪选编《比较文学译文集》,第200页。
② 葛雷《克洛岱与法国文坛的中国热》,载《法国研究》1986年第二期,武汉,武汉大学出版社,第14页。
③ 保尔·戴密微《中国古诗概论》(杨剑译),载钱林森编《牧女与蚕娘》,第44页。

出春日的氛围。诗人就这样通过含蓄的表现,创造出了一种情韵悠远的意境。

　　最典型的具有印象主义色彩的诗人,也许要算是李商隐了。他的许多无题诗或短题诗,所写的内容扑朔迷离,但给人的感觉却哀婉动人。比如他的著名的《锦瑟》诗,便是个典型的例子:"锦瑟无端五十弦,一弦一柱思华年。庄生晓梦迷蝴蝶,望帝春心托杜鹃。沧海月明珠有泪,蓝田日暖玉生烟。此情可待成追忆,只是当时已惘然。"从此诗的开头和结尾,我们知道这是一首回忆往事的诗歌。可是,诗人用来表现其回忆之具体内容的中间四句,却至今也没有人能够说清楚其确切含义。但是即使是这样,此诗却仍然给读者以深深的触动。这是因为这中间四句,即使在不了解其确切含义的情况下,其本身若干经过诗人精心选择的意象,也已很好地传达了那种回忆往事时所特有的"事如春梦了无痕"(苏轼《正月二十日与潘郭二生出郊寻春忽记去年是日同至女王城作诗乃和前韵》)的朦胧与感伤的氛围。读李商隐的这首诗,常会使我们联想起法国小说家普鲁斯特的巨著《追忆似水年华》;或者说反过来,读普鲁斯特的那部小说,也常会使我们联想起李商隐的这首诗。

　　对于李商隐诗歌的这种印象主义色彩,吉川幸次郎分析其产生原因道:"这些诗尽管不太清楚它的意思,但读来却感到很有味道。李商隐诗歌的特色正在于他不是把语言作为清晰地表达意义的工具来使用,而是把它作为烘托淡淡的气氛的手段来使用的。"①所谓"表达意义的工具"与"烘托气氛的手段"的区别,正是散文语言与诗歌语言的区别。"烘托气氛的手段"云云,其实正是我们上面所说的含蓄的表现手法。

吉川幸次郎认为,这种"把语言作为烘托淡淡的气氛的手段来使用"的含蓄的表现手法,反而比"把语言作为清晰地表达意义的工具来使用"的直陈的表现手法,更能有效地把握对象和深入本质;而由这种含蓄的表现手法所造成的模糊朦胧的效果,或印象主义色彩,也正因其模糊朦胧性,反而能更好地表现人的体验的瞬间:"所谓诗,与散文不同,如果说,散文意在描摹对象的确定形态,其结果却由于割弃了对象某些隐晦的部分,而不能完整地表达对象的意义。与此相反,诗歌则通过对事物周围气氛或某些含蓄内容的吟咏,也就是运用某些不确定的暗示,反而可以更好地捕捉所表达的对象。"②这是对模糊朦胧的效果或印象主义的色彩在抒情诗中价值的最好肯定。

说到底,抒情诗中模糊朦胧的效果或印象主义的色彩之所以有价值,乃是因为生活和情感本身并不总是清晰的。在这方面,可以说中国诗人深得其中三昧,中国诗歌也因此独具魅力。

---

① 吉川幸次郎著、黑川洋一编《中国文学史》(陈顺智、徐少舟译),第119页。
② 吉川幸次郎《关于李商隐》(李庆译),载吉川幸次郎著、高桥和巳编《中国诗史》(章培恒等译),第261页。

他们的诗歌往往给人以普遍的与非个人的印象

如上所述,中国诗歌一面是个人经验的表达,一面又具有象征的普遍的意义。那么,中国诗人又是怎样使个人经验获得象征的普遍的意义的呢?换句话说,中国诗人又是怎样既执著于个人经验,又超越了个人经验的呢?

杜牧有一首《题宣州开元寺水阁阁下宛溪夹溪居人》诗,描写了他所看到的宣州宛溪的风土人情,其开头四句被古人评为"极奇":"六朝文物草连空,天澹云闲今古同。鸟去鸟来山色里,人歌人哭水声中。"此诗之所以使人感到"极奇",大概首先是因为诗人在表现风土的时候,引入了悠久的时间意识:文物芳草,蓝天白云,既是诗人眼前之所见,又是联结着遥远的过去的;其次也是因为诗人在表现人情的时候,引入了广阔的空间意识:鸟去鸟来,人歌人哭,既是诗人亲身之所历,又是在广阔的自然背景上发生的。这种时空意识的引入,使此诗产生了一种奇异的效果:所有描写都基于诗人的个人经验,但是整体效果却具有一种普遍的非个人的色彩。

这种时空意识的导入,是中国诗人在超越自己的个人经验时所常用的手法,正如刘若愚所指出的:"自然,中国诗人表现个人的情感,但他们常常能超越于此,他们把个人的感情放在一个更为广阔的宇宙或是历史的背景上来观察,因而他们的诗歌往往给人以普遍的与非个人的印象。当然,这对全部中国诗歌来说未必尽然,但中国最出色的诗人确实如是。"①

　　"前不见古人，后不见来者。念天地之悠悠，独怆然而涕下。"陈子昂的这首《登幽州台歌》之所以成为千古绝唱，大概就是因为它集中体现了中国诗歌这种将个人经验置于时空背景上来表现的特点吧？时空背景构成了个人经验的纵横坐标，在这个坐标系中，个人经验既是自己本身，又是整个坐标系中的一点，它因而获得了个别性与超越性的双重效果。

　　除了这种把个人经验置于时空背景上来表现的手法之外，还有中国诗歌所特有的含蓄的表现手法，也有助于造成中国诗歌的这种普遍的非个人的色彩。正如戴维·拉铁摩尔所指出的："上下文的模糊和有地方色彩背景的缺乏也能赋予诗中个别事体一种典型感，甚至普遍感。个别的事体变成了……'具体的共相'。"②

　　比如杜甫著名的《江南逢李龟年》诗："岐王宅里寻常见，崔九堂前几度闻。正是江南好风景，落花时节又逢君。"表现的是杜甫晚年的一次与故人重逢的个人经验。但是尤其是此诗的后面两句，却引起了人们的普遍的感动。这种感动往往都是基于读者各自的个人经验，而与诗人的个人经验并没有什么关系。这种超越诗人个人经验的效果的获得，与诗人在后面两句中运用了一般化的描写

---

① 　刘若愚《中国文学艺术精华》（王镇远译），第 2 页。
② 　戴维·拉铁摩尔《用典和唐诗》（陈次云译），载侯健编辑《国外学者看中国文学》，第 43 页。

手法有关。诗人只是指出了"江南"和"暮春"的大致地点与时间,同时特定人物由于使用了"君"这个代名词,也获得了一种一般化的效果。因此之故,读者在欣赏这首诗时,可以任意地将自己的个人经验置入其中。

仔细品味中国诗歌中的一些名句名篇,大抵可以发现类似的特点,往往本事或诗题非常具体,但是诗歌本身却具有某种普遍性。

松浦友久在谈到李白的别离诗之所以优美动人的原因时也指出:"别离诗之所以称为别离诗,理所当然地存在一个相别的具体对象。但是,如果把作者和对方之间的具体的关系,个别性的关系,原封不动描绘于作品中,这样写成的别离诗是肯定不会取得成功的。相反,一定要将这种关系,进而描绘得更加一般化,普遍化,并通过这一点,在更大范围内突破读者想象力的范围,这才是别离诗的抒情境界的最适宜的表现方法。"①其实,他正指出了中国诗人超越个人经验的一种惯常使用的方法,这种方法不仅被用于别离诗,也被用于其他题材的诗歌。

此外,中国诗歌独特的语言特征,如常常不指明人称和主语,没有时态变化等等,也都有助于使诗歌获得普遍的非个人的色彩,这我们将在第三章"诗律的智慧"中谈到,所以这里就不再涉及了。

史诗是客观的,抒情诗是主观的;史诗是普遍的,抒情

---

① 松浦友久《李白——诗歌及其内在心象》(张守惠译),西安,陕西人民出版社,1983年版,第18～19页。

诗是个人的。但是中国诗人却藉助于将个人经验置于时空背景中,对个人经验作一般化的描写,以及中国诗歌语言的固有特点,使中国诗歌获得了普遍的非个人的色彩,而同时又不失其抒情诗的本质。正是在这一点上,体现了中国诗人的智慧。

仿作是中国一切艺术的富有魅力的特色之一

中国诗人在表现个人经验时,意识到了悠广的时空背景,与此相似,他们在创作单个作品时,也意识到了强大的诗歌传统。正如刘若愚所说的:"历史意识的一种自然延伸便是文学传统的意识。这导致了对古典文学的崇拜以及对这些文学的模仿,这与许多现代西方文学中追求创造的特点适成对照。"[①]现代西方诗歌往往不仅在创作上背离传统,而且常常在抒情上也强调个人经验的独一无二性,中国诗歌在这两个方面都与之形成了对照。

"传统是历代积累的知识整体,它是诗人在创作过程中汲取养料的宝藏,也是读者欣赏和理解诗所必须掌握的内容。因此,传统既置身于具体作品之外,但又与它密切相关,就像语言是言语的仓库一样,诗的传统也是个别诗作的源泉和矿藏。"[②]近代诗歌评论已经越来越重视传统在诗歌创作中的重要作用,T·S·艾略特的《传统与个人才能》一文的出现及引起的持久而广泛的影响,便正说明了

---

① 刘若愚《中国文学艺术精华》(王镇远译),第3页。
② 高友工、梅祖麟《唐诗的魅力》(李世耀译),第181~182页。

这一趋势。

正是在重视传统在诗歌创作中的重要作用方面,中国诗歌表现出了其他诗歌所罕见的特色。一部悠久的中国诗歌的历史,在某种程度上可以说正是一部特别意识到和尊重传统的历史。中国诗人学习作诗,首先便是如《红楼梦》中林黛玉教香菱作诗时所说的,先取过去的好诗来揣摸透熟。民间则流行着"熟读唐诗三百首,不会吟诗也会吟"的谚语。而选本的盛行,也适应和满足了这种要求。中国的诗歌评论家在评论诗人时,也总喜欢指出其像某某不像某某。大至一代又一代的诗歌潮流,也总是以对前代诗歌的意识与尊重为其出发点的。唐初诗人继承六朝诗歌,盛唐诗人缅怀汉魏诗风,西崑诗派祖述李商隐,江西诗派远祧杜甫,江湖诗派效法晚唐诗,元明诗人模仿盛唐诗,宋诗派取径宋诗,等等,都是以对于诗歌传统的意识与尊重为其前提的。而且即使是有意的反拨,也同样离不开对于传统的意识与尊重。此外就更不要说严格的诗型和固定的格律了,它们就像中国戏曲中的程式和脸谱一样,约束着诗人不离开诗歌传统。凡此种种,都是传统受到特别的重视和尊重的表现。

东西汉学家们把特别意识到和尊重传统看作是中国诗歌的特色之一。在日本汉学界,流行着中国诗歌"对典型性的爱好"和"尊重典型"的看法。吉川幸次郎的下述说法,便是其代表性例子之一:"还应指出的是尊重典型,可表现为典型的作家一经出现,就会长久地被尊重、祖述……在中国承认并祖述这些或大或小的典型的倾向是很明显的。当然,尊重典型,不独中国,日本也如此。《古今集》被作为诗歌典型而长久祖述便是一例,但中国更为强烈。"①在西方汉学界,也存在着类似的看法。如保尔·戴密微认为:"中国人一向喜欢缅怀往事,以便从中汲取榜样和灵感","仿作是中国一切艺术的富有魅力的特色之一"②。

过分拘泥于诗歌传统,无疑会带来很多弊病。C·昂博尔·于阿里在批评中国近世诗歌的模拟之风时指出:"对一些没有灵感,没有想象也没有才能的诗人来说,模仿成了依样画葫芦,显得十分贫乏,注定迟早要被岁月的浪涛无情地卷走。"③保尔·戴密微则把这种批评扩展到了整个中国诗歌:"仿作……也是它的弱点之一……诗歌的内容也犯有这种不断模仿的毛病。人们一再重复古代大师们所表现过的主题,而革新只是涉及如何处理大家都熟悉的某些题材的方法而已。"④吉川幸次郎则指出了过分拘泥于传统给中国诗歌带来的后果:"其后果是,中国文学史的发展速度远比欧洲缓慢,而且还每每使文学变得千篇

---

① 吉川幸次郎著、黑川洋一编《中国文学史》(陈顺智、徐少舟译),第21~22页。

② 保尔·戴密微《中国古诗概论》(杨剑译),载钱林森编《牧女与蚕娘》,第51页,第57页。

③ C·昂博尔·于阿里《中国古典诗歌的三个时期》(钱林森译),载钱林森编《牧女与蚕娘》,第37页。

④ 保尔·戴密微《中国古诗概论》(杨剑译),载钱林森编《牧女与蚕娘》,第57页。

一律。"①

　　但是，中国诗歌特别意识到和尊重传统的特色，也具有一些正面的积极的意义。因为首先，"人类不能没有典型而存在；在其他文学中缺乏对典型问题的自觉意识，而中国文学则清楚地认识到这一点，这有助于他国文学考虑典型问题"②。其次，尊重传统本身就是通往创造的桥梁，"模仿决不是单一的；它总是有一些程度的差异……对大部分有才华的诗人来说，模仿是自由的，富有成果的，他们不拘泥于典型字句，并不想写出正确或比较正确的仿造品，不让自己的作品变为伟大时代的代表作的苍白反映"③。

　　传统与个人才能的关系是双重的，一方面传统成为个人才能的源泉，另一方面又对它产生制约。这样，其所产生的结果也必然是双重的，或是摆脱不了传统，或是革新了传统。可以说，在这两方面，中国诗歌都达到了可能有的极限。也正是在这里，表现出了中国诗人的智慧及其局限。

---

① 吉川幸次郎著、黑川洋一编《中国文学史》(陈顺智、徐少舟译)，第22页。
② 吉川幸次郎著、黑川洋一编《中国文学史》(陈顺智、徐少舟译)，第28页。
③ C·昂博尔·于阿里《中国古典诗歌的三个时期》(钱林森译)，载钱林森编《牧女与蚕娘》，第37页。

第二章 意象的智慧

在世界各国的诗歌中，中国诗歌以其形象性与具体性著称。"对于形象的偏爱超过抽象，可以说是任何文字的诗歌都具备的一种特征，但这在中国诗中尤为显著，中国诗的形象思维及其力避抽象推理的倾向已深为西方诗人和读者称道。"①

当中国诗歌在近代开始走向世界时，正是首先以其形象性与具体性的特征吸引了西方诗人的视线的。意象派诗人从日本诗歌转向中国诗歌，主要便与中国诗歌的这种形象性与具体性的特征有关。

形成诗歌的形象性与具体性的核心的，是在近代诗歌评论中被广泛使用的"意象"一词所代表的东西。不过，尽管人们普遍使用这个词来评论诗歌，要为它下一个确切的定义却也并不容易。这里我们想借用帕莱恩的一个说法："意象一词或许最常指一种心灵的图画，自心灵的眼所见

---

① 刘若愚《中国文学艺术精华》（王镇远译），第 2 页。

的东西,视觉意象在诗中是最常发生的一种意象。"①也就是说,意象大概是指表现在诗歌中的唤起人们感觉经验的形象的具体的东西。

根据构成方式的不同,学者们往往又把意象分为"单一意象"与"复合意象"这两种:"在中国诗歌中我们可以分辨出两种主要的意象:'单一意象'与'复合意象'。一个'单一意象'是一个字或一个词,它们唤起感觉上的经验(不一定是视觉的)仅仅包括一个对象……一个'复合意象'包括两个对象,两种经验,无论是物质的还是精神的。"②在中国诗歌中出现最多的,为中国诗人所最常运用的,也是最适合于中国诗歌语言的特质的,往往是单一意象。

现代诗歌评论家们普遍认为意象是诗歌中最重要的成分之一。比如 T·E·休姆认为:"它(诗)不是迥然不同的语言,而是一种具体可感的语言,它是一种完整地传达感觉的直观语言,它总是企图抓住你,使你不断地看到物质事物,阻止你滑向抽象的过程……诗中的意象不是藻饰而是直观语言的精华。"③刘若愚认为:"自然,如同在任何其他诗中一样,在中国诗中我们看到有许许多多的简单意

---

① 转引自姚一苇《李商隐诗中的视觉意象》,载卢兴基编《台湾中国古代文学研究选》,北京,人民文学出版社,1988 年版,第 168 页。
② 刘若愚《中国文学艺术精华》(王镇远译),第 28 页。
③ 转引自高友工、梅祖麟《唐诗的魅力》(李世耀译),第 33～34 页。

象,因为具体化而不是抽象化是诗的语言的本质。"①意象
在诗歌中之所以如此重要,乃是因为在诗歌中,"意象可以
完成各种诗歌的功能:表现感情,描写景色,创造气氛,提
示言外之意"②。

中国诗歌正是凭藉其意象性,成为世界上最形象最具
体的诗歌之一的。意象派诗人从中国诗歌中学习的,主要
就是以意象构成诗歌的方法,以及构成意象(尤其是单一
意象)的方法等等。而即使在 19 世纪,中国诗歌还因其意
象性而被画家塞尚轻蔑地称为"一些中国的影象"。这显
示了西方对于诗歌本质认识的进步,这种进步有助于他们
发现和肯定中国诗歌的意象性。

中国诗歌之所以富于意象性,自然与中国诗人的思维
方式有关。中国诗人具有通过感觉(而不是推论)把握事
物的倾向,这种倾向促使他们在表现个人经验时,采用直
观的意象的语言,而不是采用抽象的推论的语言。

夕阳无限好

和西方诗人不同,中国诗人很少从抽象的角度、用抽
象的语言去把握和处理人生问题。他们常常是通过个人
经验的感悟和意象语言的运用,来把握和处理人生问题

---

① 刘若愚《中国诗学》(韩铁椿、蒋小雯译),武汉,长江文艺出版社,1991 年版,
第 126 页。这里提到的"简单意象",在刘若愚后来出版的书里,被他改称为
"单一意象",见其《中国文学艺术精华》(王镇远译),第 35 页。
② 刘若愚《中国文学艺术精华》(王镇远译),第 29 页。

的。这就像禅宗一样，从来不作抽象的分析或逻辑的推理，而只是直面活生生的个人经验，从中感悟存在和自然的本质。

李清照的著名的《声声慢》词，表现了她在丈夫去世以后的痛苦绝望的情绪，但是这种情绪却是通过关于晚秋风景与黄昏风雨的具体描写表现出来的："寻寻觅觅，冷冷清清，凄凄惨惨戚戚。乍暖还寒时候，最难将息。三杯两盏淡酒，怎敌他晚来风急！雁过也，正伤心，却是旧时相识。　满地黄花堆积，憔悴损，如今有谁堪摘？守着窗儿，独自怎生得黑！梧桐更兼细雨，到黄昏、点点滴滴。这次第，怎一个愁字了得！"在这首词中，每一个自然意象都来自诗人眼前的现实，而又都投上了诗人心理的影子。抽去了这些自然意象，这首词便会失去动人的效果。

但是，当这首词传入法国以后，法国诗人克洛岱尔却把它改写成了下面这样的抽象的呐喊："呼唤！呼唤！/乞求！乞求！/等待！等待！/梦！梦！梦！//哭！哭！哭！/痛苦！痛苦！我的心充满痛苦！/仍然！仍然！永远！永远！永远！//心！心！忧伤！忧伤！/存在！存在！/死！死！死！死！"（《绝望》）①其中所表现的痛苦绝望的情绪，可以说是与李清照原词相通的，不过看得出原词影子的也就只有这么一点。作为一个西方诗人，克洛岱尔撇开了原词中所有的自然意象，而只用抽象的概念来抒情。这也许会受

① 参见葛雷《克洛岱与法国文坛的中国热》，载《法国研究》1986 年第二期，第 17 页。

到法国读者的喜爱,但如果让李清照看见了,是一定不肯承认其为自己词的改作的。因为对于中国诗人来说,只有渗透在具体意象中的感情,才是真实可感的。

即使同是运用意象,中西诗人之间也会呈现出方式上的差别。18世纪苏格兰诗人麦克浮生根据民间传说伪造的古诗《奥森诗篇》中有这么一节诗:"奥森刚才不曾听见一个声音么?/那就是已往岁月的声音。/往时的记忆往往像落日一样来到我的灵魂里。"[1]这是一个饱经忧患的老人,他的心里充满着辛酸的回忆,他把这些回忆比作"落日",旨在说明这是一个老年人的回忆,因而像落日一样带有衰落意味,他过去的岁月也无非是如此。在这里,奥森的迟暮之感,是通过"落日"意象来暗示的,这增加了此诗的形象性。但是纵观全诗,其基调却仍然是直陈的,而非意象的。

在19世纪德国诗人海涅的《诗歌集》二版序里,诗人引用了当时一个戏剧中的两句歌词,来表达自己的迟暮之感(尽管其时诗人才四十岁,但迟暮之感往往和心理年龄、而不是和生理年龄有关):"太阳纵然还是无限美丽,/最后它总要西沉!"[2]和麦克浮生的诗不同,这两句诗并没有直接表达诗人的迟暮之感,而仅仅谈到了太阳总要西沉这一

---

[1] 转引自黑格尔《美学》第二卷(朱光潜译),北京,商务印书馆,1979年版,第140页。

[2] 海涅《诗歌集》(钱春绮译),上海,新文艺出版社,1957年版,序文第5页;又见海涅《海涅诗集》(钱春绮译),上海,上海译文出版社,1990年版,第7页。

自然规律。然而这一自然规律无疑正是人生规律的比喻或象征，上面已经投上了诗人的迟暮之感的影子。因而在落日意象的运用方面，这两句诗显然比麦克浮生的诗要更为含蓄（顺便提一下，在 18 世纪苏格兰诗人彭斯那里，月落的意象被用来表现同样的迟暮之感："月亮沉入白色的波涛，／我的岁月也在下沉，哦！"因为诗人直接提到了迟暮之感，因而月落的比喻和象征作用就表现得十分明显，这可以和海涅所引的诗参看）。

以上这些西方诗歌，很容易使我们联想起李商隐的著名的《登乐游原》诗："向晚意不适，驱车登古原。夕阳无限好，只是近黄昏。"在李商隐的这首诗中，诗人也是以落日意象来表现自己的迟暮之感的。中西诗人在意象选择上的这种重合，其实并不值得奇怪，因为自然中的一些特定时刻，比如黄昏和晚秋，往往因其本身在昼夜或四季的循环中所处的行将结束的位置，而特别容易引起人们的迟暮之感的联想。

不过，值得注意的倒是中西诗人在意象运用的具体方式上的微妙区别。在西方诗人的诗中，落日无论是作为明显的比喻（如在麦克浮生的诗里），或是作为不明显的比喻（如在海涅的诗里），它都是亘古如斯的一般的东西；但是李商隐诗歌中的"落日"，却是他在乐游原上实际所见的东西。因而，尽管他们都使用了相同的落日意象，但给人们带来的感觉却迥然不同：一边是在阐述一个人生的道理，在阐述时借用了自然景象来作比喻；一边却只是在描写他目下之所见,但在所见中却自然蕴含着某种人生的象征意义。清人施补华评李商隐此诗云:"叹老之意极矣,然只说夕阳,并不说自己,所以为妙。"(《岘佣说诗》)"只说夕阳,并不说自己"的特点,初看之下似乎为李商隐的诗与海涅所引的诗所共有,但其实所谓的"只说夕阳",乃是指只说诗人眼前所见的夕阳,而不是指只说一般的夕阳,这正是李商隐此诗的妙处之所在。显而易见,在意象运用的含蓄生动方面,李商隐此诗是在麦克浮生的诗和海涅所引的诗之上的。

保尔·戴密微曾经指出,中国诗人不常用"有如"、"好似"这样的比方说法,"他所用的象征涌自现实,而那现实又是由极为直接的感觉去捉摸的"[①]。李商隐此诗与麦克浮生的诗及海涅所引的诗的区别,其实也正在这里。他们之间的不同,正体现了中西诗歌在意象运用方式上的不同。

柳色黄金嫩

中国诗人在运用意象的时候,往往并不一味地铺陈细节,而是通过若干凝练简洁的意象,直接表现事物的中心(这里所谓"中心"的意思,是指诗人彼时彼刻感悟到的事物的某种性质或某个方面,它在那一瞬间占据了诗人的全部心灵)。因而中国诗歌中的意象,往往具有凝练性的

---

① 保尔·戴密微《中国古诗概论》(杨剑译),载钱林森编《牧女与蚕娘》,第61页。

特色。

　　早在 18 世纪,法国人西伯神父就曾指出过中国诗歌的这种特点,认为在最富丽堂皇的夸张、描写和口头叙述中都必须做到简明扼要,显得不是铺陈细节,而是将细节凝缩于一个观点之中。他又认为中国诗歌言简意赅的特点,给最生动的形象增添了一种活力,一种力量,一种潜能,实在很难向欧洲人解释清楚,就像对不懂唱歌的人解释乐谱那样困难[①]。

　　即使在西方的较富意象性的抒情诗中,意象的构成也往往是通过铺陈细节来实现的。这是因为诸如英语这样的西方语言本身,通过种种语法手段,如从句、分词结构等等,为铺陈细节的表现方法提供了语言基础。而在中国诗歌中,由于汉语的语法结构与西语不同,加上诗歌的句子大都很短(大抵一行五言或七言,一行即为一句),所以不能像西方诗歌那样铺陈细节,而只能尽量凝练。"列举一些具体的细节在诗中被视作弊病而并非长处。"[②]中西语言结构的不同,就这样制约了各自诗歌意象运用的方式。不过,这倒使中国诗歌的意象的凝练性成为一种其他诗歌很难仿效的特色。

　　在谈到中国诗歌这种意象运用的特色时,很多汉学家都引到了李白的《宫中行乐词》八首其二中的几行诗句:"柳色黄金嫩,梨花白雪香。玉楼巢翡翠,金殿锁鸳鸯。"因

---

① 　钱林森《中国文学在法国》,广州,花城出版社,1990 年版,第 28 页。
② 　刘若愚《中国文学艺术精华》(王镇远译),第 43 页。

为这几行诗句典型地表现了中国诗人运用意象的凝练简洁的技巧。

比如高友工、梅祖麟曾将李白此诗与华兹华斯的《水仙》进行比较,认为"李白的那四句诗中充满了丰富的色彩,而且'玉楼'也表现了'白'的基色。在华滋华斯的诗里,水仙的色彩却淹没在大量的细节之中。另一方面,对于水仙花,我们了解的是许多相关的事情,而对梨花,我们所知道的只是它们的'白'与'香'的性质"[①]。也就是说,在表现柳色与梨花时,李白只选取了它们的色与香,而舍弃了其他所有细节;但在表现水仙花时,华兹华斯却铺陈了许多细节,而并不突出其色彩。由于运用意象的手法的不同,李白的这首诗与华兹华斯的诗就形成了完全不同的风格:一边像是一幅色彩夺目的中国画,一边却像是一缕委细周详的低吟曼唱。

类似的对比也被吉川幸次郎在李白此诗与日本诗歌之间作出:"中国文学重准确的描写,然其构成准确的方法,首先是指出事物自身的中心。为使中心明确,就要消除傍(旁)枝杂叶。譬如'四更山吐月,五夜水明楼','柳色黄金嫩,梨花白雪香',都突现出事物的中心,而削减其余。日本文学尊尚余韵。而中国文学则是利索地突出中心。"[②]如果把其中的"准确"理解为"凝练",那么他的看法也就和

---

① 高友工、梅祖麟《唐诗的魅力》(李世耀译),第67~68页。
② 吉川幸次郎著、黑川洋一编《中国文学史》(陈顺智、徐少舟译),第10页。"五夜"应作"残夜",该联出杜甫《月》诗。

上述两位汉学家比较接近了。他也同样注意到了中国诗歌中意象运用的特色是"消除傍（旁）枝杂叶"，即不作细节铺陈，而是"指出事物自身的中心"，即突出诗人所想要表现的主要方面。由此可见，中国诗歌这种突出事物中心的意象运用方式，不仅相对于西方诗歌，而且相对于本来比较接近的日本诗歌，也是非常独特的。

中国诗歌这种突出事物中心的意象运用方式，在根底上是与中国诗人对于意象运用的理解分不开的。在他们看来，意象的运用并不仅仅是为了更精确地描写事物的各个方面，而且也是为了表现引发自己感动的那一瞬间的感觉。因此之故，那瞬息之间攫住诗人心灵的印象——它可以是一抹色彩，一道光线，一片阴影，一缕声响——便是最重要的，而其他细枝末节都无关紧要。凝练简洁的意象就是这样被不断创造出来的。而唯其凝练简洁，所以千百年来一直使人们饱受感动，易于记忆。

夜半钟声到客船

中国诗歌既注重意象的凝练性，又注重意象的丰富性。所谓意象的丰富性，并不是指一味地铺陈许多细节，而是指通过精心选择的若干意象的巧妙组合，构成一幅既有统一情绪、而又意蕴丰富的画面，以此来传达诗人的内心感受或人生体验。

在这里，意象的丰富性与意象的凝练性是并不矛盾的。因为就所有意象围绕所要表现的事物的中心而言，它们可以说是凝练的;但就围绕所要表现的事物的中心组合起许多意象而言,它们又可以说是丰富的。

在这方面,将中国诗歌与同样重视意象、然而更注重意象的单纯性而非丰富性的日本诗歌作一对比,也许是不无启示意义的。

唐代诗人张继的《枫桥夜泊》诗,是一首在中国和日本都非常有名的诗:"月落乌啼霜满天,江枫渔火对愁眠。姑苏城外寒山寺,夜半钟声到客船。"诗人在此诗中所要表现的,是他的一次旅途感受:在一个秋天的夜晚,诗人泊船枫桥,由于旅情客愁而辗转难眠,寒山寺的夜半钟声,格外清晰地传到了他的枕边。

在表现周围的环境时,诗人精心选择了"月落"、"乌啼"、"霜满天"、"江枫"、"渔火"等意象,它们大都是一些表现秋天和夜晚景色的典型意象。诗人将它们组合到一起以后,有效地传达出了诗人周围的环境,以及它在诗人心头引起的反应,构成了一种适于表现旅情客愁的氛围。

只是在这种氛围被完成了之后,诗人才引出了对于此诗最为重要的"夜半钟声"的意象。这一意象之所以重要,是因为钟声唯有夜半才传得更远,听得更切;而对于满怀旅情客愁的游子来说,也正是这传得更远、听得更切的"夜半钟声",才更能衬托出他的旅途的寂寞与客愁的难耐。此诗如果缺乏了这一主要意象,那么它也就失去了灵魂;然而,如果没有前面几个典型的秋天与夜晚意象的烘托,那么这一主要意象也就不会显得那么情韵悠远。

我们在这里看到了一种意象的凝练性与丰富性的完美结合，它没有旁枝杂叶的细节铺陈，却又显得意蕴丰富而笔墨浓酣。

不过，类似的"夜半钟声"的意象，在日本诗人的笔下，却会有迥然不同的表现。他们会只表现这一主要意象，而不表现其周围的环境。

比如在松风的一首俳句中，诗人是这样表现夜半钟声的："除夜の钟 もっともちかき 相国寺"（除夕相国寺，钟声传更近）。日本的风习，除夕午夜要聆听钟声，以迎接新年的到来。这时候从寺院里传来的钟声，自然比平时听得更为真切。这首俳句想要表现的，正是这么一种意境。当然，这里的夜半钟声与旅情客愁并没有什么关系，但在敏锐地捕捉夜半钟声给人的微妙感受方面，这首俳句与张继的诗却有异曲同工之妙。

但是，在此我们注意到了一个明显的对比：在张继的诗中，夜半钟声是在若干秋天和夜晚意象的烘托下出现的；而在这首俳句中，夜半钟声却是单独出现的。相比之下，张继的诗表现出了一种丰富的美，而松风的俳句则呈现出了一种单纯的美。

这种对比不仅出现在张继的诗与松风的俳句之间，同样也出现在其他的中国诗歌与日本诗歌之间。

当然，也可以认为，在像俳句与和歌这样远比中国诗歌更为短小的诗型中，已无法添入其他意象；不过我们也可以反过来说，日本诗人之最终选择像俳句与和歌这样极为短小的诗型,本来就是为了不再添入其他意象。他们所追求的,正是这种意象的单纯性所带来的美。

当人们把中国诗歌与西方诗歌进行对比时,他们更多地看到了中国诗歌的意象的凝练性;当人们把中国诗歌与日本诗歌进行对比时,他们更多地看到了中国诗歌的意象的丰富性。其实中国诗歌的意象正同时具有这两种特色。

中国诗歌这种意象的丰富性,大概也与中国诗人喜欢丰富的美的美学理念有关。吉川幸次郎曾指出:"细腻、锐利、清新被视作为日本文学的理想,中国文学并非如此,而是十分爱好丰富……这丰富得如同陈列着的豪华的中国名菜一样。丰富,也是中国文学的一大特色。"同时他又强调:"当然,这种丰富性也是以准确性为基础的。"[①]他说的"准确性",如果就是我们上面说的凝练性,那么可见他也并不认为在意象的凝练性与丰富性之间有什么矛盾。

楼船夜雪瓜洲渡

中国诗人是运用怎样的方法,将众多单一的意象组合在一起,创造出超出它们的简单相加之总和的效果,构筑起意象的世界的呢? 他们所最常使用的方法之一,是意象的并置叠加。

比如我们用作本节标题的诗句,便是运用意象的并置叠加手法的典型例子。此句出于陆游的《书愤》诗,它与下

---

① 吉川幸次郎著、黑川洋一编《中国文学史》(陈顺智、徐少舟译),第11页。

面一句一起,表现了诗人对于南宋两个边防重镇的印象:
"楼船夜雪瓜洲渡,铁马秋风大散关。"诗人在表现瓜洲渡
时,用了"楼船"与"夜雪"这两个相关的意象;在表现大散
关时,用了"铁马"与"秋风"这两个相关的意象。"楼船"与
"铁马"代表人事(在这里具有军事意义),"夜雪"与"秋风"
代表时间,"瓜洲渡"与"大散关"代表地点。在把这些意象
组合到一起时,诗人并不使用一般言语中所常用的语法联
系,诸如"在何处"、"在何时"、"有何物"等等,而只是简单
地将它们并置叠加在一起。于是奇迹就出现了:这些单独
看来给人以单纯印象的意象,因为并置叠加在一起,而产
生了丰富的意蕴。诗人只用寥寥几个单一意象,就传达出
了边防重镇的整体氛围。这是由于意象因并置叠加而相
互作用,产生了超出它们简单相加之总和的效果。

这种意象的并置叠加手法,颇类于现代电影中的镜头
组合手法,所以人们又把它与"蒙太奇"手法相提并论。

这种意象的并置叠加手法,是中国诗歌中所常用的。
比如我们上面提到过的"月落乌啼霜满天,江枫渔火对愁
眠"(张继《枫桥夜泊》),便通过若干秋天与夜晚意象的并
置叠加,创造出了一幅意蕴丰满的江南秋夜客愁图。又比
如元代诗人马致远的小令《天净沙·秋思》:"枯藤老树昏
鸦,小桥流水人家,古道西风瘦马,夕阳西下,断肠人在天
涯。"也是通过若干意象的并置叠加,而创造出了一幅令人
感伤的天涯孤旅图。在这些诗歌中,大部分意象不通过任
何语法联系,直接一个接一个地呈现在读者眼前,使读者

得以直接接触到事物本身,从而留下了极为鲜明的感觉印象。

中国诗歌的这种意象组合方式,正如许多近代学者所指出的,是最符合诗歌本质的表现方式之一。T·E·休姆认为:"诗是与直观相联系的,它的目的就是在人们面前不断展现物质事物。它是通过直观的具体形象并以缓慢的节奏实现这个目的的。因为句法的作用恰恰相反,所以它是非诗性的。补救的办法是完全取消句法。"①而中国诗歌却恰恰是能够做到这一点的唯一一种诗歌。

当然,意象的组合方式此外还有好多种,但这种并置叠加的组合方式,却为中国诗歌所特别擅长,也特别适合于中国诗歌语言。它产生的效果,正如叶维廉指出的:"利用了物象罗列并置(蒙太奇)及活动视点,中国诗强化了物象的演出,任其共存于万象、涌现自万象的存在和活动来解释他们自己,任其空间的延展及张力来反映情境和状态,不使其服役于一既定的人为的概念。"②

相比之下,其他诗歌就未必能像中国诗歌这样,简单地通过意象的并置叠加来完成诗歌的使命。比如像英语诗歌,由于其语法联系的重要性,便不能使意象以彼此独立的形式出现。这曾使意象派诗人引以为大憾,他们作过各种尝试,试图取得中国诗歌的意象并置叠加的效果。比

---

① 高友工、梅祖麟《唐诗的魅力》(李世耀译),第34页。
② 叶维廉《中国古典诗与英美现代诗——语言与美学的汇通》,载叶维廉主编《中国古典文学比较研究》,第209页。

如,意象派诗人埃兹拉·庞德的名诗《在地铁车站》(*In a Station of the Metro*),就尝试采用意象并置叠加的方式:"人群中这些幽灵般的面孔;/湿漉漉的黑色枝条上的许多花瓣。"(The apparition of these faces in the crowd; /Petals on a wet, black bough.)尽管他自称此诗受到了日本诗歌的表现方式的影响,但也有学者认为中国诗歌的意象并置叠加手法是其不祧之祖。然而英语诗人很难取得中国诗人所取得的那种成功,这是因为汉语与英语分属孤立语与屈折语这两种不同的语系,汉语天生就有利于中国诗歌采取意象并置叠加的方式。

类似的遗憾也被日本人感觉到了。日语是一种黏着语,助词的不可或缺及语尾的变化,也妨碍它取得中国诗歌的那种意象并置叠加的效果。如吉川幸次郎在称道中国诗歌的意象突出中心的特点时,认为像"柳色黄金嫩,梨花白雪香"这样的中国诗歌的美感,"在日文译本中难以得到充分的体现。日文呈线状:'柳の色は黄金のごとく嫩かに、梨の花は白雪のごとく香し',而中国语则将中心词一个一个连续地排列开来:'柳色—黄金—嫩,梨花—白雪—香'"①。日语由于离不开助词和"ごとく"(比如)这样的明喻方式,使中国诗歌原有的意象并置叠加效果在日语译文中很难体现出来。

当然,中国诗歌并不是不能使用语法联系来组合意象

---

① 吉川幸次郎著、黑川洋一编《中国文学史》(陈顺智、徐少舟译),第10~11页。

的,这其实也正构成了中国诗歌的意象组合的另外一些方式。而且,汉语虽然是孤立语,却也并不缺乏种种语法联系。但是,中国诗人却有意识地在诗歌中减少语法联系,而是运用这种意象的并置叠加的方式,以取得最浓缩最经济的效果。这就不能不认为和中国诗人的聪明才智有关了。他们的敏锐眼光穿透了事物的表层联系,深入到了事物的深层联系,因而仅仅运用简单的并置叠加的方式,便能使意象群产生比通过语法联系更好更大的表现效果。

朝辞白帝彩云间

中国诗人的善于运用意象,即在人名和地名的巧妙利用方面也显示了出来。一般公认,纯粹的人名和地名是很难构成意象的,因为它们缺乏唤起人们感觉经验的形象性。但是,中国诗人却通过巧妙的选择与组合,使人名和地名即使频繁进入诗歌,也不会有损于诗歌的意象性,反而可以增加诗歌的意象性。当然,中国的人名和地名往往原本就很美丽,具有超越特定指称构成意象的能力(这我们只要想一下《红楼梦》中众多美丽的人名、中国许多以自然为内容的地名即可),但如果不是诗人有意识地利用它们,它们也无疑不会在诗歌中起那么大的作用。

巧妙地利用人名作为意象的例子,可以举李商隐的《重过圣女祠》诗的"萼绿华来无定所,杜兰香去未移时"为例。其中的"萼绿华"和"杜兰香"都是仙女的名字,而且是不太清楚其人的仙女的名字。不过这两个名字是那么的美丽,一个令人联想起绿萼的花卉,一个令人联想起花卉的芬芳,在我们还没有明白这是人名之前,它们即已经以其美丽的色彩和芬芳的气息愉悦了我们的感官,使我们感受到了一种美妙的氛围。而最终我们是否了解这两个仙女,对于我们欣赏这两句诗来说,似乎并无太大的关系。在这里,这两个美丽的人名的运用,不仅没有损害,反而增添了此诗的意象性。

在地名方面,我们可以看到更多的佳例。比如像李白的著名的《早发白帝城》(一作《下江陵》)诗的"朝辞白帝彩云间,千里江陵一日还",由于诗人将"白帝"这一地名与"彩云"这一景色并置,造成了一种鲜明的色彩对比效果,从而使读者感到了一种视觉的美,可以说是巧妙地利用地名作为意象的佳例。

又如他的《峨眉山月歌》:"峨眉山月半轮秋,影入平羌江水流。夜发清溪向三峡,思君不见下渝州。"其中一连用了峨眉山、平羌江、清溪、三峡、渝州等五个地名,就字数而言,在全诗中几占一半弱,但是却并不让人感到冗赘。究其原因,乃在于诗人所用的这些地名,都具有转为意象的能力,而且诗人又对其意象性作了巧妙的利用。如"峨眉山"令人联想起弯弯的蛾眉,而这与半轮秋月正好形成了视觉上的对照;"平羌江"则令人联想起江水的平静流淌;"清溪"和"三峡"则很接近自然的溪水与峡名,而不太具有特指的意味;连"渝州"这一专有地名,也因"渝"字的三点水旁及"州"字水中岛屿的本义,而与诗歌水路旅行的主题融合了起来。就这样,诗人通过巧妙的安排,使众多地名融入这首短短的诗歌,却无任何不舒服之感,反增添了诗歌的意象性。而且,这些地名都是诗人旅行时所实际经历的,并无任何虚构成分,这就不能不让人感到"天籁"般的自然贴切了。

中国诗人这种巧妙地利用地名作为意象的能力与技巧,曾引起过古今中外许多学者的注意和赞叹。如清人顾嗣立认为:"诗家点染法,有以物色衬地名者,如郑都官'雨昏青草湖边过,花落黄陵庙里啼'是也;有以地名衬物色者,如韦端己'落星楼上吹残角,偃月营中挂夕晖'是也。"(《寒厅诗话》十六)指出了中国诗人在利用地名方面的巧思。

郑树森指出:"我们最为注意的是某些地名可能包含的视觉元素,例如王维诗里的这几个例子:黄花川、青溪、白石滩。这三个地名显然都能透过语言唤起某种视觉效果。"[①]这是偏重于地名的色彩来说的。

高友工、梅祖麟谈到了同样的问题:"唐诗中的地理名称常包括色彩和其他带有视觉倾向的词:'青枫江'、'白帝城'、'青海'、'玉门关'、'锦城'、'锦江'、'玉垒'、'蓝田'、'黄河'、'紫阁',如果唐代诗人用英文写诗,那么,'白宫'、'红场'也会很快进入韵府之中。"[②]他们的说法促使我们这

① 郑树森《具体性与唐诗的自然意象》,载叶维廉主编《中国古典文学比较研究》,第240页。
② 高友工、梅祖麟《唐诗的魅力》(李世耀译),第58页。

么想:西方诗人也许并不重视地名的色彩性质对于构成诗歌意象的意义。

巧妙地利用人名和地名作为诗歌意象,这只是中国诗人巧妙地运用意象的一个侧面而已。从上面所举的例子可以看出,中国诗人很注重人名和地名中的色彩及其他感觉因素的利用。这从更广泛的角度来说,正是中国诗人喜欢通过感觉把握事物的思维方式的表现之一。

象征是中国古诗的生命

中国诗歌的意象运用的另一个重要特色,是象征意义的赋予。在长期的发展过程中,中国诗歌中所常用的一些意象,渐渐具有了种种象征意义。由于象征意义的赋予,使这些意象的表现力大为增加,感染力也大为增强。

中国诗歌的意象的象征意义,已被东西汉学家视为中国诗歌的根本特色之一。他们认为象征是中国诗歌的生命,犹如心脏之于躯体,没有象征,诗歌就将失去力量。他们认为:"中国古诗语言是由整个象征形象所组成的富于隐喻的语言,这种种的形象在漫长的历史中形成,凝集了一个民族的想象和希望。它们通过赋予事物以人类和人性的涵义,一方面创造了符号与事物之间的新的关系,另一方面又创造了符号本身之间密切联系。唐诗将这种富有象征形象的隐喻语言运用到炉火纯青的地步。分析诗人如何创造自己的象征形象,就可破译蕴含在其中的人类心灵里的'信息',揭示诗歌的'深层结构'。""象征是中国古诗的生命,而诗歌中的象征形象的深刻寓义往往超越文学本身,蕴含于丰富的文化、思想乃至民族的审美情趣和思维方式之中。"①

中国诗歌意象的象征意义,一方面,与其他诗歌传统是非常不同的,另一方面,也是有些诗歌传统中所未必具有的。比如吉川幸次郎就曾谈到,杜甫的诗歌具有"触及隐藏在描写对象背后的东西"的特点,"根据仔细观察而捕捉到的物象,不只是被单纯的(地)歌颂,而是使人感到其中蕴(孕)育着某些比喻或象征"②。这其实就已经指出了杜甫诗歌中意象的象征性问题。在另一个地方,他以杜甫的《月夜忆舍弟》诗的"露从今夜白,月是故乡明"为例,说明"即使同样地歌咏花鸟风月,其歌咏方法,中国与日本也相当不同"。不同就不同在中国诗歌中所歌咏的花鸟风月往往是具有象征性的:"在这里月亮并不是单纯作为美丽的东西被吟咏,而是将永久地放射出美丽的光辉的月亮和总是得不到幸福的人们进行对比来歌唱。"③而日本文学中所歌咏的花鸟风月却未必具有这种象征性。正是这种象征意义,使中国诗歌的意象表现超越了个人性与暂时性,而获得了普遍性与永久性的效果。

东西汉学家们在谈到中国诗歌的意象时,都提醒人们

---

① 钱林森《中国文学在法国》,第46页,第75页,第77页。

② 吉川幸次郎《杜甫的诗论和诗》(张连第译),载《日本学者中国文学研究译丛》第一辑,长春,吉林教育出版社,1986年版,第57页。

③ 吉川幸次郎《中国的古典与日本人》(贺圣遂译),载吉川幸次郎著、高桥和巳编《中国诗史》(章培恒等译),第369页。

注意其意象的象征意义的独特性与重要性。Ａ·Ｃ·格雷厄姆在提醒欧洲读者注意这一点的同时,还介绍了"玉"、"眉"、"凤"、"龙"、"柏树"、"季节"、"秋天"、"梧桐"等等意象的象征意义①。刘若愚也提醒英语读者:"与诗歌的声律相比,意象一般认为是可以转译的,但是对英语读者来讲,必须具备理解中国诗歌意象的传统联想与象征意义的基础,否则读者还是把握不住意象的要点。"②

　　类似的提醒也由保尔·戴密微向法语读者提出:"除了纯粹的'文学隐喻'(典故)之外,还有约定俗成、非常流行的题材方面的丰富源泉,以致任何一个评论家都不会想到要将它们特别指出来。这属于中国的集体潜意识,对中国的广大读者来说是很自然的。但是由于对此不了解,这就很可能使外国读者产生严重的误解……中国的诗人便是在这种传统题材的底布上绣出最富有特色的千变万化的作品。如果人们对诗人所玩的一切花样过于忽略,那就会偏离他的思想,就会误解他的美学意图。"他介绍了"白色"、"红色"之类色彩意象,"春"、"秋"之类季节意象,"东方"、"西方"之类方位意象,"春风"、"风月"、"云月"之类自然意象,"荷花"、"大雁"之类动植物意象的象征意义,还指出了19世纪法国诗人戈蒂耶的女儿朱迪特·戈蒂耶由于没有弄懂荷花的象征意义,而犯了将诗人赞美荷花的品

① Ａ·Ｃ·格雷厄姆《中国诗的翻译》(张隆溪译),载张隆溪选编《比较文学译文集》,第232页。
② 刘若愚《中国文学艺术精华》(王镇远译),第29页。

格误解为诗人在向荷花表白爱情的错误①。

类似的提醒又由石川忠久向日语读者提出,他在《汉诗的风景》一书中,专门以一节"词语的联想",向日本读者介绍了中国诗歌中一些常见意象的象征意义,以及它们与日本诗歌中同样意象的不同含义。如"春草"、"柳、杨柳"、"蓬"、"松、松柏"、"竹"、"梅"、"菊"等植物意象,"猿"、"鸡、犬"、"鸿"、"凤凰"、"鸳鸯、翡翠"、"鹡鸰"、"乌"等动物意象,"云"、"青山"、"星"、"日"等自然意象,等等②。

他们的提醒都说明,中国诗歌中的一些主要意象,往往都包含着一些我们自己也熟视无睹的象征意义,它们对不了解中国诗歌传统的人来说更是陌生的。

反过来也可以看出,意象的象征意义对中国诗歌而言是多么重要。无论是对诗人抑是对读者,意象的象征意义提供了一种与传统之间沟通的渠道和联结的纽带。正是因了这种几千年来形成的象征传统,才把不同时代的诗人、读者与诗歌联结到了一起,形成了一种对于中国诗歌的悠久传统弥足珍贵的凝聚力与向心力。也许可以这么说,我们在中国诗歌中所看到的每一个意象,都不仅仅是它们自己本身,而且也是凝聚着几千年来中国人的心智与感情的结晶。因而当我们面对中国诗歌时,我们也就是在面对整个的中国文化与心灵。

---

① 保尔·戴密微《中国古诗概论》(杨剑译),载钱林森编《牧女与蚕娘》,第51~53页。
② 石川忠久《汉诗の风景:ことばとこころ》,东京,大修馆书店,1976年版。

奈寒惟有东篱菊

在中国诗歌意象的象征意义中,最引人注目的,大概要算是人格象征意义了,这在世界其他诗歌中亦属罕见。所谓人格象征意义,便是在原本与人类和人性没有关系的意象中,赋予人性和人格的含义,使之成为一种具有人格象征意义的意象。人格象征意义与"拟人化"并不完全相同。"拟人化"仅仅是在表现的此时此刻生效的一种表现方法;而具有人格象征意义的意象却会形成一种传统,以至于当熟悉这种传统的人们看到和运用这些意象时,都不能不顾及其人格象征意义。

中国诗歌中这种具有人格象征意义的意象非常之多,比较典型的如松、竹、梅、兰、菊、莲等植物意象。这些植物意象,由于各自的某种特性被作了人格联想,因而在中国诗歌中,成了具有人格象征意义的意象。

比如,兰因其往往生得比较偏僻,而被诗人看作是谦谦君子的象征。早在上古时代,便有了孔子以兰为友的传说。

莲因其扎根淤泥而开花水面("出淤泥而不染"),被诗人看作是处于浊世而仍保持气节的高洁之士的象征。宋代理学家周敦颐的《爱莲说》,便是表达这种见解的有名之作。

竹以其潇洒之姿,被看作是不同流俗的高雅之士的象征。魏晋时代的"竹林七贤",以喜欢在竹林中聚会而闻名。著名书法家王羲之的儿子王徽之,传说有一段"何可一日无此君",即不可一日不看竹的佳话(见《晋书·王徽之传》)。宋代诗人苏轼的《於潜僧绿筠轩》诗,对于自己的爱竹癖好作了夸张的表现:"可使食无肉,不可居无竹。无肉令人瘦,无竹令人俗。人瘦尚可肥,士俗不可医。傍人笑此言,似高还似痴。若对此君仍大嚼,世间那有扬州鹤。"

松是耐寒的常绿植物,因而被诗人看作是节操的象征。早在《论语》中,就记载了孔子的"岁寒然后知松柏之后凋"(《子罕》)的赞叹。陶渊明的《饮酒》其八里所写的,便不是自然形态的松树,而是具有人格象征意义的松树。

梅以其迎寒早开,被诗人看作是坚韧不拔的人格的象征。从南朝诗人鲍照的《梅花落》起,梅的这种人格象征意义便一再受到诗人的歌咏。直到今天,还有人提议选它为国花。

菊则以其耐寒迟谢,而被诗人看作是高洁人品的象征。像欧阳修的《霜》诗:"一夜新霜着瓦轻,芭蕉心折败荷倾。奈寒惟有东篱菊,金蕊繁开晓更清。"[1]便以其他花卉的不能耐寒与菊花的能耐寒相比较,从而暗示了对于菊花的"品格"的赞美,也就是对其所象征的人格的赞美。

像所有以上这些植物意象,都已经形成了固定的人格象征意义,很少有诗人愿意或敢于无视它们。而且它们给

---

[1] 此诗一说白居易作,文字也略有不同。

予读者的感动,也大半是来自于这种人格象征意义的,直到今天也还是如此。

然而有意思的是,比如在曾经大量接受中国诗歌影响的日本诗歌中,这些植物意象却大都不像它们在中国诗歌中那样具有人格象征意义。这正足以说明,这种具有人格象征意义的意象,乃是中国诗歌的特色,反映了中国诗人的心智世界。

那么,为什么中国诗歌中的很多意象会被赋予人格象征意义呢?这大概与中国独特的自然风土的影响有关。我们也许已经注意到,上述植物意象的人格象征意义,有不少集中在"耐寒"这一点上。无论是梅的早开,还是菊的晚谢,还是松的后凋,都与耐寒品性有关。这大概是因为在中国这么一个季风国家,四季的温度相差太大(这与寒带地区的人们习惯于寒冷,热带地区的人们习惯于炎热都不相同),炎热与寒冷(尤其是寒冷)给人以更深的印象,因而中国诗人才会津津乐道于这些植物的耐寒品性,并将自己的感情投射到它们身上,使之成为具有人格象征意义的意象吧?试想一下,在萧瑟秋风中忙不迭穿上御寒衣物或在隆冬时节不断搓手呼气取暖的中国诗人,忽然看见迎着凛冽的秋风怒放的菊花,或是冲着漫天的风雪盛开的梅花,他们的心灵将会受到一种怎样的触动?这大概便是这类植物意象被赋予人格象征意义的契机吧?

不过,要说光是因为自然风土的影响,那么具有与中国类似的自然风土的地方还有,比如日本,可为什么在它们的诗歌中却很少见到这种具有人格象征意义的意象呢?
这也许应该说也与社会风土的影响有关。中国历史上战
乱频仍,社会风土的严酷不亚于自然风土。对于这种社会
风土的"耐寒"能力是否足够,乃是能否生存下去的前提。
因而中国历来就有所谓士君子的人格理想这样的东西,说
的是在乱世和浊世保持人格完整和节操高尚的原则。对
于这种人格理想的强调,自然容易移情于自然意象。相比
之下,社会风土长期稳定的日本,便似乎没有所谓士君子
的人格理想这样的东西,所以也就很少见到有人格象征意
义的意象。

　　不过,也正是在这种地方,体现出中国诗人的智慧。
他们不是抽象地空洞地谈论人格与节操,而是用自然意象
来象征,在具体可感的东西当中,融入抽象难言的人生哲
理,使得这些具有人格象征意义的意象,长期以来一直成
为中国人的精神慰藉,鼓舞着他们去忍受不幸与痛苦,战
胜困难与压迫。

第三章 诗律的智慧

在现代的完全打破格律的自由诗出现之前,各种诗歌大抵都有自己的格律。这些格律大都是依据各自语言的特征而形成的,同时也反映了诗人们对于自己语言的表层与深层结构的理解,以及他们掌握运用自己语言的能力与智慧。

在各种诗歌之中,中国诗歌以格律的严密完美著称。几乎找不到另外一种诗歌,能够像中国诗歌中的近体诗那样,具有如此彻底的严密完美的格律,而又适于其所用语言的本质。这既反映了中国诗人所用语言(汉语)的得天独厚的条件,同时也反映了他们掌握运用汉语的聪明才智。

中国诗歌的严密完美的格律,不仅反映了中国诗人对于自己语言的理解与把握,也反映了他们对于世界的理解与把握。平冈武夫曾经认为,律诗乃是中国知识分子的"天下的世界观"的产物。松浦友久补充道:"律诗的律诗性可以说是汉语特征经纯粹培植的显现,在这点上具有先于'天下的世界观'的根源性。不过,就律诗是最鲜明地具体体现中国知识分子的思惟形态的诗型这一点看,见解是完全可以一致的。"①诗歌是语言的艺术,而语言是思维的工具,因而诗歌及其格律,必然与诗人的思维方式密切相关。

早在19世纪,埃尔韦·圣·德尼就已经注意到了中国诗歌格律不同于西方诗律的独特性,他说:"西方的诗律只限于调节诗句的机械部分,或者说限于诗歌的构架。而汉语的诗律却触及诗歌的精神部分、诗歌的灵魂本身。"②在这个带有印象主义色彩的批评中,这位法国汉学家敏锐地洞察到了中国诗律的独特性。自他以后,有越来越多的东西人士和汉学家对中国诗歌的格律表示了赞叹与倾倒。

尤其是当人们注意到现代诗歌在建立新的诗律时所遭到的种种挫折与失败的时候,自然就更会对中国古代诗人在建立严密完美的格律中所呈现出来的聪明才智感到由衷的感佩了。

吉川幸次郎曾经把中国诗律的严密完美看作是中国文学的根本特征——修辞性——的表现之一,他说:"文学是以语言为媒介的艺术,对于文学,修辞仅是附属物,然而中国文学修辞性之强,在世界文学中亦属罕见。其修辞性强的例子之一便是称为'律诗'的诗体……中国文学的修

---

① 松浦友久《中国诗歌原理》(孙昌武、郑天刚译),沈阳,辽宁教育出版社,1990年版,第266页。
② 钱林森《中国文学在法国》,第32页。

辞性在诗歌中得到最完美的表现。"他还追索了这种现象背后的哲学基础："这种修辞性是如何产生的呢？大概是因为汉民族那根深蒂固的对感性之物的信赖心理吧。对这种对于语言表面形态的完整的刻意追求，中国人也曾探寻过它的哲学依据，《文心雕龙》认为，人类可以通过连缀华丽的文辞而能动地参与宇宙的调和，这即是其哲学上的解释。这种思想不仅在六朝时代占支配地位，而且在其他时代人们的意识中也是根深蒂固。"同时，他也考虑到了汉语在实现这种完美形态方面得天独厚的条件："中国人之所以有此思想，是因为中国语言先天地存在着导致这种思想产生的因素。"他更进一步断言："文学中修辞是不可或缺的。而要弄清修辞的意义，中国文学将是最重要的材料。"①

我们在此正是想从中国诗律与汉语的密切关系、中国诗人对于语言的敏感、中国诗律中所表现出来的中国诗人的思维形态和聪明才智等角度，来谈谈中国诗律。

诗型

中国诗人利用汉语的固有特性，创造出了世界上最整齐的诗歌形式。

诗行长度的统一或有规则的变化，是世界各国诗歌格律的基本要素之一。日语诗歌主要是以五音和七音的有

---

① 吉川幸次郎著、黑川洋一编《中国文学史》(陈顺智、徐少舟译)，第12～13页，第14～15页，第28页。

规则排列交替来构成的,如短歌是"五七五七七",俳句是"五七五"。越南字喃诗歌类似日语诗歌,主要以六言、七言、八言的有规则排列交替来构成,如"六八体"是"六八六八……","七七六八"体是"七七六八……"。法语诗歌讲究每行音节数的一致,无论其是十二音节或十音节或其他数目的音节。英语诗歌讲究每行音步数的一致,无论是四音步或五音步或其他音步。(当然,也有像朝鲜的时调、歌辞那样的诗歌,虽说是"定型诗",可每行的音节数却有一定程度的自由。)

不过,以上这些诗歌的诗行长度的一致,除了越南的字喃诗歌以外,常常主要是在听觉上实现的,而在视觉上则只能大致实现。这是因为在西文中,音节数的一致不等于字母数的一致,因而听觉长度的一致也不等于视觉长度的一致;在日语中,音节数的一致不等于文字数的一致(因为日语是汉字假名混用的,一个汉字只占一个假名的位置,却往往具有不止一个音节的发音),而听觉长度的一致也不等于视觉长度的一致。

日语诗歌的例子如芭蕉的著名俳句:"古(ふる)池(いけ)や 蛙(かわず)とびこむ 水(みず)の音(おと)"(蛙入古池水声响),其音节是"五七五",但是因为汉字假名混用,而汉字的发音不一定只有一个音节,因而在视觉上便产生了参差不齐之感(这里一、三句皆为三个字乃是巧合),而且也显示不出"五七五"的长度规则变化。日语诗歌一般是接写的,随着每首诗歌使用汉字情况的不同,当

许多诗歌并排排列时,便自然会显出长短参差的不同。

西语诗歌的例子如罗伯特·赫里克的短诗《临行》(*Upon His Departure Hence*):"Thus I/Pass by/And die/As one/Unknown/And gone—"(我这样/走过去/死了/像一个/陌生人/走了)①,这是一首二音节一音步的英语诗,每行在听觉上长度一致,但是由于其单词或音节的字母数不同,因而在视觉上并不能造成同样的整齐。这里我们为了节省篇幅,只举了一首最短小的英语诗,其实随着音节数或音步数的增加,西语诗行在视觉上的参差不齐之感也会加甚。

但是,在中国诗歌中,却不仅能做到听觉长度的一致,而且也能做到视觉长度的一致。这是由于汉语是一字一音一义的语言,因而音节数的一致,便也是字数的一致,听觉长度的一致,便也是视觉长度的一致。这样,中国诗歌不仅能形成听觉上的整齐美,也能造成视觉上的整齐美。

比如:"白日依山尽,黄河入海流。欲穷千里目,更上一层楼。"(王之涣《登鹳雀楼》)每行在听觉上是五个音节,在视觉上是五个字,非常整齐。尤其是当它们像在现代书籍中那样分行排列时,更能显示出方阵般的整齐美了。当然,在古代书籍中,中国诗歌不仅是不分行的,而且还是不断句的。但是,当同样体裁(如五绝、七绝等等)的诗歌排在一起时,整首诗歌的长度一致,同样能够体现出视觉上

---

① 原诗转引自王力《汉语诗律学》(增订本),上海,上海教育出版社,1979 年新二版,第 845 页,中译文由本人改译。

的整齐美。

中国诗歌的大多数诗型(主要是齐言诗),都具有这种视觉与听觉两方面长度一致的整齐美。即使是像词这样的长短参差的诗型,诗行的长度亦仍能表现出有规则的变化。当然,也有像杂言诗这样没有变化规则的诗型,但那是诗人有意让它们参差不齐的。总而言之,汉语的一字一音一义的固有特性,能够使中国诗歌做到其他诗歌做不到的诗型的彻底整齐。

但是,汉语的这种一字一音一义的固有特性,只能说为中国诗人提供了造成诗歌听觉与视觉两方面长度一致的整齐美的得天独厚的条件,而要创造这种整齐美本身,还得依靠中国诗人的聪明才智和有意识追求。

早在上古时代的《诗经》里,中国诗人便已经显示出了追求整齐的倾向。但那些诗歌里面毕竟还有长短不齐的句子,说明其时的诗人还没有追求彻底的整齐,也就是彻底利用汉字固有特性的自觉意识。

这种追求彻底整齐的意识是在六朝时代逐渐高涨,而到唐代达到高潮的。以五律和七律、五绝和七绝为主的近体诗的定型过程,正反映了中国诗人追求彻底的整齐和彻底利用汉字固有特性的努力过程。

因而可以说,中国诗歌的视觉上的整齐,并不是自发出现的,而是中国诗人长期追求的结果。可以作为比较的是,现代中国诗人同样使用汉字,却大都无意使自己的诗歌变得整齐。这一事实也正说明,中国传统诗歌的整齐之

美乃是人为努力造成的。

在中国诗人彻底利用汉语的固有特性、创造视觉与听觉两方面长度一致的具有整齐美的诗型的活动中,蕴含有他们对于美的一种独特理解。正如很多汉学家都曾指出的,中国诗人乃至中国人有一种对于整齐的强烈爱好,这不仅反映在中国人的诗歌观念中,也反映在中国人的其他观念,如哲学观念、建筑观念、艺术观念等之中。中国人渴望通过将秩序与整齐赋予世界,来理解和把握世界;同时,他们也认为只有整齐的世界,才是美的世界。在这方面,中国人在世界各民族中显得特别突出,因而也就难怪中国诗歌会成为世界上最具整齐美的诗歌了。

平仄

中国诗人还利用汉语的固有特性,创造出了世界上最严密的音调律——平仄律。

基于各自所用语言的不同,各种诗歌在音调方面的情况也是不尽一致的。比如众所周知,希腊语、拉丁语有长音和短音的区别,因而希腊语、拉丁语诗歌便形成了长短律这样的音调律;英语、德语、俄语有重音和轻音的区别,因而英语、德语、俄语诗歌便形成了轻重律这样的音调律;法语没有长短音或轻重音的区别,或者即使有区别也不太明显,因而法语诗歌并没有形成长短律或轻重律之类的音调律;韩语、日语虽说有音调高低变化,但这种音调高低变化却很难有效地为诗歌利用,因而韩语、日语诗歌大体上也没有音调律;越南语与汉语一样有声调变化①,所以越南字喃诗歌也有平仄律。

没有音调律的诗歌姑且不论,对于有音调律的诗歌来说,大抵一首诗中通常只用一种音调律,或以一种音调律为主。比如用长短律则全诗每句都用长短律,用短长律则全诗每句都用短长律,用平仄律则全诗每句的平仄交替都重复,其他亦然。这是其他诗歌在音调方面的大致情况。

上古时代的汉语据说只有平声和入声,因此,上古时代的中国诗歌也是纯以音节为基础,而没有音调的变化的。从中古时代开始,汉语逐渐由平入二声分化为平上去入四声,这种分化又以梵语声韵学的传入中国为契机,而被中国诗人明确意识到,并有意识地在诗歌实践中加以利用。于是,中国诗歌便从纯粹的音节诗,向既讲音节又讲音调的诗转化,其最终成果便是严格实行平仄规则的近体诗的诞生。同时,古体诗也受其影响,而有意采用不同于近体诗的平仄规则。因而可以说,定型化后的中国诗歌,不仅是以音节为基础的,而且也是以音调为基础的。它既有音节一致的整齐美,又有音调起伏的变化美。

所谓"平仄"规则,是将汉语的四声按声音的平与不平(上去入都算不平)分为两大类,通过它们的交替,来构成

---

① 越南学术界普遍认为,远古时期的越南语只有平声一个声调,后来在汉语声调分化的影响下,到6世纪才分化为三个声调,到7世纪又分化为六个声调,并一直沿袭到今天。这六个声调是:平、锐、玄、问、跌、重。河内方言六个声调都有,中部和南部方言只有五个声调。

诗歌音调起伏抑扬的变化。很显然,这与西方诗歌通过长短音或轻重音的交替来构成诗歌音调的长短、轻重变化有相似之处,因此常有汉学家们将它们作简单类比。

不过,我们必须注意到,虽说中国诗歌的平仄律与西方诗歌的长短律或轻重律具有相当程度的类似性,但它们之间也具有不容忽视的异质性。最根本的不同,在于西方诗歌的轻重律或长短律,是全诗每句一样的和重复的;而中国诗歌的平仄律,却是错综变化的。

在中国诗歌中,每两句构成一联,以联为单位进展。在每一句之中,每两个音节构成一个拍节,五言诗是两个半拍节,七言诗是三个半拍节。每句内大致以拍节为单位,平仄交替,构成拍节之间的平仄对比。至此为止,尚与西方诗歌的音调律相似。但是,在一联内的上句与下句之间,平仄交替必须以相反的状态出现。即如果上句的第一个拍节是平,则下句的第一个拍节必须是仄,余类推。这样,便不仅在一句内平仄构成对比,而且在一联的上下句之间,平仄亦构成了对比。而到了联与联之间,即上一联的下句与下一联的上句之间,平仄却又必须保持一致,这样的话,联与联之间又可构成平仄的对比。除此之外,还有其他种种变化规则。

整首近体诗便这样在平仄的对比和平行中,构成了一个忽而交错忽而重合的音调变化的整体,给人以极为丰富的音调美感。正如余光中所说的:"这种格式,一呼一应,异而复同,同而复异,因句生句,以至终篇,可说是天衣无缝,尽善尽美。"①像这样严密完美的音调律,在世界诗歌中也是绝无仅有的。

这一点,如与越南字喃诗歌的平仄律作一比较,就可以看得更清楚了。如"六八体",以六、八言句相间组成,其基本格式为:

第一句:平平仄仄平平(韵)

第二句:平平仄仄平平(叶)仄平(韵)

第三句:平平仄仄平平(叶)

第四句:平平仄仄平平(叶)仄平(韵)

如此周而复始,篇幅长短不限。"七七六八体",是在一联六、八言句之前加上两个七言句组成,其基本格式为:

第一句:平(仄)仄仄平平仄仄(韵)

第二句:平(仄)平平仄仄(叶)平平(韵)

第三句:平平仄仄平平(叶)

第四句:平平仄仄平平(叶)仄平(韵)

如是类推,每四句一轮,篇幅长短亦不限。除六、八言句与中国诗体不同外,七言句中的节拍常为三二二式,也与中国七言诗节拍有别。一般认为,"六八体"和"七七六八体"是"中越合璧"的产物,因为它们参照了中国诗歌的音调

①　余光中《中西文学之比较》,载古添洪、陈慧桦编著《比较文学的垦拓在台湾》,第144页。

律,又结合以越南民族的歌谣体制①。但是我们注意到,除了两个七言句之间有对比以外(这可能来自中国诗歌音调律的影响),六八言句的平仄交替始终是重复的,没有中国诗歌平仄律的呼应变化之美。

中国诗歌这种严密完美的音调律,使中国诗歌具备了极为悦耳和谐的听觉美。正如保尔·戴密微所说的:"在每二行诗的内部,平声和仄声是有规律地依次互相对立的。因此,这就出现了一种对称性的平衡效果,它类似于一种平衡的力量,一个优秀的朗诵者的声调能够将它充分地表现出来。"②

这种平仄律是如此地和汉语的固有特性密切相关,因而当中国诗歌被译成其他语言时,大抵要以损失它为代价。

而且,不仅是翻译,即使是在过去的东亚汉文化圈中,其他国家的读者直接欣赏中国诗歌时,也会因为他们的语言没有四声变化,而享受不到平仄律带来的音调变化之美(越南读者可能是例外)。青木正儿就曾遗憾地指出:"可惜日本人当朗读汉诗时,因为不能分别四声,遂于享受韵律之美这一点上,不无遗憾。"③

---

① 林明华《中国文学在越南》,载饶芃子主编《中国文学在东南亚》,广州,暨南大学出版社,1999年版,第44~45页。

② 保尔·戴密微《中国古诗概论》(杨剑译),载钱林森编《牧女与蚕娘》,第43~44页。

③ 青木正儿《中国文学概说》(隋树森译),重庆,重庆出版社,1982年版,第16页。

也许更为遗憾的是,随着古今语音的变化,即使是现代的中国读者,也已不能完全享受到中国诗歌平仄变化的音调之美了。

平仄律是由汉语的固有特性所决定的,利用了汉语的得天独厚的条件,但是平仄律的产生,却仍然是中国诗人在漫长岁月中孜孜追求的结果,而不是自发地发生的。"将声律划分为平上去入、并以此为前提设立束缚诗作的一定规范,虽然发生于5世纪末的南齐时代,实际上却是经过长年累月积累而取得的成果。"[①]

平仄律所体现的诗歌音调的有规律变化,产生了一种起伏抑扬的音调美,使对语言异常敏感的中国诗人的听觉感到了愉悦,又使他们喜欢整齐之美的心理得到了满足。

同时,它也像是阴阳二元论的世界观在诗歌音调方面的体现。正如阴阳的对立统一产生万物一样,平仄的交替与重复也可以使诗歌在音调方面无穷繁衍,这也满足了由阴阳二元论的世界观培养起来的中国诗人的思维定势与审美要求。

进而言之,音调和谐也象征了理性与秩序,这使崇尚理性与秩序的大多数中国诗人感到安心。可以作为佐证的是,我们看到若干个性特异的诗人,如李白,往往更喜欢平仄规则不那么严格的古体诗型;而那些个性沉稳的诗人,如杜甫,则往往更喜欢平仄规则严格的近体诗型。

---

① 兴膳宏《〈宋书·谢灵运传论〉综说》,载其《六朝文学论稿》(彭恩华译),长沙,岳麓书社,1986年版,第287页。

对偶

中国诗人还利用汉语的固有特性,创造出了世界上独一无二的对偶艺术。

对称是自然界的普遍法则之一,比如动物的形体便大都是左右对称的。对于自然界的对称法则的洞察,使人们在人工方面也开始追求对称,比如很多建筑、庭园、街道等等,都利用了对称原理。

既然对称在自然界和人世间具有广泛的表现,则诗人当然也不会无视它的存在。因而不难理解,在各种诗歌之中,对称的表现都会占有一席之地。

如在英语诗歌中,类似下面这样的对句是相当常见的。威廉·亨利:"Some had shoes, but all had rifles."(一些人有鞋,但所有的人有枪)拜伦:"My boat is on the shore,/And my bark is on the sea."(我的小船在岸上,/我的小艇在海上)①

在日语诗歌中,类似下面这样的对句也常常可以看到:"鳴かざりし 鳥も来鳴きぬ 咲かざりし 花も咲けれど"(春前未鸣鸟,春来亦已鸣;春前未开花,春来开已荣),"山を茂み 入りても取らず 草深み 执りても见ず"(春山树木茂,人不闻鸟声;春草深没膝,采花不可行),"黄叶をば 取りてそしのふ 青きをば 置きてそ叹く"(秋山树叶

---

① 原诗转引自王力《汉语诗律学》(增订本),第 8 页,中译文由本人试译。

稀,红叶能摘赏;青叶仍在枝,令人多向往)①。

在这些东西诗歌中,诗句都两两相对,构成了一种对称的美。推想起来,这样的对句,应该是存在于所有的诗歌中的。

不过,在其他诗歌中,对偶的表现往往只是众多修辞手法中的一种,并不一定占有何等重要的位置;但是在中国诗歌中,对偶表现却占有极为重要的位置,是中国诗歌的主要特征之一。而且,以对偶表现为核心的律诗,成了中国诗歌中最重要的样式之一(与此堪称对照的是,同样以对偶表现为核心的骈文,也成了广义的中国散文中最重要的样式之一,但"骈文的特征在英语中似乎是人工雕琢的"②),这在各种诗歌中也可以说是绝无仅有的。正如松浦友久所指出的:"从比较诗学的观点看,中国诗歌确实是在'对偶性'(对句和对句性的因素)方面占有最大比重的实例。中国诗歌的对偶性是明确贯穿从语言、文字的层次到思维、构思的层次的总体特色。在这个意义上,在中国'对偶之诗',或是应看作'对偶观念的纯粹形式'的'律诗',成为诗歌史的中心诗型,正是必然的,也是具有象征意义的。"而在其他诗歌中,对偶表现却远不占有这么大的比重,也从未形成过像中国的律诗这样的以对偶表现为核心的诗型,更不用说这种诗型在诗歌史上占据中心地位

---

① 《万叶集》第 16 歌。译文据杨烈《万叶集》中译本,长沙,湖南人民出版社,1984 年版,第 5~6 页。
② 刘若愚《中国文学艺术精华》(王镇远译),第 36 页。

了。"从比较诗学的观点看，却毋宁说中国诗歌史的情况是一个例外。"①这种例外的情况，正是反映了中国诗歌根本特色的地方。

不仅是在诗歌中所占的比重不同，而且在表现形态上，中国诗歌中的对偶表现也与其他诗歌完全不同。其他诗歌只能做到意义上的大致对偶，却很难做到形式上（包括视觉与听觉两方面）的对偶；而中国诗歌则不仅能在意义上，而且也能在形式上，做到极为彻底的对偶。

比如在拜伦的诗中，"shore"（岸）与"sea"（海）尽管在意义上和音节上都构成对偶，但是由于字母数不一样，因而在视觉上就显得不整齐了。而且，由于英语的语法结构使然，第二句开头的"and"是必不可少的，因而下句就比上句多出了一个成分，这样不仅在视觉上，而且在听觉上也显得不整齐了（亨利的诗也是如此）。

在《万叶集》的上述和歌中，虽然音节和意义可以构成大致的对偶，但是由于其现代语译采用了汉字假名混用体，因而在视觉上就很难做到整齐，如"山を茂み入りても取らず"和"草深み 执りても见ず"便是如此。即使在原来采用"万叶假名"标记的时候，由于有的字一字一音，有的字一字多音，因而形式上也不能完全做到整齐。如上述两句的"万叶假名"标记是"山乎茂 入而毛不取 草深 执手母不见"，"山乎茂"三个字，"草深"两个字，字数就对不起

---

① 松浦友久《中国诗歌原理》（孙昌武、郑天刚译），第 189 页。

来了。

但是,中国诗歌的对偶表现,却不仅能在意义上,也能在形式上构成彻底的对偶。如在"星垂平野阔,月涌大江流"(杜甫《旅夜书怀》)中,上下句都是五个字,五个音节,在视觉上听觉上都是极为整齐的;就音调律而言,是"平平平仄仄,仄仄仄平平",也构成了整齐的对偶;而在意义上,则"星"对"月","垂"对"涌","平野"对"大江"、"阔"对"流";全联则是静对动,广阔对悠长,立体对平面,都极为工整贴切。而像这样彻底的对偶表现,在其他诗歌中是无论如何做不到的。

这种对偶的表现形态的差异,其实正是由各自语言的差异决定的。因为汉字是表意文字,因而容易在意义、字形、音节上构成彻底的对偶;而日语和西语则大都是表音文字,每一个词的音节数不同,因而在对偶时音节与意义很难一致起来。又因为日语混用汉字假名,每个汉字的音节数各各不同,而西语则音节数的一致不等于字母数的一致,因而在对偶时音节与形式也很难取得一致。

更进一步说,因为汉语是孤立语,语法性虚词等等可以减少到最低限度,甚至完全不用,因而就不存在因为语法性虚词而造成的用字的重复(这在骈文中倒是常见而且不避的);而日语和西语则不行,日语的助词,英语的冠词、连词、介词等等,都是不可或缺的,所以易于造成中国骈文中那种叠用虚词的重复感觉,从而达不到彻底对偶的要求。这我们回顾一下刚才所举的例子,便马上可以明白了。

东西汉学家们认为,上述这些语言方面的差异,乃是造成中国诗歌对偶表现特别发达,其他诗歌对偶表现不甚发达的主要原因。

吉川幸次郎从中日语言不同的角度作了比较:"在中国对仗之所以发达,是因为汉语是孤立语,一个字为一个相应的一个音节之故。而在日语中,即使将'うめ'二个音与'かきつばた'五个音并列,也仍然不会形成有韵律的偶句。"①这是因为日语的"うめ"(梅)和"かきつばた"(杜若)在意义上成对,但在音节上却不成对之故。但在汉语中,它们却是从音节到意义到字形都可以成对的("梅"对"若")。所以在日语中,除了七五调的和歌、美文及民间谚语外,对偶表现并不发达。

余光中则从中英语言不同的角度作了比较:"单音的方块字天造地设地宜于对仗。虽然英文也有讲究对称的所谓 Euphuism,天衣无缝的对仗仍是西洋文学所无能为力的。"②这方面的例子我们上面已经看到过了。A·C·格雷厄姆也从类似的角度作了比较:"无需词的重复而要达到严格的对仗,在英语中显然几乎是不可能的,而有词汇重复的对仗又会很快使人感到呆板单调。"③而这无需词的

---

① 吉川幸次郎著、黑川洋一编《中国文学史》(陈顺智、徐少舟译),第13页。

② 余光中《中西文学之比较》,载古添洪、陈慧桦编著《比较文学的垦拓在台湾》,第147页。

③ A·C·格雷厄姆《中国诗的翻译》(张隆溪译),载张隆溪选编《比较文学译文集》,第231页。

重复的严格的对仗,在汉语中却是完全可能做到的。

松浦友久则从中外语言差异的角度作了较为全面的比较:"作为对偶关系表现的汉语的'词与词'、'句与句'、'文与文',根据(一词一音一字性)这一特质,无论在意义(概念)上,在听觉上,还是在视觉上,都易于完全作为同量、同位的东西排列在一起。用欧美各国语言或日本语(汉字假名混合文)表现的对句,很多情况下,视觉上自不待言,即使在听觉上也是以缺乏同量同位性的形式表示的。"①

总而言之,在对偶方面,中国诗人也同样享有得天独厚的语言条件。

但是,我们同样要指出,光有语言的得天独厚的条件,并不能自发地产生中国诗歌的对偶表现。在中国诗歌的对偶表现中,凝聚着一代又一代中国诗人殚精竭虑的艰辛。"远古的对句,可以说是自然发生的,作者在运用对句时,对对句作为一种表现方法是否有明确的意识,这一点还存在疑问,难以确定;然而,进入到六朝,作者对对句的运用已有了明确意识则是无疑的了。就是说,作者已经有意识地为了提高表现效果,而有效地把对句作为表现手法加以运用,不是无意识地自然描写,而是有意图地加以修辞,这一点可以明确地分析和指出。"②只是经过了漫长的

---

① 松浦友久《中国诗歌原理》(孙昌武、郑天刚译),第219～220页。
② 古田敬一《中国文学的对句艺术》(李淼译),长春,吉林文史出版社,1989年版,第149页。

岁月,中国诗人才把对偶表现发展到至善至美的阶段,"律诗"便是其发展的最高形式,而唐诗则是其开花的最好园地。

除了表现形态的差异以外,在对偶思想方面,中外诗歌也是相当不同的。中国诗歌中的对偶表现,强调的是两句之间的对比,无论对比的方向是相似的(正对)还是相反的(反对);但是其他诗歌中的对偶表现,强调的大都是两句之间的并列,而不是两句之间的对比。尽管并列本身也自然会含有对比性,但其对比性与有意识的对比相比是很微弱的,我们看上面所引的例子便可明白。古田敬一认为,这里面存在着中外对偶思想的根本区别。他指出:"日本文学的对句,大体上是同种同质的东西的反复的表现多","西欧文学的对句从原则上看具有后者(日本文学)的倾向",它们"即便从形式上看也成对句,但在内容上则只是单一的并列"。同时,他又指出:"在中国,异种异质的东西,更进一步说只有反对的东西组合在一起,才是本色的对句。只有相反的东西对照,由于互相反衬使内容深化的对句,才是对句的主流。"①如果不仅仅局限于狭义的"反对",也包括进一般的对句,则他的说法无疑是极有道理的。

与其他诗歌中的并列式的对句相比,中国诗歌中的对比式的对句,具有远为丰富的表现力。这是因为两个句子

① 古田敬一《中国文学的对句艺术》(李淼译),第11页,第13页,第12页,第8页。

间因对比而产生的张力,使这两个句子产生了超出单个句子之和的表现效果,从而构筑起一个意蕴丰满的新的世界。"根据时间上的二点或空间上的二点可以创造超出这二点以上的一个新的世界……一加一,一般等于二,而在对句里,一加一不是二,而可以成为三或四。它可以展开一个高层次的世界,在字面上产生新的内容……由二物对照创造另外一个高级物,就像哲学上的扬弃,或者可以说是辩证法的统一。由于使用二物对置的手法,使用同样的文字,也可以表现用其他办法不能表现的世界。其结果是使用文字少但表现了极为丰富的内容。这是很有效的表现法。比用单线条一种调子去表现,更给人深刻印象,可以说对句具有不可思议的表现力。"①比如杜甫的"星垂平野阔,月涌大江流",就通过垂直的空间之宽阔与平面的空间之悠长的对比,呈现出一幅超出这些事物之总和的全景式的夜中国的壮丽画面,而这幅壮丽画面仅靠单句是难以完成的。

那么,是什么样的思维方式促使中国诗人去追求与创造这种即在世界诗歌史上也是绝无仅有的对偶表现的呢?古田敬一认为是中国人那根深蒂固的阴阳二元论的世界观在背后起作用:"对偶的根源是阴阳二元论的思想……阴阳并不仅是阴和阳的简单相加,而是通过阴阳的融合创

---

① 古田敬一《中国文学的对句艺术》(李淼译),第186～187页。

造并展开的新世界。"①也就是说,像中国诗歌所独有的这种对偶表现,乃是深深地植根于中国人阴阳二元论的思维方式之中的,是中国智慧在诗歌艺术方面的卓越表现。"对于对偶表现的几乎是生理上的偏爱与贯彻,其中的根深蒂固的对偶思考,实在是赋予中国文学史和思想史特色的最基本的性格之一。"②而其他诗歌中的对偶表现之所以不甚发达,除了各自语言先天条件的局限之外,不具有中国人这种阴阳二元论的世界观,也是一个相当重要的原因。

句法

中国诗人还利用汉语的固有特性,创造出了一种独特的诗歌语言,使中国诗歌在句法方面,也呈现出不同于其他诗歌的独特面貌。

古代汉语作为一种语言本身,便与其他语言有许多基本的差别,比如没有西方语言那种因人称、时态、数量、词性、语态和性别等等而引起的字形(词形)变化;也没有表示确指抑是泛指的冠词;由于是表意文字,因而也不像表音文字那样,随着古今语音的变化而不得不经常改变字形;其词汇当然也没有性别、数量、时态、语态等等区别。

同时,作为诗歌语言的汉语,又比作为散文语言的汉

---

① 古田敬一《〈文心雕龙〉中的对偶理论》(邵毅平译),载《中华文史论丛》1985年第二辑,第 65 页。
② 松浦友久《中国诗歌原理》(孙昌武、郑天刚译),第 222 页。

语更少语法联系和语法因素,比如常常省略散文中常用的联系动词、人称代词、介词、前置词、时间状语、比较词语、动词甚至主语等等,而这些成分在其他语言的诗歌中往往是不可或缺的。

这样,在汉语本来就与其他语言不同的情况下,中国诗歌语言利用了汉语的固有特性,进一步拉大了与其他诗歌语言的距离,从而创造出了一种极为独特的诗歌语言,使中国诗歌成为世界上最富表现力、也最符合抒情诗本质的诗歌之一。这种诗歌语言的差别带来的表现力的差异,随着中国诗歌越来越多地被译成各种语言,以及比较文学和比较诗学的进展,已为越来越多的汉学家们所注意。

中国诗歌常常省略人称及主语,由此造成了一种客观化的非个人的抒情效果,使个人的体验转化和上升为普遍的象征的东西,从而使读者也能置身其中,产生更大范围的共鸣与影响。而在西方诗歌中,由于人称是必不可少的,因而便无法产生这样的效果。因而当中国诗歌被译成西语时,便不得不以损失这种效果为代价。

A·C·格雷厄姆指出:"中国诗人很少用'我'字,除非他自己在诗中起一定作用(如卢仝的《月蚀》),因此他的情感呈现出一种英文中很难达到的非个人性质。在李商隐描写妇女的某些诗里,究竟应该加上'我'(即从她的观点来看)还是'她'(即从诗人的观点来看),这是一个无法回答而且难以捉摸的问题。仅仅由于英语语法要求动词要有主语而加上的'我'字,可以把一首诗完全变成抒发一种自以为是或自我怜悯的情绪。"①

保尔·戴密微通过与法语诗歌的比较,也指出了同样的事实,并认为这是中国诗人为增强诗歌的表现力而故意采用的手法:"汉语是可以将人称明确指出来的,但在诗歌中经常是没有必要这么做,如果诗人以自己的名义讲话,或者以第二人称同某个实有的或虚幻的对话者讲话,或者他让第三者讲话,而这个第三者又可能是一个男人,一个女人或一个集体,等等,作者就有意不将人称明确地指出来。他让读者按照自己的方式进行重新组合,但这样的组合是诗人向读者提示出来的,它可以含有好几种不同层次的解释。"②

有时候,这种人称的省略可以造成某种独特的效果。比如王维的《鹿柴》诗的"空山不见人,但闻人语响",《终南山》诗的"白云回望合,青霭入看无",其中由于省略了人称代词,因而造成了"表示人的动作与大自然完全融合"③的效果。叶维廉也以孟浩然的《宿建德江》诗为例,认为省略人称代词不仅能使读者参与,而且能使情景直陈读者面前:"用了'我'字便特指诗中的角色,使诗,起码在语言的层次上,限为一人的参与,而超脱了人称代名词便使词情诗境普及化,既可由诗人参与,亦可由你由我参与,由于没

---

① A·C·格雷厄姆《中国诗的翻译》(张隆溪译),载张隆溪选编《比较文学译文集》,第 227 页。

② 保尔·戴密微《中国古诗概论》(杨剑译),载钱林森编《牧女与蚕娘》,第 41 页。

③ 钱林森《中国文学在法国》,第 48 页。

有主位的限指,便提供了一个境或情,任读者移入直接参与感受。"①

中国诗歌语言没有时态变化,造成了一种绝对时空的感觉,从而也使个人体验具有了一种超越暂时时空的非个人化的普遍的色彩。

叶维廉认为这种特点更符合存在的本质,也更能够接近存在的本质:"没有时态的变化就是不要把诗中的经验限指在一特定的时空——或者应该说在中国诗人的意识中,要表达的经验是恒常的,是故不应把它狭限于某一特定的时空里……印欧语系中的'现在''过去''将来'的时态变化就是要特定时空的,文言中的动词类字眼……可以使我们更迹近浑然不分主客的存在现象本身,存在现象是不受限于特定时间的,时间的观念是人为的机械地硬加在存在现象之上。"②

A·C·格雷厄姆曾感叹,在翻译类似于李贺这样的特别注意时光流逝的诗人的作品时,由于不得不明确本来是今昔不分的时态,以致难以传达出李贺原诗那种今昔合一的想象③。

余光中也极为称赞李白的《苏台览古》、《越中览古》等

---

① 叶维廉《中国古典诗与英美现代诗——语言与美学的汇通》,载叶维廉主编《中国古典文学比较研究》,第191页。
② 叶维廉《中国古典诗与英美现代诗——语言与美学的汇通》,载叶维廉主编《中国古典文学比较研究》,第191~192页。
③ A·C·格雷厄姆《中国诗的翻译》(张隆溪译),载张隆溪选编《比较文学译文集》,第227页。

怀古诗,它们由于不指明今昔时态的区别,而造成了最后时态突变的奇妙效果;并认为英译二诗由于不得不明确今昔时态的区别,而失去了原诗具有的那种时态突变的奇妙效果。

值得注意的是,他们都是在表现时间意识(历史意识的本质也无非就是时间意识)的诗歌中发现今昔时态不明确的特点的。这也许正是中国诗人独特的时间意识的反映:通过时态不分来揭示时间的短暂性与虚幻性。

在中国诗歌语言中,动词没有"性"的区别。这样当人称代词亦省略的时候,人们便很难知道究竟是男性还是女性在说话。这尤其是在爱情诗中,造成了一种不明确的效果,使男女读者可以不受性别限制地自由进入诗中,产生自我移入的感动与共鸣。李商隐的很多爱情诗便具有这种效果。又如保尔·戴密微认为,尽管李煜的《相见欢》词明显是以女性口吻说出来的,但由于"这个女性在词中任何地方都没有点明,因为汉语并没有阴、阳性的区别,人们也可以把女性翻译成阳性"①。

这使我们想起不少东西汉学家对于中国诗歌中常见表现女性爱情的恋爱诗、却罕见表现男性爱情的恋爱诗的指责。其实,由于如上所述的诗歌语言的特点,即使是中国表现女性爱情的恋爱诗,也并不完全排斥男性读者进入其中。然而在诸如法语和俄语之类有"性"的区别的语言

---

① 保尔·戴密微《中国古诗概论》(杨剑译),载钱林森编《牧女与蚕娘》,第50页。

中,这种效果却是很难获得的。

中国诗歌语言中的词汇不依靠任何词形变化,仅凭其所处的具体位置与前后联系,便可轻而易举地变换各种词性,这样便使每一个词无数倍地增大了其表现能力,同时又由于没有明确的词性标志,而产生了一种模糊含混的表现效果。这在其他诗歌语言中同样是很难做到的,在翻译中国诗歌时也无法忠实传达。

比如保尔·戴密微曾指出,杜甫《春望》诗的"国破山河在,城春草木深"的"春"字,"其含义表明春在这里是作为宾语性动词来看待的,这是一种很有表现力但却很难确切地翻译出来的表达方式"[①]。在其他语言中,名词即使可以转变成动词,也往往会引起词的形态的相应变化,但是在中国诗歌中却并不变化。这样造成的结果是,"春"不仅作为变化的过程,而且也作为变化的结果,直接呈诸读者的面前,获得了至少是双倍的表现力。

保尔·戴密微认为,这是中国诗歌极为宝贵的表现特色:"汉语语法上的多样性没有任何词法形态,即字的形式原则说来是不变的……其结果就会出现一种不明确的现象,它妨碍人们采用分析的方法去表达思想(事实上,中国过去从未有过形式逻辑),但同时也会出现灵活性、丰富的含义、强烈的暗示性,它们对于诗歌艺术是极为有利的。诗歌艺术能够从它们那里获得美学上的效果,不过通过法

---

① 保尔·戴密微《中国古诗概论》(杨剑译),载钱林森编《牧女与蚕娘》,第46～47页。

语的翻译是难以表现出来的。"①

吉川幸次郎也表示过类似的看法："人们经常用含有嘲笑的意思说汉语是浑沌而多方面的。如果说诗就是用语言将多方面的因素、照多方面的原样塑造出来的话，那么汉语是适宜于作诗的语言。"②

中国诗歌语言的这种特性在译成其他语言时，则会不可避免地遭受破坏。"词性的多元性，使其二者均存。这在翻译上便会面临很大的困难，译者'由于英语词性的限制'便必须作出种种的决定，而限止了原诗的多面延展性，直接破坏了原诗的美感活动的程序和印象。"③

中国诗歌语言还尽量省略语法性的虚词，使语法因素降至最低水平，只利用并置叠加的手法，使中国诗歌能以最少最经济的篇幅，表现最多最复杂的内容。如法国诗人克洛岱就注意到："为了把这些思想融为一体，中国作者，不用讲逻辑的语法联系，只消把词语并列起来即可。"④这样，就造成了中国诗歌的"简省"的特点，能够使意象直接诉诸读者的感觉经验。"这种罗列的句式不但构成了事(物)象的强烈的视觉性，而且亦提高了每一物象的独立

---

① 保尔·戴密微《中国古诗概论》(杨剑译)，载钱林森编《牧女与蚕娘》，第41页。

② 吉川幸次郎《陶渊明》(贺圣遂译)，载吉川幸次郎著、高桥和巳编《中国诗史》(章培恒等译)，第191页。

③ 叶维廉《中国古典诗与英美现代诗——语言与美学的汇通》，载叶维廉主编《中国古典文学比较研究》，第192页。

④ 葛雷《克洛岱与法国文坛的中国热》，载《法国研究》1986年第二期，第16页。

性,使物象与物象之间……形成了一种共存并发的空间的张力,一如绘画中所见。"①

这种特点受到了西方现代派诗人的羡慕,他们也对诗歌语言中逻辑的连接词抱有反感,认为这类词妨碍诗人获得表现纯粹感觉经验的效果,为此他们曾尝试使用一种中文式的英语。

由于所有这些诗歌语言特征的作用,使中国诗歌的句法呈现出含混简省的特点。西方汉学家们经常以王维的"日色冷青松"为例,指出由于其中缺乏语法联系,省略了表示语法关系的虚词,又由于其中的"冷"字具有不确定的词性,而且没有特指性的冠词或时态标志,因而产生了丰富含混的效果。到底是日色冷了青松,还是青松冷了日色,还是日色青松俱冷,还是日色青松无关,没有办法作逻辑的分析,也没有办法作因果的推论。日色、冷与青松一起,直接唤起了读者的感觉经验,使读者同时感受到了这三者。在这过程中,读者并不需运用理性去分析,而只需用感官去感觉即可。"这种句法的含混与其说是一种缺点,不如说是令诗意丰蕴的方法,因为他(它)允许诗人用直接的方式来表示他整体的经验,毋须服从其因果的逻辑分析。"②不仅对诗人是如此,对读者其实也是如此。

中国诗歌语言的这类特征,在其他语言中很难得到表

① 叶维廉《中国古典诗与英美现代诗——语言与美学的汇通》,载叶维廉主编《中国古典文学比较研究》,第200~201页。
② 刘若愚《中国文学艺术精华》(王镇远译),第30页。

达。A・C・格雷厄姆和保尔・戴密微都曾谈到,它们在转译成英语或法语时必会遭到严重的破坏。这大概是各种语言难以避免的宿命,用汉语来转译其他诗歌其实也会有所损失。

不过,诗歌语言的独特性并不仅是语言习惯的问题,而且也是审美观念和思维形态的问题。"这种文法、语法上的自如,一面固意味着其欲求利用语字的多元性来保存美感印象的完全,其可以如此自如,亦必与中国传统美学的观物感应意识形态有关,因为文言并非不能做到细分的作用,并非不能限指,只是在其美感运思中不知不觉的会超脱这种元素而已。"①

---

① 叶维廉《中国古典诗与英美现代诗——语言与美学的汇通》,载叶维廉主编《中国古典文学比较研究》,第189~190页。

时间篇

第四章　时间观的智慧

　　世间万物都处在变化的过程之中,人类也是这样。当人类意识到这一点的时候,时间意识就开始产生了。

　　没有生命的非生物当然不会有时间意识,有生命而没有思想的生物也不会有时间意识。只有既有生命又有思想的人类,才能既处于变化的过程之中,又能意识到这种变化的过程,从而产生时间意识。从这个意义上来说,时间意识乃是人类所独有的东西。"人是可以认识时间之为物的唯一存在","人能够意识到人'自觉地在时间内存在'"①,说的便正是这个意思。

　　因而可以认为,时间意识的形成,乃是人之所以成为人的标志。正如松浦友久所指出的:"那把自身置于过去→现在→未来流程中的时间意识,构成为人的思想感情的主干……从历史眼光判断,宗教、哲学、艺术等等所谓'人'的各种文化,事实上都是与这种时间意识逐渐明晰相对应

---

① 松浦友久《中国诗歌原理》(孙昌武、郑天刚译),第39页。

着形成起来的。换言之,伴随着时间意识的逐渐明晰,人才形成为人。就这个意义而言,可以说它比起应是人在发展的更早阶段上获得的空间意识,是一种更适用于评价人的尺度。"①

人们常常把时间看作是一种客观存在的东西,这种看法未必没有道理。因为万物和人的变化过程是客观存在的,因而作为变化过程之指示的时间,可以说也是客观存在的。毋宁说,人类一开始所意识到的时间,正是这样一种客观性的时间。而且即使在现实生活中,当人们不动感情地计算着时间时,这种时间也是客观性的。

不过,正因为时间意识是只有人类才具有的,而人类是具有自我意识的动物,因此时间意识又必然同时也是主观性的。当人们仅仅谈论万物处于从过去经现在到未来的时间过程中时,他们也许还停留在客观性时间意识之中;但当他们意识到自己也处于从过去经现在到未来的时间过程中时,他们便已经进入了主观性时间意识之中。因为这时候对于他们来说,时间已经带上了感情的色彩,而不再是与己无关的冷冰冰的东西。

比起客观性时间意识来,主观性时间意识不言而喻更是成熟的人的标志。正如小孩子也许认识钟点和日期,却并不能理解时间中所包含的意义一样,人类的早年也许也知道日历及时间,却未必能领会时间对于自己的含义。因

---

① 松浦友久《中国诗歌原理》(孙昌武、郑天刚译),第 3 页。

此,主观性时间意识之所以成为人类文化(宗教、哲学、历史与文学等等)所关注的主要对象,其原因也就不难理解了。

在每个民族和每种文化中,都出现过从客观性时间意识到主观性时间意识的变化过程,只不过出现的时期和表现的方式不一定一样罢了。"在人类历史上某些剧变的世纪里,在其时的诗歌上,哲学或宗教文献上,会出现对'时间'与'存在'的不安意识。其时,我们发现'时间'是锐利地为人所感觉,并为最摇荡的心态所处理。时间不再简单地被认作事物的客观秩序之一部。它不再仅仅是客观的时间,不再是被认为理所当然的,被用来计算的,被用来漠然地思考的。它带上无限的个人色彩,变成了一个如鬼魅般不断作祟的意象,一个对一去不回的力量的心灵投注处……在诗人而言,这郁结的经验产生了最深的感慨,笼罩于其诗中,或潜藏于其宗教、道德的思维的底层。"①这一过程,在西方是在古希腊时期,在中国是在先秦时期完成的。值得注意的是,它们分别是中西文化的奠基期。

不过,据学者们的研究,这种从客观性时间意识到主观性时间意识的变化过程发生的场所,在西方与在中国却有着根本的不同:在西方是在抽象的思辨领域中进行并完成的,在中国则是在形象的诗歌领域中进行并完成的。"在西方传统里,时间一概念发展自希腊的理念世界,然后

---

① 陈世骧《论时:屈赋发微》(古添洪译),载叶维廉主编《中国古典文学比较研究》,第 50 页。

发展自中世纪专注于神及永恒的基督教世界;因此,在西方的哲学与宗教里,其对时间的论辩与理论是丰富的;但在中国,时间一直停留在人世的范畴里,因此,它只能向上而到达诗中摇荡心灵的视觉中使其完全的发展,而不是经从哲学的思辩或宗教的沉思。"①在此,我们又一次看到了中西文化在思辨方式上的差异,以及这种差异在时间意识方面的表现。

正因为中国人的主观性时间意识主要是在诗歌领域中完成的,因而中国诗歌对于我们了解中国人的主观性时间意识的内容与形式,具有尤为重要的意义。同时,这种主观性时间意识的内容与形式的了解,对于我们深入认识中国诗歌的智慧与魅力,也具有相当重要的意义。

松浦友久曾经指出:"中国古典文学,尤其是诗歌,其感情的核心,正是通过对时间的推移,作出敏感的反应而产生出来的。"②"中国文明在'诗歌'与'历史'方面具有特别卓越的传统已成定论,而结合这两者的重要原因之一,可以认为正在于这敏感的时间意识之中。"③"关于中国文明对于时间意识特别敏感,当然不是没有人指出过。相反地,应该说这是屡经反复强调的看法。特别是在古典诗歌研究领域里更是如此。"④这些话至少说明了以下几点:中

---

① 陈世骧《论时:屈赋发微》(古添洪译),载叶维廉主编《中国古典文学比较研究》,第81页。
② 松浦友久《李白——诗歌及其内在心象》(张守惠译),第88页。
③ 松浦友久《中国诗歌原理》(孙昌武、郑天刚译),第17页。
④ 松浦友久《中国诗歌原理》(孙昌武、郑天刚译),第17~18页。

国文明比起其他文明来对时间意识更为敏感;中国文明对
于时间意识的特别敏感主要表现在诗歌之中;对于时间意
识的敏感是中国诗歌的感情的核心;对于时间意识的敏感
也是中国具有特别卓越的诗歌传统的重要原因。由此可
见,中国诗歌与时间意识具有多么紧密的关系,这也正是
中国诗歌不同于其他诗歌的一个根本特征。

人生忽如寄

在中国诗人的时间意识中,时间首先是一种会迅速带
来死亡的东西。"'时间性'使所有的人陷于同样的命运,
时间不断流走而某一个体只能活某一长度的时间。"[1]因
此,在诗人们看来,时间是不断流逝的,是一去不复返的,
是短暂有限的。这样一种时间意识,给中国诗人带来了最
大的悲哀,同时也成了中国诗歌的抒情的源泉。

早在中国诗歌的源头《诗经》之中,诗人们便已表达了
强烈的时间流逝之感。他们唱道:"今者不乐,逝者其耋。"
"今者不乐,逝者其亡。"(《秦风·车邻》)"今我不乐,日月
其除。""今我不乐,日月其迈。"(《唐风·蟋蟀》)他们之所
以反复宣称要及时行乐,正是因为他们意识到了时间的不
断流逝,这种时间的流逝将把他们带向死亡,届时他们将
被剥夺行乐的权利。

在楚辞之中,对于时间的这种思考,带上了更为强烈

---

[1] 陈世骧《论时:屈赋发微》(古添洪译),载叶维廉主编《中国古典文学比较研
究》,第102页。

的个人色彩。"汨余若将不及兮,恐年岁之不吾与。""日月忽其不淹兮,春与秋其代序。惟草木之零落兮,恐美人之迟暮。""老冉冉其将至兮,恐修名之不立。"(《离骚》)"岁忽忽而遒尽兮,恐余寿之弗将。""岁忽忽而遒尽兮,老冉冉而愈弛。"(《九辩》)诗人为不断流逝的时间所困扰,心灵始终得不到安宁。他们担心时间的不断流逝会带来死亡,从而使他们的理想和抱负化为泡影。

对于时间的这种思考,到了汉代诗歌中,尤其是《古诗十九首》中,获得了更为明确的表现,并且不再带有诸如实现理想和抱负之类的其他考虑,而仅仅是为时间将最终带来死亡而烦恼。"浩浩阴阳移,年命如朝露。人生忽如寄,寿无金石固。"(《驱车上东门》)"人生天地间,忽如远行客。"(《青青陵上柏》)"生年不满百,常怀千岁忧。"(《生年不满百》)"人生非金石,岂能长寿考。"(《回车驾言迈》)"人生寄一世,淹忽若飙尘。"(《今日良宴会》)由于意识到了时间的不断流逝将带来死亡,所以诗人们感到时间流逝得实在是太快了,人生因而显得如朝露或远行客一般匆促。这种浓厚的悲观情绪,是以前的诗歌中所没有的。桀溺指出:"在《古诗》里,这种忧虑之中不再带有别的牵挂。人生如朝露这个思想,即一切都是幻灭的思想,充斥着整部《古诗》,是前所未有的。"①

《古诗十九首》并不是孤立的,作为与它同时代的例

---

① 桀溺《论〈古诗十九首〉》(洪放、钱林森译),载钱林森编《牧女与蚕娘》,第217页。

子,我们还可以看到"人生譬朝露"(秦嘉《赠妇诗》其一)、
"人命不可延"(赵壹《疾邪诗》)、"人生有何常?但患年岁
暮"(孔融《杂诗》其一)、"人生几何时,怀忧终年岁"(蔡琰
《悲愤诗》),等等。它们都表明,时间的流逝将带来死亡的
意识,是汉代诗歌中一种非常普遍的东西。

在中世以后的诗歌中,对于时间的这种思考,成了最
重要的主题之一,很少有诗人不歌唱它的。"对酒当歌,人
生几何?譬如朝露,去日苦多。"(曹操《短歌行》)"人生如
寄,多忧何为?今我不乐,岁月如驰。"(曹操《善哉行》)"人
生一世间,忽若暮春草。"(徐幹《室思》)"人命若朝霜。"(曹
植《送应氏》其二)"人生处一世,去若朝露晞。"(曹植《赠白
马王彪》)"惊风飘白日,光景驰西流。盛时不再来,百年忽
我遒。生存华屋处,零落归山丘。"(曹植《箜篌引》)"人生
若浮寄,年时忽蹉跎。促促朝露期,荣乐遽几何?念此肠
中悲,涕下自滂沱。"(张华《轻薄篇》)"丈夫生世能几时?"
"念此死生变化非常理,中心恻怆不能言。"(鲍照《拟行路
难》其六、其七)"人寿百年能几何?后来新妇今为婆。"(无
名氏《休洗红》)像这样的例子可以无穷地枚举下去,一直
到近代诗歌。

显而易见,由于生命对于人来说都只有一次,每个人
都必须从头认识生命的虚妄与死亡的必然,因而类似上述
这样的内容,就会出现在大多数诗人的诗歌中。他们并不
是历时地,而是同时地,面对这一主题。

这种对时间的不断流逝性和一去不复返性的意识,这

种对于时间会迅速带来死亡的意识,乃是中国诗歌中时间意识的一个最重要的方面,它成了流动于中国诗歌中的时间意识、季节意识、人生意识和历史意识等等与时间有关的意识深处的潜流。"'逝者如斯夫不舍昼夜'(《论语·子罕》),'黄鹤一去不复返'(崔颢《黄鹤楼》),诸如此类的表现传唱不衰,说明了中国的时间意识与其说是循环的,毋宁说是明显地流逝的。""似乎可以这样说,中国古典诗中表现的时间意识,由于它是显然流逝的,一去不复返的,才能够成为更持续的抒情的源泉。"①

由于明确地意识到人类生存于通向死亡的时间之流上,中国诗歌从很早起就呈现出了一种悲剧性的魅力。这种悲剧性的魅力将是历久长新的,因为它将被后来的每一个读者重新感受一遍。

花开堪折直须折

对于中国诗人来说,正由于时间是一种会迅速带来死亡的东西,因而它又是一种会不断导致衰败的东西。中国诗人感到,在无情的时间之流中,人生成了一个持续的衰败过程。当然,在走向衰败之前,人生也有一个短暂的成长过程,比如年轻与青春便是如此,在这时候,时间还会带来希望;可是一旦越过了某个临界点,人生便只能不断地走向衰败,比如青春消逝、年华老去便是如此,在这时候,

---

① 松浦友久《中国诗歌原理》(孙昌武、郑天刚译),第18页。

时间便只会带来失望了。而且更进一步说，其实连这种转折的临界点，也是由无情的时间之流带来的。

这种时间会使人生不断走向衰败的意识，引起了中国诗人对于年岁的特殊敏感，"失时"因而成了中国诗歌中的常见主题。"低头还自怜，盛年行已衰。"（古别诗）"俯仰岁将暮，荣耀难久恃。"（曹植《杂诗》其四）"盛时不再来。"（曹植《箜篌引》）"少壮能几时，鬓发各已苍。"（杜甫《赠卫八处士》）在这些诗歌中，都能看到一种对于时间带走了人的盛年、少壮与荣耀，而带来了衰老、白发和衰败的无可奈何之感。

由于把人生看作是一个在时间之流中不断走向衰败的过程，因而中国诗人产生了一种紧紧抓住走向衰败的临界点之前的人生的意识，这也就是所谓的"及时"意识。"及时行乐"不过是这种"及时"意识的表现之一而已，而并不是其唯一的表现。

当汉代诗人唱道："伤彼蕙兰花，含英扬光辉。过时而不采，将随秋草萎。"（《冉冉孤生竹》）当杜秋娘唱道："劝君莫惜金缕衣，劝君惜取少年时。花开堪折直须折，莫待无花空折枝。"（《金缕衣》）她们都要求对方珍惜自己的青春，因为青春是转瞬即逝的；而青春消逝了以后，她们的人生便会走向衰败。

当汉代的诗人一再唱道："盛衰各有时，立身苦不早。"（《回车驾言迈》）"百川东到海，何时复西归。少壮不努力，老大徒伤悲。"（《长歌行》）他们都勉励自己要珍惜年轻时代,因为只有这样才能成就事业;如果他们错过了年轻时代,那么时间将会使他们的希望落空。

在所有这些诗歌中,都流露出一种要赶在人生走向衰败之前享受青春或成就事业的愿望,这种愿望说到底是因为意识到时间终将使人生走向衰败而产生的。

这种在越过了某一临界点之后时间将使人生不断走向衰败的意识,是中国诗歌中普遍存在的东西。当现代的流行歌曲歌唱"好花不常开,好景不常在"时,也表现出了一种相似的感情与认识。同时,珍惜时间、珍惜青春、珍惜年华的"及时"意识,同样成为中国诗歌中普遍存在的东西。如果说人生的确是应该有所作为的,如果说人生的确是应该尽情享受的,那么,中国诗人的上述这些看法无疑还是有其存在的价值的。

暮去朝来颜色故

在中国诗人的意识中,时间还是一种会突如其来地带走幸福带来不幸的东西。所谓"天有不测风云,人有旦夕祸福",说的便是这个意思。因而,对于不断流逝的时间,中国诗人除了抱有一种无可奈何之感外,也时常会产生一种强烈的不信任之感。

当时间的这种特性表现在过去的时候,它就将一种痛苦的经验留给了人们。人们曾经有过的美好时光,随着时间的推移,而消失得无影无踪;"现在留下来的只是一片苦难,那心灵空虚的果实。"(普希金《哀歌》)

　　这种时间之流会带走幸福带来不幸的痛苦经验,可以表现在许多方面。它可以表现在过去的相聚与现在的别离的对比方面:"昔为鸳与鸯,今为参与辰。昔者长相近,邈若胡与秦。"(古别诗)"故如比目鱼,今隔如参辰。"(徐幹《室思》)"昔为形与影,今为胡与秦。胡秦时相见,一绝逾参辰。"(傅玄《豫章行苦相篇》)过去的快乐的相聚,因了时间的推移,而变成了现在的难耐的别离。

　　它又可以表现在过去的成功与现在的失败的对比方面:"力拔山兮气盖世。时不利兮骓不逝。骓不逝兮可奈何! 虞兮虞兮奈若何!"(项羽《垓下歌》)过去的不可一世,因了"时不利",也就是因时间的推移而产生的时机由有利向不利的变化,而转变为英雄末路。

　　它又可以表现在过去的友谊、恩爱与今天的背弃的对比方面:"昔我同门友,高举振六翮。不念携手好,弃我如遗迹。"(《明月皎夜光》)"锦衾遗洛浦,同袍与我违。"(《凛凛岁云暮》)曾经有过的友谊与恩爱,随着因时间的推移而产生的各自生活条件的变化,而无可奈何地失落了。

　　它还可以表现在过去的走红与现在的冷落的对比方面:"今年欢笑复明年,秋月春风等闲度。弟走从军阿姨死,暮去朝来颜色故。门前冷落车马稀,老大嫁作商人妇。"(白居易《琵琶行》)曾经倾动京城的名妓,随着"暮去朝来"的时间的流逝,而失去了昔日的风采,成了一个独守空船的商妇(吉川幸次郎认为,古诗《青青河畔草》中的"昔为倡家女,今为荡子妇",表现的也是类似的过去的走红与

现在的冷落的对比。桀溺则认为他的说法有点牵强。不过从白居易的《琵琶行》来看,吉川幸次郎的说法还是有点道理的)。

　　总而言之,所有这些关于"失乐"主题的表现,都无不把乐园的失落看作是时间流逝的结果。

　　当人们意识到这一点的时候,他们就感到了一种"失乐"的悲哀。正如吉川幸次郎的《推移的悲哀》所说的:"这是随着时间的推移,人们的生活条件发生了变化,一度得到的幸福重又失去,并转向了不幸的悲哀。这是由于将现在的不幸的时间与过去的幸福的时间加以对比,意识到其间时间的流逝带来了幸福向不幸的转移的悲哀。"①

　　如果说"失乐"就像"得乐"一样乃是人生的常态,那么表现"失乐"之悲哀的诗歌就总是能够打动人心的。

明年花开复谁在

　　由于中国诗人认为时间是一种会突如其来地带走幸福带来不幸的东西,因而他们对于所谓未来常常会抱有一种不祥的预感。他们不知道明天会发生什么,但他们感到总不会发生什么好事。这种时间意识也许过于悲观,但不幸人生却常常正是如此。它也许来源于过去曾经有过的不幸经验,也许来源于对于他人曾经有过的不幸的观察,因而在根底上,它与上述那种"失乐"的悲哀是相通的,只

---

① 吉川幸次郎《推移の悲哀》,载《吉川幸次郎全集》第 6 卷,东京,筑摩书房,1968 年初版,第 285 页。

不过对于"失乐"的悲哀变成了对于未来的迷惘。

生活中的一些重大变故,比如战争,常常会使人们的前途蒙上阴影,使人们感到未来的不可测。古别诗写一个征夫即将奔赴战场,临行前对妻子说:"行役在战场,相见未有期。"又说:"生当复来归,死当长相思。"这大概是上战场前的士兵心理的典型写照。他们的未来从此不再属于他们自己,而只能让冥冥之中的命运去支配。未来的时间在这种情况下成了一种绝对靠不住的东西,他们除了纵身跃入它的深渊之外已别无选择。

但是即使生活中没有发生什么重大变故,生命本身的脆弱性也会引起人们对于未来的同样不安。"变故在斯须,百年谁能持?"(曹植《赠白马王彪》)便是这种对于未来的不安意识的反映。陶渊明每逢快乐的郊游时,心头似乎总会有这样的阴影飘过:"未知从今去,当复如此否?"(《游斜川》)"未知明日事,余襟良以殚。"(《诸人共游周家墓柏下》)何晏有一首言志诗,是以"其后非所知"这样的诗句结束的。晚年的杜甫在一次快乐的聚会后,也发出了这样的沉痛叹息:"明年此会知谁健?醉把茱萸子细看。"(《九日蓝田崔氏庄》)杜牧一边看着砌下盛开的梨花,一边产生了这样的感慨:"砌下梨花一堆雪,明年谁此凭阑干?"(《初冬夜饮》)特别喜欢鲜花与明月的苏轼,每当他观赏它们时,也常会涌出这样的念头:"雪里盛开知有意,明年开后更谁看?"(《和子由柳湖久涸忽有水开元寺山茶旧无花今岁盛开》二首其二)"明月明年何处看?"(《中秋月》)这使我们想起了刘希夷的《代悲白头翁》诗:"洛阳女儿好颜色,坐见落花长叹息。今年花落颜色改,明年花开复谁在?"流动于所有这些诗歌深处的,正是一种对于未来的不安意识。诗人们对于时间的流逝感到害怕,不知道从它的潘多拉之匣中会飞出怎样的灾难。

吉川幸次郎认为,这种对于未来的不安意识,乃是中国诗歌,尤其是中世以后中国诗歌的一大特色,它反映了中国诗人对于人生本质的一种看法:"还有那种自己也不清楚在等待什么的对未来的不安,也是汉诗中新的情感。比如苏武诗的所谓'生当复来归,死当长相思',即为其例。项羽歌最早表现了汉诗中存在的这种普遍的不安情绪。而且,不仅在汉代诗歌中,而且在后来的中国文学中,这种情感也常常被有力地表现出来。杜甫诗中的'明年此会知谁健'、'飘飘何所似,天地一沙鸥'等等,都是这种情感的产物。白居易的《长恨歌》、《琵琶行》,都是受制于命运之丝的人类的写照。这是中国文学中如地下水般普遍的情感。"①

上帝死了,没有人能够告诉我们明天将会发生什么,但这又何尝不是明天的魅力之所在呢?

此生此夜不长好

把时间看作是一种会突如其来地带走幸福带来不幸

---

① 吉川幸次郎《项羽的〈垓下歌〉》(邵毅平译),载吉川幸次郎著、高桥和巳编《中国诗史》(章培恒等译),第48～49页。

的东西,不仅使中国诗人对过去深感"失乐"的痛苦,对未来抱有不祥的预感,而且也使他们的"现在"蒙上了一层拂拭不去的阴影。即使当他们遇到快乐之事的时候,他们也不能忘怀时间之眼的阴险窥视。他们意识到眼下的快乐只不过是一次偶尔遇到的生之高潮,时间的流逝转瞬之间便会把它带走,人生便重又会坠入到那无边的空虚之中,去等待那也许永远不会再来的"又一次"。于是,他们不再能享受那种毫无保留的单纯的幸福,而只能对快乐采取一种有所保留的迟疑态度。

这种时间意识,无疑是中世以后悲观主义思潮流行的产物,而在上古的诗歌中我们还很难发现它的踪迹。当《诗经》的诗人碰上快乐之事的时候,他们常常一头没入其中,享受着单纯的幸福,而并无不安的阴影相伴随。"未见君子,忧心忡忡。亦既见止,亦既觏止,我心则降。"(《召南·草虫》)眼下的快乐能够持续多久,诗人并不去认真想它,他只享受着此刻心灵的宁静,让快乐占据自己的全部身心。"今夕何夕? 见此良人! 子兮子兮,如此良人何!"(《唐风·绸缪》)"今夕"无疑属于诗人的一次生之高潮,诗人快乐得不知道拿情人怎么办才好。其快乐是纯粹的快乐,并不同时伴有明天的阴影。

同样的重逢的快乐,在杜甫那儿却变了滋味。杜甫的《赠卫八处士》诗,写他在隔了二十年后突然与故人重逢,其心情的激动与喜悦是可想而知的:"人生不相见,动如参与商。今夕复何夕,共此灯烛光。"至此为止,诗人的心情

与《诗经》的诗人尚有相通之处,甚至连"今夕复何夕"的用语都有些相似,虽说重逢的对象有情人与故人的区别。然而,就在诗人大写与故人"一举累十觞"、"十觞亦不醉"的欢宴场面时,却又忽然笔锋一转,引出了关于明天的忧虑:"明日隔山岳,世事两茫茫。"这表明诗人即使在这快乐的重逢的时刻,也仍然没有忘记接着的别离的悲哀。他意识到眼下的快乐是难以久恃的,随着今夕的过去它将会消失,于是重逢的快乐就变了滋味,让人感到的是苦涩而不是甜蜜。对于《诗经》的诗人来说,"今夕"的快乐便是唯一的全部的东西;但是对于杜甫来说,"今夕"的快乐却是与"明日"的阴影相对照而存在的。

对于眼下的快乐的难以久恃的意识,也使良辰美景变了颜色。当苏轼欣赏中秋明月时,他无疑感到了一种真正的快乐,但是他马上又产生了"此生此夜不长好"这样一种想法,而接下去的一句便是"明月明年何处看"(《中秋月》)了。诗人意识到随着时间的推移,眼下这个良宵马上便会过去,从而一生中的这个高潮也会消失,而且也许永远不会再来。于是苦涩渗入了他的快乐,使他的快乐变了滋味。

意识到眼下的快乐的难以久恃,一方面会使眼下的快乐渗入苦涩,使诗人得不到单纯的快乐,另一方面也会使眼下的快乐显得格外可贵,使诗人产生加倍珍惜的念头,正如生由于死而变得虚妄,但也由于死而显得甘美一样。陶渊明《游斜川》诗的"且极今朝乐,明日非所求",何晏言

志诗的"且以乐今日,其后非所知",都表达了同样的双重
含义:由于预感到了明天的阴影,因而今天的快乐带上了
苦涩;但也正因预感到了明天的阴影,所以今天的快乐就
更显得珍贵了。

就这样,中国诗人以其对于时间本质的深刻体验,洞
察到了"现在"的欢乐的暂时性和不可靠,并因而孕育出了
一种在尽情享受眼下的快乐的同时又保持智者的冷静的
人生态度。

却话巴山夜雨时

以上所说的,都是把时间看作是令人悲哀之物的观
点,但相反的观点当然也是完全可以成立的。除了时间最
终会带来死亡这一点之外,时间当然既可能带走幸福带来
不幸,又可能带走不幸带来幸福。在日常生活中,我们也
经常会碰到这样的现象:比如生病的时候,我们希望康复;
别离的时候,我们希望重逢;失意的时候,我们希望得志。
在这种种心理中,都蕴含着对于时间会带走不幸带来幸福
的确信,都对时间抱着希望和信任的态度。

中国诗人其实也是了解这一点的,只是因为"尘世难
逢开口笑"(杜牧《九日齐山登高》),"不如意事常千万"(陆
游《追忆征西幕中旧事》),所以他们才反复歌唱对于时间
的失望和不信任之感。不过相反的歌唱也不是没有,比如
《诗经》的诗人们,便经常歌唱时间带走了不幸带来了幸
福:"未见君子,惄如调饥。""既见君子,不我遐弃。"(《周

南·汝坟》）"风雨如晦,鸡鸣不已。既见君子,云胡不喜?"
(《郑风·风雨》）"未见君子,寺人之令。""既见君子,并坐
鼓瑟。"(《秦风·车邻》）诗人们为过去的分别与现在的重
逢而感到喜悦,时间于是成了一种令人慰藉和给人希望的
东西。

　　在另外一些时候,即使诗人处于不幸之中,但通过遥
想未来的幸福,更遥想从未来回顾现在的幸福,而获得了
一丝慰藉。在这种心理背后起作用的,仍然是对于时间会
带走不幸带来幸福的信赖。

　　比如,远游不归是令人悲哀之事,尤其是当归期难定
的时候更是如此。不过,李商隐却通过遥想他日重逢的快
乐,更遥想从他日重逢时回顾此刻的快乐,而使自己和对
方获得了某种安慰:"君问归期未有期,巴山夜雨涨秋池。
何当共剪西窗烛,却话巴山夜雨时。"(《夜雨寄北》）诗人似
乎确信,随着时间的推移,现在的不幸会成为未来的幸福
的食粮。这是一种在"失乐"时遥想未来的"复乐"的快乐,
一种在"失乐"时遥想未来"复乐"时回顾现在的快乐。诗
人的想象从现在飞到了未来,又从未来回头来审视现在。
于是现在便不再令人绝望,而是充满了希望。

　　类似的心理也许为人类所共有。比如在普希金的一
首著名的抒情诗中,诗人一再叮嘱人们要忍受目前的不幸
时光,因为今日的不幸可以成为他日的幸福的食粮:"假如
生活欺骗了你,╱不要悲伤,不要性急!╱阴郁的日子须要
镇静:╱相信吧,那愉快的时刻即将来临。╱╱心永远憧憬着

未来,/现在却常是阴沉;/一切都是瞬息,一切都会过去,/而那过去了的,都会变成亲切的怀恋。"(《假如生活欺骗了你》)在这首诗中,我们可以发现一种和李商隐诗类似的信念,也就是对于时间将带走不幸带来幸福的信念。当然,在具体表现上,中俄诗人仍有善用意象与直抒其情的区别。

从本质上来说,中国诗人也许大都是一些悲观主义者,因为他们认识到时间最终将带走一切有价值的东西;但是在一些具体的日常生活场景中,他们也并不拒绝做一个乐观主义者,因为他们也认识到时间毕竟也会带来一些小小的欢乐。这些小小的欢乐点缀在空虚的人生上,宛如"湿漉漉的黑色枝条上的许多花瓣"(庞德《在地铁车站》)。

第五章 季节观的智慧

"在中国古典诗里,季节与季节感作为题材与意象,几乎构成了不可或缺的要素。只要设想一下,从历来被视为古今绝唱的诸作品中除掉这一要素会如何,这种不可或缺的程度立刻就会清楚了。"[①]这是一个日本汉学家对于中国诗歌中季节意识的印象,他是用推论的语言来表达其印象的。

春天,"轻柔的微风,风吹竹林的声响,吐芳的桃花,新绿的柳树,以及为久别的情侣带来信息的飞翔的大雁",都给人以诗情;秋天,"天高气爽,知了的鸣唱,井架的辘轳声,捣衣声,飞往南方的大雁",都给人以感兴;因此,春秋是转换的时季,是诗人吟唱的传统的题材[②]。这是法国汉学家们对于中国诗歌中季节意识的印象,他们是用形象的语言来表达其印象的。

他们的说法都表明了一个共同的事实:中国诗歌中的

---

① 松浦友久《中国诗歌原理》(孙昌武、郑天刚译),第 4 页。
② 钱林森《〈牧女与蚕娘〉译后记》,载钱林森编《牧女与蚕娘》,第 376 页。

季节意识特别发达,而其他诗歌里的却未必如此。

中国诗歌的这一特色,大抵来源于中国风土的影响。因为中国是一个四季分明的国家(至少是其主要地区或作为历代文明中心的地区),因而中国的诗歌中才会出现发达的季节意识。

尽管世界上许多地方(如北美洲、澳洲、非洲等)都有季风现象,但以亚洲南部和东部的季风现象最为显著。中国、日本、朝鲜半岛、中南半岛以及印度半岛等国家和地区,都有明显的季风现象,而尤以中国和印度最为显著。由于中国的海陆分布方位,海洋和陆地在物理性质上的差异,以及中国特殊的地形的影响,使中国成为世界著名的季风气候国家。

季风气候使四季的差异变得异常明显。来自北方高原上的季风,带来了秋天的干爽与冬天的严寒;来自东南海洋上的季风,带来了春天的温润与夏天的炎热。中国诗人对于季节变化的敏感诗心,便是由这种季风气候所孕育的。

与此形成参照的是日本和朝鲜。由于它们也是季风气候国家,因而在它们的诗歌中,同样洋溢着浓厚的季节意识,当然在表现方式上与中国诗歌自有不同。

不过,中国诗歌中的季节意识之所以特别发达,还与中国诗人的时间意识和人生意识特别发达有关。中国诗人从季节的变迁中,看到了时间的推移和生命的流逝:"日月忽其不淹兮,春与秋其代序。"(《离骚》)"浩浩阴阳移,年

命如朝露。"（古诗《驱车上东门》）"嘉树下成蹊,东园桃与李。秋风吹飞藿,零落从此始。"（阮籍《咏怀》其三》）于是他们的季节之歌,也就成了时间之歌和人生之歌。

从季节的变迁中看到时间的推移和生命的流逝,这是中国诗人的季节意识的主要内容之一。因而季节意识的发达,也正是时间意识和人生意识的发达的表现。在其根底上,中国诗人的季节意识乃是与其时间意识、人生意识乃至历史意识相通的。

于是就有了伤春,于是就有了悲秋,于是中国诗歌就多了一层其他诗歌所少有的魅力,表现出了其他诗歌所少有的智慧——洞察季节与时间、季节与人生之奥秘的魅力与智慧。

人生几何春已夏

春天是过渡的季节,冬天经过春天过渡到夏天;春天是变化的季节,万物在春天里发育生长。总而言之,春天是一年中变化最为明显的季节之一。

中国诗人是自然之子,他们认为人生是自然的一部分。因而在变化的春天,他们也常常感到时间的流逝和人生的变化;因而在他们的春天意识中,也就充满着时间意识与人生意识。反之,也正因为他们是带着时间意识和人生意识来看待春天的变化的,因而他们也就对春天的变化表现出了特殊的敏感。

宋代诗人王淇的《暮春游小园》诗,看起来就像是一篇流水账似的花信报告："一从梅粉褪残妆,涂抹新红上海棠。开到荼蘼花事了,丝丝天棘出莓墙。"可为什么这样的内容会被中国诗人认为是诗歌的素材呢?为什么这样的诗歌会给读者以一种隐约的感动呢?其实也无非是因为花事的变化象征了春天的变化,春天的变化象征了时间的流逝,时间的流逝象征了人生的流逝。诗人和读者感动于花事的变化,也就是感动于春天的变化,也就是感动于时间的流逝,也就是感动于人生的流逝。

因此,每当春天来临的时候,中国诗人常常会既感到喜悦,又感到惆怅,因为春天象征着新的一年的开始,也象征着人生的新的流逝的开始。古诗《回车驾言迈》的诗人便有这样的感觉:"回车驾言迈,悠悠涉长道。四顾何茫茫,东风摇百草。所遇无故物,焉得不速老?"诗人在看到万象更新的春天景物时,联想到了人生新陈代谢规律的无情,从春天的自然的变化中,感受到了时间的流逝和人生的流逝。又如韦应物《寄李儋元锡》诗的"去年花里逢君别,今日花开又一年",《长安遇冯著》诗的"昨别今已春,鬓丝生几缕",苏轼《法惠寺横翠阁》诗的"人言秋悲春更悲……不独凭栏人易老",也都表现了在春天感受到时间和人生流逝的悲哀。

不过,相比之下更为常见的,还是对于春天逝去的惋惜。这大概是因为春天是一年中最美好的季节,因而当春天来临时,喜悦的心情压倒了感伤的心情;而当春天逝去时,自然惋惜的心情会压倒喜悦的心情。中国诗歌的一个重要主题便是"惜春",也就是惋惜春天的逝去。这既是对于良辰的逝去的依恋,更是对于时间的流逝的痛惜。所以,很多诗人在表现春天逝去的内容时,常常会流露出对于时间流逝的感叹。

比如徐幹的"人生一世间,忽若暮春草"(《室思》),从暮春草联想到了人生的短促易逝,暗示了人们之所以惋惜春天逝去的潜在原因。白居易的"三月尽时头白日,与春老别更依依。凭莺为向杨花道,绊惹春风莫放归"(《柳絮》),一个"更"字,说明惜春情绪不仅是老年人才会有的,而且也是一种非常普遍的东西。而在杜甫的"人生几何春已夏"(《绝句漫兴》其八)中,这种惜春与伤时的关系,得到了最简洁的表达。在岑参的"白发悲花落"(《寄左省杜拾遗》),陆游的"老去人间乐事稀,一年容易又春归"(《初夏行平水道中》)中,春归也与老去联系了起来。在晏殊的"无可奈何花落去,似曾相识燕归来"(《浣溪沙》)中,春天的归去引起了诗人的惆怅情绪。

正是因为中国诗人对于春天的变化特别敏感,因而才写出了一些千古传唱的名篇。比如像韩愈的《早春呈水部张十八员外》诗:"天街小雨润如酥,草色遥看近却无。最是一年春好处,绝胜烟柳满皇都。"刘方平的《月夜》诗:"更深月色半人家,北斗阑干南斗斜。今夜偏知春气暖,虫声新透绿窗纱。"苏轼的《惠崇春江晓景》诗:"竹外桃花三两枝,春江水暖鸭先知。蒌蒿满地芦芽短,正是河豚欲上时。"它们都从极其细微之处,辨认出了春天的足迹,聆听到了春天的脚步声,显示出了对于季节变化的敏感。又如宋代诗人唐庚《春日郊外》诗的"城中未省有春光,城外榆槐已半黄",梅尧臣《考试毕登铨楼》诗的"不上楼来知几日,满城无算柳梢黄",叶绍翁《游园不值》诗的"春色满园关不住,一枝红杏出墙来",元代诗人贡性之《涌金门见柳》诗的"涌金门外柳垂金,几日不来成绿阴。折取一枝入城去,使人知道已春深",等等,都惊讶于春天的悄然来临,并想与他人分享喜悦,同样显示了对于春天的变化的兴趣。这些表现对于春天的敏感和兴趣的诗歌,已经成为中国诗歌中的真正瑰宝。

满地芦花和我老

在四季之中,最能使中国诗人感到时间的流逝与人生的流逝的,除了春天之外,大概就是秋天了。

和春天一样,秋天也是过渡的季节,夏天经过秋天过渡到冬天;秋天也是变化的季节,万物在秋天里成熟凋谢。因而,秋天也是一年之中变化最为明显的季节之一。

当中国诗人看到秋天的变化时,他们也自然会联想起时间的流逝与人生的流逝。反之,也正因为他们是带着时间意识和人生意识来看待秋天的,因而他们对于秋天的变化也就特别敏感。晋代诗人张载失题诗的"睹物识时移,顾己知节变",便正反映了二者间的关系。

而且,秋天和春天不同,春天的变化是"向上"的变化,而秋天的变化则是"向下"的变化。不仅天气是如此,万物也是如此。因此，与用惋惜的心情对待春天不同，中国诗人是用悲哀的心情来对待秋天的。与"惜春"情绪相对应的，正是"悲秋"情绪。当宋玉说"皇天平分四时兮，窃独悲此廪秋"（《九辩》），曹植说"四节更王兮秋气悲"（《秋思赋》）时，他们都指出了在四季之中唯独秋天使他们感到悲哀这一事实。

更进一步说，老年在人生中的位置，正类似于秋天在四季中的位置，因而，秋天的到来，自然也就容易让人们联想到人生的衰老。"沿着出生—成长—衰落—死亡推移的人生过程，与（只是周期不同）沿着春—夏—秋—冬推移的四季过程，事实是处于共同的时间之中。由于两者推移形态相似而逐渐被意识为相平行，这是很自然的心理。"[1]这就是人们在秋天容易感到人生的衰老的原因吧？

在中国诗歌中，这种秋天的到来与人生的衰老的联想是常见的。早在《离骚》里，诗人就把秋天草木的零落与美人的迟暮联系在了一起："日月忽其不淹兮，春与秋其代序。惟草木之零落兮，恐美人之迟暮。"《九辩》的诗人，则发出了"岁忽忽而遒尽兮，恐余寿之弗将"的联想与感伤。古诗的诗人，也从秋天的到来联想到了人生的迟暮："回风动地起，秋草萋已绿。四时更变化，岁暮一何速！"（《东城高且长》）然后又想到了人生的短促，想到要去追寻理想的爱情。陈琳从绿叶凋落、红花纤谢的秋天景色中，产生了

---

[1]　松浦友久《中国诗歌原理》（孙昌武、郑天刚译），第38页。

日月流逝、年命衰老的感慨："嘉木凋绿叶,芳草纤红荣。骋哉日月逝,年命将西倾。"(《游览》)鲍照在秋天的来临与红颜的零落之间建立起了联系："红颜零落岁将暮,寒光宛转时欲沉。"(《拟行路难》其一)左思因秋天的来临而感到壮年的不能永驻："壮齿不恒居,岁暮常慨慷。"(《杂诗》)石崇因看见秋天树叶凋落而感到日月的易逝："秋风厉兮鸿雁征,蟋蟀嘈嘈兮晨夜鸣。落叶飘兮枯枝竦,百草零兮覆畦垄。时光逝兮年易尽,感彼岁暮兮怅自愍。"(《思归叹》)陶渊明表达了秋天来临所引起的日月如梭的感觉："气变悟时易,不眠知夕永……日月掷人去,有志不获骋。"(《杂诗》其二)郭璞希望能从秋天重新回到夏天："时变感人思,已秋复愿夏。"(《游仙诗》其四)文天祥表现了秋天与人生在衰落方面的同一性："满地芦花和我老。"(《金陵驿》)在上述这些诗人看来,四季的变化象征了人生的变化,秋天的来临象征了老年的来临,时光的流逝象征了生命的流逝,他们因而对秋天的来临感到了深深的悲哀。

即使在那些仅仅表现出对秋天的来临之敏感的诗歌中,也流露出了一种不同于春日的来临之欢欣的轻愁。如韩偓的《已凉》诗："碧栏杆外绣帘垂,猩色屏风画折枝。八尺龙须方锦褥,已凉天气未寒时。"又如周密的《西塍秋日即事》诗："络纬声声织夜愁,酸风吹雨水边楼。堤杨脆尽黄金线,城里人家未觉秋。"其中都蕴含着某种带有感伤色彩的衰落之感。

人生看得几清明

在中国诗人看来,四季的变化与人生的变化既是平行的,又是对照的。所谓平行的,意思是四季的变化也就是人生的变化,我们上面所说的都是这方面的例子;所谓对照的,意思是四季的变化是循环不已的,而人生的变化则是一去不复的。

这种季节与人生关系的双重性,引起了中国诗人的双重悲哀:当他们从平行的角度来看待季节与人生时,他们为季节的变化所象征的人生的变化而感到悲哀;而当他们从对照的角度来看待季节与人生时,他们又为季节的循环不已与人生的一去不复的对比而感到悲哀。

汉代的诗人,曾经唱过这样的悲歌:"日出入安穷,时世不与人同。故春非我春,夏非我夏,秋非我秋,冬非我冬。"(《郊祀歌·日出入》)这是汉代的一首祭祀歌曲,可其中却流露了中国诗人对于季节与人生关系的看法。

所谓"日出入安穷",是说时间的永恒性。"时世不与人同",则指出了时间的永恒性与人生的短暂性的对比。"故春非我春"以下四句,依据对"故"字的理解不同,可以有两种读法。一种是把"故"读为"因此"、"所以",意思是一般的四季与自己无关;另一种是把"故"理解为"过去的",并让它一直贯注到下面几句,意思是过去的四季与自己无关。不管是哪一种意思,在把四季分为两种,一种是过去的或一般的,简言之与自己无关的四季,一种是与自己有关的四季这一点上没有什么不同。

那么,将四季分为与自己无关的和与自己有关的这两种究竟是什么意思呢? 联系上面两句"日出入安穷,时世不与人同"来看,应该说正是表现了这样一种意识:四季的变化是循环不已的,而自己的生命则是一去不复的。所以,只有那些与自己的生命有关的四季,才是属于自己的;而那些在自己的生命结束后还将循环下去的四季,则是与自己无关的。这里,非常富于象征性地揭示了中国诗人心目中四季与人生既平行又对照的关系。

《九辩》的"四时递来而卒岁兮,阴阳不可与俪偕",照王逸注的说法,是"寒往暑来,难追逐也"的意思,也流露了季节的循环不已与人生的一去不复的对照意识。

当杜甫说"今春看又过"(《绝句》)时,"今春"也就是"我春"的意思,也就是与诗人有关的春天的意思。它的过去,象征了诗人又一段生命的流逝。因而,在这里季节与人生是平行的,它们都是一去不复返的。杜甫又有"渐老逢春能几回"(《绝句漫兴》其四)这样的诗句,正好点明了上述诗句中隐含未露的意思。

当刘希夷说"年年岁岁花相似,岁岁年年人不同"(《代悲白头翁》)时,前句用每年照例开放的花儿,象征了四季的循环不已,后句则以每年都有变化的人生,象征了四季的一去不复,两句同时表现了四季在与人生无关时的循环不已,与人生有关时的一去不复的双重性。汉乐府《董娇饶》的"秋时自零落,春月复芬芳。何如盛年去,欢爱永相忘",正可以作为刘希夷这两句诗的注脚。

这种季节的循环不已与人生的一去不复的对照,由于像春天和秋天这样的季节的美好,而使诗人感到了更深的痛苦。

比如,唐寅的《花月吟效连珠体》诗,在描写了花前月下的春日美景后,发出了这样的痛苦叹息:"人生几度花如月,月色花香处处同。"——春天的花月是非常美丽的,但这却反而引起了诗人的痛苦,因为花月能够年年常好,而人生却消受不了几度。

苏东坡的《东栏梨花》诗也表现了相似的心理:"梨花淡白柳深青,柳絮飞时花满城。惆怅东栏一株雪,人生看得几清明?"春日梨花的美好,反而勾起了诗人的惆怅。也无非是因为诗人意识到,这样的美景会年年出现,而自己的人生却是短促易逝的(苏东坡的这首诗在当时很受人称道,据陆游《老学庵笔记》卷十说:"绍兴中,予在福州,见何晋之大著,自言尝从张文潜游,每见文潜哦此诗,以为不可及。"大概就是因为它说出了诗人们的共同心声吧)。

这种季节与人生关系的既平行又对照的双重性,正是季节具有既推移又循环的双重性,而人生却只具有只推移不循环的单一性的对比所决定的。在这里,二者俱有的推移性固然诱发了中国诗人的悲哀,而季节所独有的循环性同样增加了中国诗人的痛苦。而且,毋宁说,正由于意识到了二者的平行性,二者的对照性也就更容易被尖锐地感觉到,从而也就更加剧了对于人生的推移性的痛苦。正如松浦友久所说的:"四季的过程是反复的,人生却是不可反复的。即由于不带有推移变化中的反复功能,联系到这一点,人生与四季又是完全'相反'的。但那种相反,由于存在于推移功能相似之中(不管是潜在还是显在),就不能不被更加对比鲜明地意识到,并造成人生一去不复的印象。"①

---

① 松浦友久《中国诗歌原理》(孙昌武、郑天刚译),第38页。

第六章 人生观的智慧

"生存还是毁灭,这是一个值得考虑的问题。"(莎士比亚《哈姆雷特》)

世间万物有生必有死,有始必有终。花开花落,云生云灭,无不遵循着这自然的规律。人类也是这样。

但是,世间万物只是遵循着这自然的规律,却未必意识到、觉察到它;只有人类既遵循着这自然的规律,又意识到、觉察到了它。

于是,世间万物并不悲哀于它们的死亡或终结,而只有人类悲哀于自己的死亡和终结。

也许有的生物也会对死亡感到恐惧,但是它们并不事先感到恐惧;只有人类不仅对死亡感到恐惧,而且事先感到恐惧。

说起来,人类作为整体,和世间万物一样,其实也是生生不息、循环不已的,至少就人类记忆所及的既有历史而言是如此。故叶已坠,而新芽方萌;前哲已逝,而新秀继起。所谓"薪尽火传",说的便是这个意思。从这个角度说,人类的生命是绵延不绝、永无尽期的。

但是,作为个体的生命却是短促的,有限的,一次性的,容易毁灭的,不断流逝的,以死亡告终的。叶落叶生,但这叶非那叶;薪尽火传,但此薪非彼薪。如果自己个体的生命一去不能复返,那么整个人类的生命的绵延不绝,又能带来什么安慰呢?

因而,所谓人类对于死亡的恐惧,其实乃是个体的生命对于死亡的恐惧;所谓生命的意识,其实是与个体的意识密不可分的。

根据个体的心理发展过程,人在孩提时期,固然有生的本能,却很难说有死的恐惧。只有当人进入少年和青年时代以后,随着自我意识亦即个体意识的觉醒,对死亡的恐惧才会产生。因此也可以说,对死亡的恐惧,乃是个体的人走向成熟的标志之一。

不仅个体的人是如此,作为整体的人类也是如此。只有当人类社会发展到相当成熟的阶段时,对于死亡的恐惧,才会开始大量表现在人类的文化之中。

这个过程,和时间意识的确立是同步的。当人们意识到自己处于从过去经现在到未来的时间之流中时,他也就能预知自己的结局了。于是,对于死亡的恐惧,也就比没有时间意识的其他生物提前到来了。

世间万物并不事先对它们的死亡或终结感到恐惧与悲哀,因而它们不会去寻求解脱悲哀与恐惧的道路;只有人类才会事先对自己的死亡和终结感到恐惧与悲哀,因而

只有人类才会去寻求解脱悲哀与恐惧的道路。

其实说穿了,真正的解脱之道是没有的,因为不管你采取什么态度,死亡总会来临。不过这种解脱之道的寻求,这种知其不可为而为之的徒劳的努力,却正是人类区别于世间万物之处,也正是人生的美丽与无奈之处。

不同的寻求方式,不同的解脱之道,显示了不同文化的差异,也显示了不同文化的智慧。那么,中国诗人又是怎样面对和处理这个永远困扰着人类的问题的呢?他们又是怎样在这个问题上表现出他们的智慧的呢?

荣名以为宝

人是一种社会动物,也是一种文化动物。人类的历史不仅仅是生物的历史,而且也是文化的历史。随着人类历史的演进,人类不仅积累并遗传了物质财富,而且也积累并遗传了精神财富。而且相比之下,精神财富较物质财富更容易垂诸久远。这是人类不同于任何其他生物的地方。

由于人类社会具有这样一种文化的延续性,因而悲哀于肉体生命之短促易逝的人们,便自然会把求助的目光转向这种文化的延续性,这样就产生了追求精神上的不朽的愿望。

在中国,很早便有了关于"立德"、"立功"、"立言"三不朽的说法。"立德"是指树立美德,"立功"是指建立功业,"立言"是指写作文章。古人认为这三者都是足以使人获得名声并获得不朽的东西。究其实质,正是因为古人相信,借助文化的延续性,人们可以使自己的精神生命超越肉体生命的局限,而获得更为长久的存在。

这种想法对于中国诗人的影响和诱惑十分巨大。孔子曾经说过这样一句话:"君子疾没世而名不称焉。"(《论语·卫灵公》)这句话以其本义和歧义,激励过后来一代又一代的中国人。

楚辞的诗人一再表示,他们之所以担心时光流逝,乃是因为"恐修名之不立"(《离骚》),也就是害怕在有生之年来不及建立良好的名声。在诗人看来,建立良好的名声,乃是利用有限的人生的最好方法。

汉代的诗人们由于强烈地意识到人生的短暂易逝,所以更迫切地将希望寄托于良好的名声的获得:"盛衰各有时,立身苦不早。人生非金石,岂能长寿考? 奄忽随物化,荣名以为宝。"(《回车驾言迈》)在这里,追求良好的名声,被明确地与人生短暂易逝的意识联系在了一起。

后来,晋代诗人陶渊明在苦思人生短暂易逝的问题时,所提出的三种解脱之道之一,也是追求良好的名声:"立善有遗爱,胡为不自竭。酒云能消忧,方此讵不劣!"(《形影神》其二《影答形》)这个想法在他的其他诗中也一再被提起:"匪道曷依,匪善奚敦?"(《荣木》)"朝与仁义生,夕死复何求?"(《咏贫士》其四)"结发念善事,僶俛六九年。"(《怨诗楚调示庞主簿邓治中》)"养真衡茅下,庶以善自名。"(《辛丑岁七月赴假还江陵夜行涂口》)表现出他对于良好的名声的追求之执著。

　　这些诗人所用以获取良好的名声的方法,就是为善,也就是"立德"。他们相信,因此而获得的良好的名声,可以使他们的精神生命延续到后世。

　　还有,通过"立功"而获得精神不朽的愿望,也强烈地吸引着中国诗人的心灵。如刘琨《重赠卢谌》诗的"功业未及建,夕阳忽西流。时哉不我与,去乎若云浮",陆机《猛虎行》诗的"日归功未建,时往岁载阴",江淹《刘太尉琨伤乱》诗的"功名惜未立,玄发已改素。时哉苟有会,治乱惟冥数",都害怕时光的流逝会使自己来不及建立功业,从而难以获得不朽的名声。又如,陶渊明的《咏荆轲》诗分析荆轲心理,也流露出诗人自己的隐秘愿望:"心知去不归,且有后世名……其人虽已没,千载有余情。"解释历史人物壮烈行为的动机是为了"后世名",并暗示这样做是值得的。

　　对于中国诗人而言,比起"立德"和"立功"来,也许"立言"的诱惑更大,因为这是最能发挥他们所长的领域,也是他们最容易实现的目标。王充早就强调过文章超越时间的永恒性。曹丕则公然宣称文章乃"不朽之盛事"。司马迁也以作《史记》的实绩,来求得自己的不朽名声。可以说,绝大多数的中国诗人,当他们汲汲于诗歌创作的时候,他们的脑海中总横亘着这种以"立言"求不朽的念头。左思曾羡慕地肯定扬雄:"言论准宣尼,辞赋拟相如。悠悠百世后,英名擅八区。"(《咏史》其四)杜甫《梦李白》其二的"千秋万岁名,寂寞身后事",也是意识到李白将以诗歌垂名后世的事实而说的话;而他自称的"名岂文章著"(《旅夜书怀》),则其实是正话反说而已,其中不无得意之感。

这其实也是中外诗人共同具有的信念,当普希金说自己的灵魂在圣洁的诗歌中将比自己的灰烬活得更久长和逃避了腐朽灭亡时(《纪念碑》),其实正表达了同样的想法。只不过在中国历史上,由于对文学乃至文人的特殊尊重,使得这一意识更为牢固地盘踞在中国诗人的心头。

不过,中国诗人并不那么单纯,他们一面追求不朽的名声,一面又对这种不朽的名声感到了怀疑。因为这条解脱之道是在精神生命方面完成的,对于解决肉体生命的局限其实仍然没有什么切实的功效。所以历来怀疑这条道路的声音也非常嘈杂,其中也包括那些刚刚还表示过渴望不朽名声的诗人。

比如,阮籍自述年轻时想要追求不朽的名声:"昔年十四五,志尚好书诗。被褐怀珠玉,颜闵相与期。"可后来却发生了怀疑:"丘墓蔽山冈,万代同一时。千秋万岁后,荣名安所之?"(《咏怀》其十五)在这里具有反讽意味的是,荣名正是因为死亡而失去意义的。

陶渊明也表示了自己的怀疑:"积善云有报,夷叔在西山。善恶苟不应,何事空立言?"(《饮酒》其二)《形影神》诗中"影"追求立善的主张,也马上遭到了"神"的否定:"立善常所欣,谁当为汝誉?"(《神释》)在《和刘柴桑》诗中,他更明确地断定人死之后,人的精神生命将同肉体生命一同泯灭:"去去百年外,身名同翳如。"

鲍照《拟古》其四也说:"日夕登城隅,周回视洛川。街

衢积冻草,城郭宿寒烟。繁华悉何在?宫阙久崩填。空谤齐景非,徒称夷叔贤。"先称繁华不能恒久,而后说贤愚共尽,不必强为分别,显示了在时间之流中为善立名的无益与虚幻。

当然,这些议论都是针对"立善"的行为而发的,但在诗人的心灵深处,未必没有包含否定"立功"和"立言"的意思在内。

然而,即使中国诗人对于"荣名"的不朽性及其意义不无怀疑,但事实上,一代又一代的诗人,却仍在生前孜孜不倦地追求自己的名声,仍在生前不断地为诗神呕心沥血。这里恐怕存在着中国诗人的一种矛盾心理:他们希望能使自己的精神生命超越肉体生命的局限,但同时对于这种方式本身的可靠性和局限性又不能不感到怀疑,但尽管感到怀疑却又不想放弃尝试的努力。然而,不正是在这种似乎矛盾的态度中,表现出中国诗人成熟的理智与清醒的头脑吗?

服食求神仙

如果精神生命的不朽不足以解决肉体生命的问题,那么肉体生命本身是否能够找到解脱之道呢?如果人的肉体生命本身能够无限地延长,那不就从根本上一劳永逸地解决了问题吗?正是这种诱人的幻想,促使古人萌生了追求长生不老的念头。这种念头在秦汉魏晋时曾风靡一时,直到今天也还在暗暗地吸引着中国人的心灵。

在秦汉魏晋时的中国,不仅皇帝们在寻求长生不老之药和羽化登仙之术,而且民间一般人也深为那虚无缥缈的神仙传说所吸引。敏感的中国诗人当然也不会不受其影响,于是在此时的诗歌中,便出现了许多赞美神仙和渴望长生的作品,比如《董逃行》、《长歌行》、《王子乔》、《步出夏门行》、《善哉行》、《仙人骑白鹿》等等。尤其是在阮籍和嵇康的诗歌中,更是出现了许多描写对于神仙长生的渴望的作品。如阮籍的《咏怀》诗写道:"朝为美少年,夕暮成丑老。自非王子晋,谁能常美好?"(其四)"焉见王子乔,乘云翔邓林。独有延年术,可以慰我心。"(其十)"愿登太华山,上与松子游。"(其三十二)侯思孟认为:"阮籍是这样地为时间的流逝所烦扰,在他的组诗中,有关长生主题的诗歌要多于有关其他单一主题的诗歌,就不足为奇了。""他还受着追求长生的欲望的诱惑,被神仙在远离人寰之处所享受到的神秘幸福深深吸引。"①受到神仙长生吸引的诗人当然不止阮籍一个,在他那时代,这是一种相当普遍的现象。

不过,一方面是对于长生不老的憧憬,另一方面又出现了对此的怀疑。比如古诗的诗人们便认为:"服食求神仙,多为药所误。"(《驱车上东门》)"仙人王子乔,难可与等期。"(《生年不满百》)曹植曾作《辩道论》骂方士,又说:"虚无求列仙,松子久吾欺。"(《赠白马王彪》)曹操也对世人迷信神仙表示惋惜:"痛哉世人,见欺神仙。"(《善哉行》)尽管

---

① 侯思孟《诗歌与政治》第八章《追求长生》(钱南秀译),载钱林森编《牧女与蚕娘》,第 242 页,第 246 页。

他的《精列》和《秋胡行》都是歌咏神仙及长生的,而曹植也刚刚在《升天行》里表示过对于神仙的倾慕。曹丕也不相信神仙:"彭祖称七百,悠悠安可原。老聃适西戎,于今竟不还。王乔假虚辞,赤松垂空言。"(《折杨柳行》)郭璞以《游仙》诗闻名,但他在第四首中也一边感慨"淮海变微禽,吾生独不化",一边悲叹"临川哀年迈,抚心独悲吒",对能否学仙成功表示怀疑,对老之将至表示无可奈何。因此,"很难说中国诗人在多大程度上真正相信这些神仙"①。"无论对长生的追求变得多么重要,那时的大多数中国知识分子,同今天一样,并不真正相信这一套。"②

　　然而,怀疑并不等于否定。否定是不承认其存在,怀疑却是不敢确信其存在,心里则未必不希望自己的怀疑是错的。中国诗人对于追求神仙长生的怀疑便是如此。桀溺认为,古诗诗人对神仙的态度,"并不同于孔儒对黄老思想原则上的敌视态度,它们只说明作者心中充满悲叹怀疑,而不是在挖苦揶揄"③。侯思孟也谈到:"即使阮籍最终仍怀疑神仙的存在或长生的可能……那些诗中的语气仍将证明,尽管这证明显得空虚无力,道家的长生理想对他具有强烈而深刻的吸引力。"④我们想,不仅对阮籍来说是

① 刘若愚《中国文学艺术精华》(王镇远译),第14页。
② 侯思孟《诗歌与政治》第八章《追求长生》(钱南秀译),载钱林森编《牧女与蚕娘》,第247页。
③ 桀溺《论〈古诗十九首〉》(洪放、钱林森译),载钱林森编《牧女与蚕娘》,第219页。
④ 侯思孟《诗歌与政治》第九章《神秘主义》(钱南秀译),载钱林森编《牧女与蚕娘》,第272页。

人生观
的智慧

这样,而且对其他怀疑神仙长生的中国诗人来说也是
如此。

在此,我们又看到了一种貌似矛盾的态度:中国诗人
为了解脱死亡的恐惧与悲哀,转向了对于神仙长生的渴
望;但是他们对此又不能不抱有怀疑,因为这不符合一般
的常识与理性;但是在抱有怀疑的同时,他们又不能不为
其魅力所吸引,因而不能进入真正的否定。他们也许知道
其无,却宁信其有,然而又不抱希望。这似乎正是一个极
为现实而又清醒的民族对于幻想所可能采取的态度。

思为双飞燕

斯波六郎在《中国文学中的孤独感》一书中指出,人类
内心深处都有对于生命的不安感(也就是我们这里所说的
对于死亡的恐惧感),当人们感到这种生命的不安感谁也
不理解而只属于自己时,他们便会产生强烈的孤独感[①]。
反之,也可以这么来理解,当人们强烈地感受到因恐惧死
亡而产生的孤独感时,他们会转而通过寻找能够共同面对
这一难题的知音,来排遣这种孤独感,从而获得不安与恐
惧的解脱。

这方面知音的获得,既可以通过同性之间的友谊,也
可以通过异性之间的爱情。而由于爱情在人际关系方面
的特殊深刻性,因而往往更多地被看作是解脱孤独、进而

---

① 斯波六郎《中国文学における孤独感》,东京,岩波书店,1958年版。

解脱恐惧的道路。所谓理想的爱情的追求,当它与生命意识发生联系时,便正具有这样一种功效。

古诗《东城高且长》的诗人,便正表达了这样一种愿望。诗人在感到"四时更变化,岁暮一何速"时,也就是感到人生飞逝如箭时,他所首先想到的,就是要去寻找理想的爱情,以此来排遣自己的痛苦与孤独:"燕赵多佳人,美者颜如玉……思为双飞燕,衔泥巢君屋。"当然也可以认为,诗人寻找的只是美色的享受,因而此诗也可以归入"及时行乐"的系统。不过,这样就无法解释,为何他要和她成为"双飞燕",其中明显地包含着爱情的因素。

现代西方哲学家弗罗姆曾提倡爱的哲学,认为只有爱才能消除人际的隔绝状态,使生命获得意义,并解脱面对死亡时的孤独感。中国诗人也许并不具备这种爱的哲学,但是他们却凭诗人的直觉,深知爱的价值,渴望通过找到理想的爱情,来解脱因恐惧死亡而产生的孤独。

不过,理想的爱情是否果真能够解脱因恐惧死亡而产生的孤独,中国诗人对此并不是没有怀疑的。

首先,就像上面这首诗所表现的,理想的爱情往往只是愿望,不一定能够成为现实,毋宁说,事实上是很难成为现实的。

其次,即使理想的爱情能够成为现实,但分离之类不幸又会将它破坏,从而使人坠入比从前更深的恐惧与孤独的深渊之中。"思君令人老,岁月忽已晚。"(《行行重行行》)"荡子行不归,空床难独守。"(《青青河畔草》)"同心而离居,忧伤以终老。"(《涉江采芙蓉》)"思君令人老,轩车来何迟。伤彼蕙兰花,含英扬光辉。过时而不采,将随秋草萎。"(《冉冉孤生竹》)这些诗歌都不仅表现了相思之苦,而且也表现了在相思中岁月流逝的可怕,其程度是远在独自面对岁月流逝之上的。

最后,理想的爱情说到底也只能缓解因恐惧死亡而产生的孤独,而并不能最终消除这种孤独。因为个体生命的本质便是孤独的,因此即使找到了理想的爱情,但当人们面临死亡时,毕竟还得只身前往。当阮籍唱出"一身不自保,何况恋妻子"(《咏怀》其三)时,正表现出对于个体生命的孤独本质的深刻洞察,以及对于理想的爱情(假设如此)的一种不信任之感。

但是,对于现世的人生来说,理想的爱情始终是吸引人的,它的确能够缓解生存的孤独感。所以,当中国诗人面对理想的爱情的吸引时,他们在持有怀疑和保留的同时,也是很希望能纵身跃入其中的。"思为双飞燕","愿为双鸿鹄"(《西北有高楼》)云云,正表达了诗人的这种心理。

先据要路津

由于个体生命的本质是孤独的,所以人们所寻求的解脱之道,有时候也不尽是利他主义的,而常常可能是利己主义的。问题恐怕不在于怎样评价利己主义,而在于怎样认识利己主义。在这方面,中国诗人是怎么看的呢?

在现实生活中,权力永远是一种吸引人的东西,因为

它可以使人们痛快地享受生命，在这一点上它颇可成为解脱之道之一；不过同时它又是一种令人讨厌的东西，因为伴随着它有太多的纷争与倾轧，有时反而使人们享受不到宁静的生活。

根据对权力的态度的不同，中国诗人大致可以分为两种类型：一种倾向于接近权力，一种倾向于避开权力。后者如陶渊明，"不能为五斗米折腰"（《晋书·隐逸·陶潜传》）；如李白，"安能摧眉折腰事权贵，使我不得开心颜"（《梦游天姥吟留别》）；如袁宏道，视送往迎来的官场生涯为不堪之苦。这些诗人都倾向于避开权力，过自由的生活，从自由中享受生命。前者则是看到了权力能带来的许多好处，无论是精神上的还是物质上的，因而倾向于接近权力，凭藉权力过奢华的生活，从奢华中享受生命。

这两种态度，大概是权力本身的双重性所造成的，在本质上它们也许是相通的，只是依情况的不同而会有所转移罢了。因为按人的本性来说，当其想要进取的时候，便会有接近权力的倾向；当其遭遇挫折的时候，便会有避开权力的倾向。所以即使同一个人，也会因生活环境的变化，而对权力持前后不同的态度。这就是为什么中国诗人往往具有既汲汲于功名利禄，又羡慕闲适生活的两面性的原因之所在。也许，因为在现实生活中奉行接近权力的信条的现象更多一些，因而在诗歌之中表现避开权力的倾向的内容也就出现得更频繁一些。

不过，《古诗十九首》的诗人却不是如此，他们敢于坦率地表达接近权力的愿望:"人生寄一世,奄忽若飙尘。何不策高足,先据要路津?无为守穷贱,轗轲长苦辛。"(《今日良宴会》)在这首诗中,及时接近权力,作为摆脱穷贱的手段,进而作为更好地享受人生的手段,被诗人郑重其事地提了出来。其中的一个"先"字,透露出明显的利己主义气息。因为它表明权力的位置是有限的,只有眼明手快者才能捷足先登。而一旦有人占据了有限的权力宝座,其他人便难以再涉足问津了。从诗歌来看,这种想法不仅为诗人本人,而且也为与会众人所共同具有,这说明这种想法在当时是具有普遍性的——其实在其他时代又何尝不是如此!

然而,因为这种想法原本属于中国人所谓"可想可做而不可说"的事情之一,而此诗的诗人说得又是那么直露,而且类似的意思在中国诗歌中又是那么少见,因而此诗的主题一直受到后人的曲解。人们认为,"先据要路津"不是诗人本人的意思,而仅仅是与会众人的意思,而诗人对此则是持讽刺态度的。我们没有必要为这种观点多费口舌,因为它只不过是以后人的虚伪矫饰,来歪曲古人的坦率真诚罢了。

不过,不管这一切,这首诗的确说出了当人们恐惧死亡时所可能产生的一种利己主义想法(这种想法在实际生活中远比在诗歌中更为常见),它成了中国诗人在面对死亡的威胁时所寻求的另一种解脱之道。

可是,接近权力难道就真能使人们痛快地享受有限的生命,解脱死亡的恐惧与悲哀了吗?如果认为中国诗人会毫不怀疑地相信这一点,那就太小看他们的现实感了。

与外国诗人不同,中国诗人大都和权力有着千丝万缕的联系,不管其态度是接近权力还是避开权力的。因而,不仅对于权力可能带来的好处,而且对于权力可能带来的坏处,他们都有着极为清醒的认识。如上所述的许多诗人,其实都是在先是接近权力,而后又感到幻灭后,才转向避开权力的态度的。而他们之所以对权力感到幻灭,其中的一个重要原因,恰恰是因为权力妨碍他们自由地享受生命。这在唐寅的《一世歌》中说得很明白:"世上钱多赚不尽,朝里官多做不了。官大钱多心转忧,落得自家头白早。"具有反讽意义的是,唐寅的这种观点,恰与《古诗十九首》诗人的观点形成了鲜明的对照。不过,他们在有一点上是完全相通的,即不管是"先据要路津"也好,是"朝里官多做不了"也好,他们考虑问题的出发点,都是怎样充实地度过一生,怎样充分地享受生命。

不过,话又要说回来了,类似唐寅这样的诗人,也只是在功名无望时才这么说的;在他们的内心深处,其实仍充满着对于权力的渴望,只不过没有机会实现罢了。因而,在所有这些宣称要避开权力的主张中,我们也许都能发现某种酸葡萄的成分。但是,我们又怎能因为其中有着酸葡萄的成分,便认定中国诗人对于权力的虚妄没有痛苦的幻灭呢?毋宁应该说,正是在接近权力与避开权力之间,中国诗人走着曲折的人生钢丝,形成了矛盾的心理特征,写出了或热或冷的诗歌。而人生短促这个人生难题,终于还是不能得到彻底解决。

为乐当及时

在中国诗人所寻求的各种解脱之道中,最能打动他们的,其实乃是享乐主义(或及时行乐)的思想。享乐主义思想的核心,是在面对死亡的威胁时,提倡一种及时享受生命的人生态度(当然享受的方式不一)。这种思想其实不仅在中国诗歌中,而且在其他诗歌中也是很流行的。

在中国诗歌中,享乐主义的思想具有悠久的历史。在《诗经》里,便有好几篇作品是表现及时行乐主题的,如《唐风·蟋蟀》、《唐风·山有枢》、《秦风·车邻》、《小雅·颊弁》,等等。尽管其中也常用节制的教训和对奢侈的讥讽来贬低它,但享乐主义的思想还是清晰可见。楚辞中的《招魂》和《大招》,也为了诱使被招者的灵魂归来,而铺陈渲染了大量的享乐场面,而且是用肯定赞叹的语气来表现的。

到了汉代诗歌中,享乐主义的思想更有泛滥之势,比如乐府《怨诗行》:"天道悠且长,人命一何促。百年未几时,奄若风吹烛。嘉宾难再遇,人命不可续。齐度游四方,各系太山录。人间乐未央,忽然归东岳。当须荡中情,游心恣所欲。"《善哉行》:"来日大难,口燥唇干。今日相乐,皆当喜欢。""欢日尚少,戚日苦多。何以忘忧,弹筝酒歌。"《满歌行》:"命如凿石见火,居世竟能几时。但当欢乐自

娱,尽心极所嬉怡。"

而在《古诗十九首》里,这种享乐主义思想表现得最为典型,如《青青陵上柏》:"斗酒相娱乐,聊厚不为薄……极宴娱心意,戚戚何所迫?"《驱车上东门》:"不如饮美酒,被服纨与素。"《生年不满百》:"昼短苦夜长,何不秉烛游? 为乐当及时,何能待来兹? 愚者爱惜费,但为后世嗤。"

从此以后,享乐主义思想可以说构成了中国诗歌的传统主题之一。这些鼓吹享乐主义的诗歌有一个共同的特色,那就是希望通过沉湎于享乐生活,来排遣对于死亡的恐惧与悲哀。

不过,正如桀溺指出的,在中国诗人的享乐主义中,也隐隐存在着一种清醒的怀疑:"同传统的梦想一样,享乐也不能抵抗悲观主义的破坏力量。在追求享乐时,诗人不但没有表现出……活泼与兴奋,而且指出这些享乐是不会长久的。"①

阮籍便曾不无痛苦地怀疑过享乐主义的效用:"平生少年时,轻薄好弦歌。西游咸阳中,赵李相经过。娱乐未终极,白日忽蹉跎。"(《咏怀》其五)在这里,享乐主义不仅不是疗救的药方,反而成了失时的原因。

这种对于享乐主义的怀疑态度,也是许多中国诗人所共同具有的。比如陶渊明的《形影神》诗,就借"影"之口,怀疑了"形"所提出的享乐主义思想。在李白的《春夜宴从

---

① 桀溺《论〈古诗十九首〉》(洪放、钱林森译),载钱林森编《牧女与蚕娘》,第219页。

弟桃花园序》中,诗人痛苦地指出:"浮生若梦,为欢几何?"在其代表作《梦游天姥吟留别》中,诗人更是把行乐比为梦境,而人迟早会从梦中醒来:"世间行乐亦如此,古来万事东流水。"

不过,同样,中国诗人尽管怀疑享乐主义的效用,但同时他们也并不拒绝它的诱惑。这就是为什么一代又一代的中国诗人,在面对死亡的恐惧时,会一再地乞灵于享乐主义的原因。换句话说,中国诗人一方面都有点像伊壁鸠鲁主义者,但同时又都不是彻底的伊壁鸠鲁主义者。

纵浪大化中

正如我们将在第十二章"自然观的智慧"中说的,中国诗人都是视人生为自然之一部分的自然主义者(东方意义上的),因而当他们面对死亡的威胁时,他们当然不会忘了向自然寻求安慰。中国诗人也许很难摆脱这样一种思想的诱惑:人生既然是自然的一部分,而且也服从与自然同样的变化规律,那么除了像世间万物那样顺应自然外,别无选择。而且正因为生命和死亡都是必然的,所以反而没有必要再去为必然的事情多伤脑筋。这样便出现了另一种对待死亡的威胁的态度,即顺应自然、"委之大化"的态度。

陶渊明是许多具有这种态度的中国诗人中的一个。在著名的《形影神》诗中,他借"神"之口,表达了自己在生死问题上顺应自然的意愿:"甚念伤吾生,正宜委运去。纵

浪大化中,不喜亦不惧。应尽便须尽,无复独多虑。"(《神
释》)与此相同的主张,也出现在他的其他许多诗里,如"穷
通靡攸虑,憔悴由化迁"(《岁暮和张常侍》),"真想初在襟,
谁谓形迹拘。聊且凭化迁,终返班生庐"(《始作镇军参军
经曲阿作》),"形迹凭化往,灵府常独闲"(《戊申岁六月中
遇火》),"寓形宇内复几时,曷不委心任去留……聊乘化以
归尽,乐夫天命复奚疑"(《归去来兮辞》),等等。在这些诗
中,诗人都表示了要以顺应自然、委之大化的态度,来解脱
生死问题的困扰。这种态度可以说是很多诗人所共有的,
他们在无可奈何之际都会这么表示。

不过,与其他解脱之道一样,顺应自然、委之大化的想
法,也不能真正解脱生死问题的困扰。其他中国诗人是如
此,陶渊明也是如此。正如兴膳宏所指出的:"'神'的说法
只是陶渊明的一种理想而已。不论'神'的主张如何达观,
'形'与'影'的意见(毅平按:即享乐主义与追求荣名)仍然
存在于陶渊明内心之中,三者的对话几乎可以无尽期地循
环往复地进行下去。""'形'、'影'、'神'三者的主张,实际
上都是陶渊明自己真实的心声。他越是认真地思考人生,
这三者就越是复杂地互相纠错、分裂乃至动摇。"①陶渊明
表面上没有怀疑"神"的说法,但实际上却是隐含有怀疑
的。而且在他的内心深处,不仅交织着这三种意见,而且
交织着更多的意见。陶渊明让这三种意见互相争论,其实

---

① 兴膳宏《陶渊明》,载其《六朝文学论稿》(彭恩华译),第302页,第305页。

并不是要决定它们之间孰优孰劣，而是象征性地表现了面对死亡的威胁时各种解脱之道的苍白无力。

顺应自然、委之大化的想法的诱惑，以及这种想法在解脱死亡的恐惧方面的苍白无力，都是为中国诗人所深深了解的。而正是在这种矛盾之中，形成了中国诗歌中人生观的一种特色。

绝望之为虚妄，正与希望相同

就这样，中国诗人向四面八方寻找着解脱对死亡的恐惧的道路：他们想要获得不朽的荣名，想要追求长生不老，想要寻觅理想的爱情，想要及时行乐，想要占据权力宝座，想要顺应自然……但我们也许已经注意到了，他们独独不像西方诗人那样，向宗教寻求解脱之道。这一点，正是区别中西诗人人生观的焦点。

宗教是一种复杂的文化现象，在此我们无法也不想加以评说。不过有一点是可以肯定的，即宗教的目的之一，便是为了帮助人们摆脱对于死亡的恐惧。宗教设想人死后仍有去处，不管是天堂还是地狱。宗教否定人的现世完结性，因而给永不想完结的人类带来了希望。西方诗人大都不在宗教传统之外，他们往往到宗教中去寻求解脱对死亡的恐惧的道路。

但是，中国诗人却无法从宗教中得到解脱。这首先是因为中国不存在西方意义上的宗教。其次是即使当佛教在中国流行的时候，中国诗人似乎也很少真正相信其教义,尤其是其在生死问题方面的教义。埃尔韦·圣·德尼注意到了这一点:"如果说部分唐诗反映了当时亚洲宗教运动的影响,那么大多数诗歌却没有丝毫的宗教成分。从总体上看,中国人对佛教的信仰并不比对伊斯兰教和基督教的信奉强多少。从那时起,怀疑主义在中国已很盛行,就像今天普遍流行的那样。中国著名诗人的所有诗篇都明显地表现出普遍缺乏宗教信仰。"①

中国诗人也许喜欢宗教,尤其喜欢宗教给予他们想象力的刺激。但是在人生的根本问题上,他们内心深处的理智感与现实感,以及由中国文化传统培育起来的人本主义精神,却妨碍他们接受宗教的安慰,投入宗教的怀抱。

由于缺乏真正的宗教信仰,因而中国诗人在面对死亡的恐惧时,得不到有效的宗教安慰,只能赤手空拳地与死亡的恐惧作正面的肉搏,也只能在现世生活中千方百计地寻求解脱之道。所有上述各种解脱之道,除了追求长生不老之外,大都与现世生活有关;即使是长生不老的追求,也是出于延长今生今世的考虑,而并不幻想进入来生来世。因而,所有这些解脱之道,都不能最终解决生命的现世完结性问题(即使长生不老,也只是延长了现世而已,况且还被认为是非常靠不住的东西),而不能像宗教那样,提供一种有关来世的安慰。

---

① 埃尔韦·圣·德尼《中国的诗歌艺术》(邱海婴译),载钱林森编《牧女与蚕娘》,第25页。

一旦意识到了这一点(不幸的是如上所述,中国诗人大都意识到了这一点),那么真正的无可解脱的痛苦就开始了。埃尔韦·圣·德尼注意到:"他们(中国诗人)的精神世界往往由痛苦和失望表现出来",这是因为他们的心灵中有一个"宗教信仰的缺乏所造成的巨大空虚"①。这也许可以说是中国诗人乃至中国人的最大不幸。

然而,也正是在这种无可解脱的绝境之中,一种中国式的睿智清晰地浮现了出来,那就是人们常说的中国人对生死问题的现实态度。既然所有的解脱之道都是苍白无力的,而宗教安慰也只不过是拙劣的自我欺骗,那么就让我们直面人生、直面死亡吧!我们的确害怕死亡,但是如果它是一定要来的,那就让它来吧!我们也知道,我们的人生笼罩着死亡的阴影,但即使这样,我们还是要好好地生活。

这种直面人生、直面死亡、拒绝一切宗教安慰的精神,活跃在每一个优秀的中国诗人的身上。当兰亭诗人说"固知一死生为虚诞,齐彭殇为妄作","修短随化,终期于尽","死生亦大矣,岂不痛哉","后之视今,亦犹今之视昔,悲夫"(王羲之《兰亭集序》)时,他们正表达了一种甚至拒绝相对主义的安慰,只是痛苦地接受人终有一死的事实,并认为这是人无可逃避的宿命的清醒意识。鲁迅曾一再引用的裴多菲的名言"绝望之为虚妄,正与希望相同"(《野

---

① 埃尔韦·圣·德尼《中国的诗歌艺术》(邱海婴译),载钱林森编《牧女与蚕娘》,第25～26页。

草·希望》），也许正可用来象征中国诗人在生死问题上这种痛苦与旷达、无奈与超脱交织在一起的心态。

对于中国诗人在生死问题上这种充满睿智的态度，一位法国汉学家表示了高度的敬意："疗救的药方是没有的，荣誉、爱情、药石和宴饮都不能叫人忘记生命的短促和必然幻灭的归宿。《古诗十九首》令人击（激）赏之处，在于其作品中浓厚的悲观主义，未至于造成沮丧或惶乱，并反而也不使诗人因自己敏锐的洞察力而得意炫耀。既没有绝望的爆发，也没有自我吹擂，他就如此地推拒了一切空想。我不知道，一个经验肤浅的外国人来谈论'中国心灵'是否有些自命不凡，但我总觉得这些诗歌所提供的完美形象，正好反映了中国民族的精神面貌，这将会使后代人因为它而认识到自己：中国人头脑清醒，不会轻信那些解除痛苦的空幻梦想；他们面对现实，能抑制住心头的失望，无可解慰而不怯懦，高尚而不浮夸。"①

---

① 桀溺《论〈古诗十九首〉》（洪放、钱林森译），载钱林森编《牧女与蚕娘》，第220页。

第七章 历史观的智慧

当人类意识到时间的时候,他们也就意识到了历史;当人类意识到人生的时候,他们也就意识到了历史。

因为历史意识的本质,无非就是对从过去经现在至将来的永不停息的时间之流的自觉,也无非就是对这时间之流上新陈代谢的人生的自觉。历史意识是时间意识与人生意识的结合。

对历史的意识,也是人类走向成熟的标志,一如对时间的意识和对人生的意识一样。小孩子没有历史意识,正如他们没有时间意识和人生意识;人类的早年也没有历史意识,正如他们没有时间意识和人生意识。

中国具有悠久的历史传统,而同历史传统一样悠久的,还有历史意识的传统。

中国人所关注的时间,是人生的时间;中国人所关注的人生,是现世的人生;因而中国人所关注的历史,也只是现世的人生的历史。

东西汉学家都一致公认,中国诗人对于历史有着特殊的敏感。"中国诗人喜欢怀古……无论一个诗人对历史抱什么态度,他总是意识到了历史。"①"怀古,即怀念古昔的感情,可以说是构成中国古典文学的各种成分中的一个最主要的成分。"②"咏史诗在中国文学中的地位,几乎可与西方的宗教诗相比。"③这些不同的说法,都指出了一个相同的事实,即中国诗人的历史意识特别强烈。

想来其实并不奇怪,对历史的关注,也就是对时间的关注,对人生的关注。时间意识在中国不仅是历史感觉的源泉,而且也是抒情感觉的源泉。对于时间有着特殊敏感性的中国诗人,当然也会对历史表现出特殊敏感性。"对过去的爱惜,就是对时间的爱惜,对时间的爱惜就是对生命的爱惜。和自己并没有直接关系的往事,一千年、两千年以前,甚至更早的历史上的往事,却能如此打动诗人和读者的心,引起如此鲜明敏锐的反应,其内在的原因,不正寓意于此吗?"④

从宏观的角度来看,中国诗人的历史意识当然是中国人的历史意识的一个组成部分,二者在本质上是相通的。不过,由于诗歌的思维方式与一般的思维方式有所不同,因而中国诗人的历史意识常常并不完全等同于一般常识或历史学家的历史意识。正如 W·顾彬所说的:"诗人都

---

① 刘若愚《中国文学艺术精华》(王镇远译),第3页。
② 松浦友久《李白——诗歌及其内在心象》(张守惠译),第88页。
③ 余光中《中西文学之比较》,载古添洪、陈慧桦编著《比较文学的垦拓在台湾》,第135页。
④ 松浦友久《李白——诗歌及其内在心象》(张守惠译),第89页。

无心去考察历史,他们是要用他们的历史观来表现自己的生活意识……历史事实既与过去无关,也与将来无关,它们是彼此孤立的,在诗中,它们没有必要完全照搬历史。因为历史不是明智合理的过程,所以对历史事件可以用想象加以改造。"①

中国诗人所最为敏感与苦恼的问题,当然是在时间之流上短暂易逝的人生的问题。这一问题被引入了他们的历史意识,使他们的历史意识与人生意识发生了密切关系。W·顾彬说:"隋唐时期出现的文学家的历史意识与人生短暂的意识直接联系在一起,这是一个令人惊异的难以解释的现象。"②如果我们知道中国诗人的历史意识深深植根于他们的时间意识,从而也深深植根于他们的人生意识,这个现象也就不难解释了。

中国诗人中一些历史意识最为强烈的人物,他们并不在乎显示历史知识的渊博,也无意于评价历史事件的是非,他们只关注于历史所显现出来的时间的流逝,这种流逝带走了一切曾经被认为是有价值的东西。

无情最是台城柳

中国诗人可以引以为自豪的,是他们比西方诗人早一千多年发现了自然的美丽,这我们将在第十二章"自然观的智慧"中阐述。

---

① W·顾彬《中国文人的自然观》(马树德译),第183页。
② W·顾彬《中国文人的自然观》(马树德译),第175页。

不过，从另一个角度说，这对中国诗人来说，其实也未必完全是好事。这是因为，从长期爱好自然中培育起来的对于自然的敏感，就像一把双刃剑一样，一面使他们能敏锐地感受到自然的美丽，另一面却也使他们尖锐地感受到了自然与人生的对比。而正是这种对比，常常给他们带来悲哀。

自然也有新陈代谢，这与人生是一样的。但是，当自然的新陈代谢作为一个整体呈现在作为个体的人的面前时，又显示出了循环不已的特点。而这与作为个体的人的生命的一次完结性，恰好形成了鲜明的对照。

而且，从更广阔的角度来看，自然的循环不已，也与人类历史的一去不复形成了鲜明的对照。

于是，从前一种对照中，产生了人生的悲哀；从后一种对照中，产生了历史的悲哀。它们的共同基础，都是对于自然的循环无已性与人生或历史的一去不复性的尖锐对比的痛苦意识。所以我们说自然意识的发达，对于中国诗人来说未必全是好事。

中国诗歌中一些最出色的怀古诗，便正是通过自然与历史的尖锐对照，来表现对于历史的一去不复性的悲哀的。比如，韦庄的《金陵图》诗便表达了这样的看法："江雨霏霏江草齐，六朝如梦鸟空啼。无情最是台城柳，依旧烟笼十里堤。"对于几百年后的诗人来说，曾经有过的六朝宛如梦境一样，已杳无踪影，而只有堤上的柳树每到春天依旧吐绿。

杜牧的《金谷园》诗也表达了同样的观点:"繁华事散逐香尘,流水无情草自春。日暮东风怨啼鸟,落花犹似坠楼人。"六朝那些贵族们的繁华往事早已烟消云散,而在那演出过历史悲剧的旧址上,只有自然景物还是一如往昔。

在刘禹锡《西塞山怀古》诗的"人世几回伤往事,山形依旧枕寒流",刘长卿《秋日登吴公台上寺远眺》诗的"惆怅南朝事,长江独至今"等中,我们都可以看到类似的历史的一去不复与自然的循环无已的对比。

在韦庄和杜牧的诗中,都出现了自然"无情"的说法,这正是与人事"有情"相对而言的。诗人们似乎认为,自然正因为其"无情"而能循环无已,人类也正因为其"有情"而转瞬即逝。李贺的"天若有情天亦老"(《金铜仙人辞汉歌》),便正典型地反映了这种看法。

那么,中国诗人为什么要将历史与自然相比,并从中感到悲哀呢?他们当然不是要藉此否定历史存在,也不是要藉此指责历史事件。他们只是将历史看作是人生的扩大,从历史中看到人生的影子。因而,历史的一去不复性,也就成了人生的一去不复性的证明;或者反过来说,由于他们对人生感到无常,所以他们也对历史感到无常。

从这个意义上说,张泌的下面这首《寄人》诗,尽管所写的只是一次个人经验,但在其意识深处,不正有着与上述历史意识相通的东西吗?"别梦依依到谢家,小廊回合曲阑斜。多情只有春庭月,犹为离人照落花。"那曾经有过的恋情已像春梦一般无迹可寻,而现实中能切实感觉到的

只有自然景物。

旧时王谢堂前燕

在历史学家或一般常识的历史意识中,历史往往就是文治武功与王道霸业等历史上的荣华的记录。但是,在中国诗人的历史意识中,这些东西却都毫无意义。

这是因为,中国诗人是用强烈的时间意识来看待历史的。当他们把历史上的荣华置于时间之流中来考察时,他们发现,这些曾经显赫一时的东西都已经失去了意义。所以在他们眼里,历史上的荣华,不过只是时间之流的玩物。

越王勾践卧薪尝胆十年,终于完成了灭吴霸业。但是,这在一千多年后的李白看来,却只不过是一件如烟往事罢了:"越王勾践破吴归,义士还家尽锦衣。宫女如花满春殿,只今惟有鹧鸪飞。"(《越中览古》)当年的荣华,宛如过眼云烟。那曾经云集着如花宫女的宫殿,如今已成了一片废墟(或者竟已夷为一片平地)。

作为越国敌人的吴国,也曾经称霸过一时,不过时间之流并未带给它比越国更好的命运:"旧苑荒台杨柳新,菱歌清唱不胜春。只今惟有西江月,曾照吴王宫里人。"(《苏台览古》)在原先一片繁华的苏台遗址上,现在只有杨柳还依依吐绿;而那每天晚上照例升起的月亮,却是曾经看到过吴国的全盛时代的。可那昔日的荣华,如今又到哪里去了?

在李白的意识深处,对一对势不两立的敌国作同样的凭吊,也许正蕴含了他对于时间之流的无情性的认识:它不仅带走了胜利者的荣华,也带走了失败者的耻辱。

吴国和越国的荣华是这般虚妄,推而广之,其他王朝的荣华又何尝不是如此呢? 刘禹锡的《乌衣巷》诗,便写出了六朝贵族的荣华之虚妄:"朱雀桥边野草花,乌衣巷口夕阳斜。旧时王谢堂前燕,飞入寻常百姓家。"朱雀桥与乌衣巷在六朝时都是贵族们的高级住宅区,但到了诗人的时代,都已变成了普通的居民区。这仍然是时间之流所带来的结果。

对历史上的荣华之虚妄的表现,不正暗示了现实中的荣华之虚妄吗? 如果说过去的文治武功与王道霸业都已经成了过眼烟云,那么现在的文治武功与王道霸业又何尝不会如此呢?"后之视今,亦犹今之视昔"(《兰亭集序》),王羲之这句充满历史意识与时间意识的名言,用在这里是非常贴切的。在中国诗人的这种历史意识中,正隐含着批判性的现实意识。

但是,诗人难道仅仅是在指责历史或批判现实吗? 如果仅仅是这样,那么他们就不必感到悲哀了。然而,在他们的怀古诗中,又的确是笼罩着浓重的悲哀氛围的。

那是因为,在他们的历史意识的深处,蕴含着这样一种看法:如果说历史上的荣华都会被时间之流冲刷得一干二净,那么,远谈不上荣华的普通人(也包括诗人自己)的人生,不就更是毫无意义的了吗? 在这里,诗人的历史意识又一次与他们的时间意识和人生意识沟通了起来。他

们的诗歌,不仅仅表现了怀旧的情绪,而且也触及了人生的本质。它们的动人心弦之处,也正是从这里洋溢出来的。

商女不知亡国恨

中国诗人视历史上的荣华皆为虚妄,因为时间之流使它们都变得毫无意义。曾经是震动人心的历史事件,随着时间的推移,而变得事过境迁,全然失去了当时的动人色彩,激不起任何的感情涟漪。于是在原来的历史与今天的现实之间,便形成了巨大的反差,出现了明显的反讽。这种由时间之流造成的反差与反讽,深深地触动着中国诗人的敏感的历史意识。

杜牧的《泊秦淮》诗,便注意到了历史与现实之间的这种反差与反讽:"烟笼寒水月笼沙,夜泊秦淮近酒家。商女不知亡国恨,隔江犹唱后庭花。"人们认为,当年陈朝的最后一个君主陈后主是因为耽于佚乐而亡国的,因而其所作的乐曲《玉树后庭花》便被视为"亡国之音"。但是隔了几百年后,唐代的歌妓们却不知道这支乐曲的历史背景,只因为它缠绵动人而喜欢唱它,商人们也因为它缠绵动人而喜欢听它。但是在了解历史背景的诗人看来,这就不免是对历史的一个嘲讽了,因为在历史上曾引起过轰动的"亡国之音",在事过境迁之后,却只成了青楼中的保留节目!

有人认为此诗中隐含有对于"商女"的批评。可是她们既然没有什么历史知识,不知道她们所唱的这支美妙乐曲的历史背景,则她们的喜欢唱这支乐曲又有什么不对的呢?而且,至少在杜牧的时代,唐朝还没有亡国的迹象和危险,所以,并不能认为此诗的矛头是指向商女的。但是,也不能反过来认为,此诗的矛头是指向陈后主的。因为即使陈后主真是因这支乐曲而亡国的,那也不能将后来的人喜欢唱这支乐曲算在他的账上。

这样,显而易见,诗人所关注的,乃是这支乐曲在历史上曾作为"亡国之音",而在现在仅成了保留节目这两个事实之间的对比,以及由此而产生的反差与反讽色彩。

后来的人唱《后庭花》当然没有什么过错,但是当和过去的历史联系在一起时,便产生了反差和反讽,这就是时间和历史向人们开的玩笑,而诗人则敏感地领会了这个玩笑。

然而说起来,历史难道不就是这样不断地"事过境迁"的吗?那曾被看得珍贵的转眼之间便失去了价值,那曾被看得严重的转眼之间便变得淡然无味,那曾风靡一时的转眼之间便无人过问,那曾被视为禁忌的转眼之间便失去了魅力……那么,历史的支点究竟在何处呢?那些为了曾经是一切而后来什么都不是的东西而献出了一切的人们,难道真的是生活的成功者,真的抓住了历史的尾巴吗?

更进一步说,人生又何尝不是如此?王羲之在《兰亭集序》中表达过这种认识:"当其欣于所遇,暂得于己,快然自足,不知老之将至。及其所之既倦,情随事迁,感慨系之矣。向之所欣,俯仰之间,已为陈迹。"这种人生的事过境迁,与上述历史的事过境迁,又有什么不同呢?

然而更为令人悲哀和无奈的,却是即便洞察了这一切,却"犹不能不以之兴怀"(《兰亭集序》)。

这便是一个清醒而怀疑的中国诗人眼中所看到的历史与人生的真相。

古今多少事,都付笑谈中

中国诗人对于时间之流对历史和人生的侵蚀作用有着痛苦而清醒的认识。他们感到,不仅过去的荣华会变得虚妄,过去的事件会失去意义,而且所有的恩恩怨怨,到头来都只不过成了人们闲谈的话题,诗人笔下的素材。

有一首广为人知的《西江月》词,很典型地反映了中国诗人的这种看法:"滚滚长江东逝水,浪花淘尽英雄。是非成败转头空:青山依旧在,几度夕阳红。 白发渔樵江渚上,惯看秋月春风。一壶浊酒喜相逢:古今多少事,都付笑谈中。""是非成败转头空",揭示了历史上的荣华和失败的虚妄;"青山依旧在,几度夕阳红",暗示了历史的一去不复与自然的循环无已的对比;"古今多少事,都付笑谈中",则鲜明地表现了历史上的一切最终不过成了人们闲谈的话题;而这一切,都是由时间之流造成的,开头的"滚滚长江东逝水,浪花淘尽英雄",便象征性地表现了这一点,因为在中国诗歌中,河水常常是时间的象征。这首词,几乎总括了中国诗人的历史意识的各个方面,而具有象征意义的是,它其实乃是《三国演义》这部历史小说的卷首题词。诗人也许想提醒读者,当他们"读《三国》,泪涟涟,为古人担忧"的时候,悲壮的历史早已沦为他们茶余饭后闲谈的话题了。

元稹有一首著名的《行宫》诗:"寥落古行宫,宫花寂寞红。白头宫女在,闲坐说玄宗。"很多人都认为,其主题仅仅是同情宫女的不幸。但其实此诗真正打动人们的,乃是其中浓郁的沧桑之感。开元天宝的往事,距诗人生活的时代还不到一百年,但那风流一时的帝王,却已经成了宫女们闲谈的话题了。

顺便提一下,日本江户末期诗人藤井竹外有一首题为《芳野》的怀古诗,据说是学元稹此诗的:"古陵松柏吼天飚,山寺寻春春寂寥。眉雪老僧时辍帚,落花深处说南朝。"其中也表现了同样的历史意识。不过,日本历史上的南朝,距诗人的时代已有五百年之遥。让一个与南朝无关的老僧来说南朝,与让玄宗的宫女来说玄宗,其间的感觉绝不会是一样的。这也可以看出,中国诗歌的神髓有时候是很难把握的,即使对同属东亚汉文化圈的汉诗人来说也是如此。

"折戟沉沙铁未销,自将磨洗认前朝。东风不与周郎便,铜雀春深锁二乔。"在杜牧的这首《赤壁》诗中,高友工和梅祖麟也看出了类似的历史意识:"即使历史可以改变,按照作者的意思,这种改变仅仅是二乔的易手,不论是征服者还是被征服者都已烟销(消)云散,唯一的遗物只是一支不知主人的折戟。通过这种轻易的改动,诗人把历史变成一种可笑的事情,变成诗歌的材料。"①

　　不仅历史是如此,而且人生也是如此。当陆游写"斜阳古柳赵家庄,负鼓盲翁正作场。死后是非谁管得,满村听说蔡中郎"(《小舟游近村舍舟步归》)时,在其意识深处,不正有着某种与上述历史意识相通的东西吗?人生百年,蓦然回首,不过是一场闹剧而已。"它是一个愚人所讲的故事,充满着喧哗和骚动,却找不到一点意义。"(《麦克白》)莎士比亚这句名言中所包含的真理,其实早已为中国诗人所洞察。

羊公碑尚在,读罢泪沾襟

　　中国诗人反复强调历史在时间之流中的虚妄,对于历史不敢抱有任何切实的期望,然而他们又为什么对历史表现出如此强烈的关注与感动,以至于使中国诗歌以丰富的怀古题材和强烈的历史意识闻名于世呢?究其原因,仍在他们对于时间和人生的看法上。

　　时间之流会带走一切有价值的东西,无论是历史还是人生。由于人生和历史都处于时间之流中,因而它们都是一去不复的。然而,正因为人生和历史都是一去不复的,所以才会引起人们的兴趣,诱发人们的感动。试想,对于从过去经现在到将来永远存在的事物,也就是说看起来不处于时间之流中的事物(当然原则上是没有的,这只是相

① 高友工、梅祖麟《唐诗的魅力》(李世耀译),第111页。

对于个体的人的经验而言），人们难道会产生兴趣和发生感动吗？

而且，正由于每个人都生活在时间之流上，都会马上为时间之流所带走，因而他们才会对曾经在时间之流上出现过的人和事表现出强烈的关注。说到底，关注历史，感慨历史，也就是关注自己，感慨自己。

晋代的羊祜有一次登上岘山，对同游者说："自有宇宙，便有此山。由来贤达胜士，登此远望，如我与卿者多矣！皆湮灭无闻，使人悲伤。"（《晋书·羊祜传》）羊祜死了以后，当地的百姓为他在山上立了一块碑，看见此碑的人都要掉泪，所以杜预就称它为"堕泪碑"。又过了几百年，唐代诗人孟浩然和朋友一起登上此山，作了一首《与诸子登岘山》诗："人事有代谢，往来成古今。江山留胜迹，我辈复登临。水落鱼梁浅，天寒梦泽深。羊公碑尚在，读罢泪沾襟。"这首诗又成了广为传诵的名篇。

读了这个故事，我们一定会感到，这是一个讲不完的故事。羊祜为前代登此山者感到悲哀，孟浩然又为羊祜感到悲哀，而后来的登此山者，大概又会既为羊祜、又为孟浩然感到悲哀吧？"后之视今，亦犹今之视昔"（《兰亭集序》）；而今之视昔，亦犹昔之视更昔。在此意义上，这个故事不仅象征了历史的延续，也象征了历史意识的延续。

但是，他们难道仅仅是在为历史上的人物堕泪吗？他们难道不也是在为自己堕泪吗？他们意识到了历史上的人物的转瞬即逝，也就意识到了自己也会转瞬即逝。这就是他们为什么为古人堕泪的原因,也是他们为什么关注历史的原因。意识到历史,也就是意识到自己会成为历史;为历史悲哀,也就是为自己会成为历史悲哀。

松浦友久认为:"一般地说,'怀古诗'都是以历史上的人物或事件作为主题的。而在论及作为这些人物和事件的象征的人间的行为时,往往被说成它们究竟不过是时光流逝的长河中的一个瞬间的梦幻而已。反过来,也正因为它确实曾经作为一个瞬间而存在过,也就更能打动诗人的心,引起种种追怀、思慕的心情。"[1]

其实说到底,中国诗人之所以仅仅注重于历史在时间之流中的虚幻性,并为这种虚幻性而感动不已,不正是因为他们意识到自己的人生也具有同样的虚幻性吗?"人生到处知何似? 应似飞鸿踏雪泥。泥上偶然留指爪,鸿飞那复计东西!"(苏轼《和子由渑池怀旧》)人生和历史无非都是如此而已!

在这个意义上,谁又能说中国诗人的历史意识仅仅是诗人异想天开的想象或随心所欲的编造呢? 在洞察人生的深渊与人性的隐秘方面,他们不是远胜过许多迂阔的历史学家吗?

---

[1] 松浦友久《李白——诗歌及其内在心象》(张守惠译),第88页。

空间篇

政治观的智慧

　　人们普遍注意到了这么一个现象，即中国文化重视政治，而薄于宗教。早在 20 世纪初，章太炎就曾指出："中国自古即薄于宗教思想，此因中国人都重视政治；周时诸学者已好谈政治，差不多在任何书上都见他们政治的主张……中国人多以全力着眼政治，所以对宗教很冷淡。"①因为薄于宗教，所以重视政治；因为重视政治，所以薄于宗教，这原本是相辅相成的一回事。

　　在其他文化中，宗教往往占有极为重要的地位。在西方文化中，无论是希腊的多神教，抑是基督的一神教，都主张这样一种思想：主宰这世界的，是万能的神，而不是凡人；人们所关心的，不但是相互之间的关系，更是与神的关系；不但是此生，更是来生。

　　但是在中国文化中，宗教却仅占有相对次要的地位。中国文化主张这样一种思想：人是世界的中心存在，主宰

---

① 章太炎演讲、曹聚仁编述《国学概论》，重庆，中国文化服务社，1943 年版，第 5 页。

这世界的,只是凡人,而不是万能的神;人们所关心的,只是相互之间的关系,而不是和神的关系;只是此生,而不是来生。

那么,为什么中国文化不像其他文化那样重视宗教,而是更重视政治呢?这似乎与中国所处的独特的自然环境有密切关系。章太炎认为:"这也是环境的关系:中国土地辽广,统治的方法,急待研究,比不得欧西地小国多,没感着困难。印度土地也大,但内部实分着许多小邦,所以他们的宗教易于发达。"①

尉天骢也认为,世界几大主要古文明的神话对于人和神的不同态度,都与各自所由产生的自然环境密切相关:"得之甚易者可以古代埃及人为代表,其生活所需往往随尼罗河河水之泛滥而垂手可得;人力之可贵对他们来说简直是甚少思索之事,故其神话仍然是对大自然所作的泛神论的解释,而甚少'人'的成分。至于徒劳无功者则可以希伯莱为代表,由于其所处的环境为无垠之沙漠,故虽用尽力气,仍然所获不多,于是因无法克服环境,乃感到人之渺小,而日渐扩大其被自然慑服之情,这样一来,内心中最巨大的形象自然便是那超越现实的大神了。既然无法改进现实,故不禁便将一切希望寄托于'来生'了。"②埃及和希伯来古文明所处的自然环境,使它们各自形成了甚少人的

---

① 章太炎演讲、曹聚仁编述《国学概论》,第5页。
② 尉天骢《中国古代神话的精神》,载卢兴基选编《台湾中国古代文学研究文选》,第3~4页。

成分或深感人之渺小的神话,而后又发展为具有同样精神
的宗教。

但是,中国文明所处的自然环境却与它们不同:"中国
先民生来没有尼罗河那种天然的易于生活的天地,也没有
希伯莱那样的绝境,然而,生活之所需,可由部族之共同奋
斗获得。如果依斯宾格勒所说:后一阶段的神是'力的形
象化',在埃及和希伯莱便是那种人们心目中超越现实的
力;在中国,则是要人自己去发挥的'潜能'了。因为中国
人相信人的力量可以胜天,所以在古代神话中,继那些前
阶段'物'象而起的神之后,后阶段的神便是那些对抗大自
然,为人们带来幸福的英雄了。"①中国古文明所处的自然
环境,使它形成了相信人的力量的神话,而后又发展出了
具有同样精神的政治。也正因为相信人的力量,所以就不
容易发展出甚少人的成分或深感人之渺小的宗教。

所谓宗教与政治的区别,便也正在于对"人力"的态度
上面。那看不到人力或感到人力渺小的,则倾向于宗教;
那重视人力的,则倾向于政治。"人类的拯救,不靠神而只
靠自己是可能的,这似乎是中国精神的基干。中国的文
明,一开始就是以这种精神为主流而发生的。至少就现存
文献而言可以这么说。""由人类自己来拯救人类,它的手

---

① 尉天骢《中国古代神话的精神》,载卢兴基选编《台湾中国古代文学研究文
选》,第 4 页。

段只能是良好的政治,对政治的关心即由此产生。"①吉川幸次郎的这些话,便说出了中国精神重视人力的特征,及其与重视政治的关系。

政治的本质,说到底,就是协调群体之中的人际关系(这里的"人际关系"的概念是广义的,既指个人与个人之间的关系,也指集团与集团之间的关系)。人是社会性的存在,而不是孤立的存在。人与人之间既需相互依靠,又有利害冲突。协调诸如此类的问题,便是政治的任务。既然中国文化不相信神而只相信人,那么在中国文化中头等重要的事,便自然是协调群体之中的人际关系,而不是天人之际的人神关系了。这就是为什么中国文化更重视政治的原因,也是为什么中国产生并盛行儒家思想的原因。

中国文化这种重视政治、薄于宗教的特征,当然会给中国文学以很大影响。影响之一,是在文学的题材方面。"在西方文学之中,神的惩罚和人的受难,往往是动人心魄的主题……相形之下,中国文学由于欠缺神话或宗教的背景,在本质上可以说是人间的文学,英文所谓 Secular Literature,它的主题是个人的,社会的,历史的,而非'天人之际'的。"②

影响之二,是在文学与政治的关系方面。因为中国文

---

① 吉川幸次郎《〈诗经〉与〈楚辞〉》(邵毅平译),载吉川幸次郎著、高桥和巳编《中国诗史》(章培恒等译),第26页。
② 余光中《中西文学之比较》,载古添洪、陈慧桦编著《比较文学的垦拓在台湾》,第133页。

化把政治,也就是协调人际关系,看得高于一切,因而它早就要求文学一方面要敏锐地反映政治,另一方面又要有利于改进政治。大约出现于汉代的《毛诗大序》,就已经对此作了明确的阐述。这一般被看作是儒家的文学观,但是其实整个中国文化都有这种倾向。

在中国文学的各种体裁中,诗歌是最早被要求与政治发生密切关系的文体。根据传统的文学观点,诗歌虽然就其本质而言是抒发个人感情的,但因为个人是生活于群体之中的,而所谓政治也无非就是协调群体之中的人际关系,因而诗歌与政治自然而然地就发生了密切的关系。《毛诗大序》之所以一下子从诗歌的抒情功用谈到政治功用,便是因为作者的意识深处存在着上述思路之故。

类似中国诗歌与政治的这种密切关系,在其他诗歌传统中是非常罕见的,可以说是中国诗歌的基本特征之一。正如松浦友久指出的:"在比较诗学上,一般认为'诗与政治'的课题引起人们的关注始于近代。但在中国诗史上,这却是自古以来诗学上最为关切的问题之一。并且其中表现的'诗与政治'的关联,综合包括理念与实践两个层次,而其传统又一直延续到今天——这都是无与类比的特殊情况。"①

不过,有必要指出的是,中国诗歌并不全都与政治密切相关,为艺术而艺术的作品也是大量存在的。而在与政

---

① 松浦友久《中国诗歌原理》(孙昌武、郑天刚译),第 61 页。

治密切相关的作品中,也有各种不同的情况需要加以辨别。有些作品简单地理解文学与政治的关系,因而或者流于说教,或者流于枯燥;然而也有些作品中存在着真正的政治正义感与社会责任感,当它们与卓越的文学表现力相结合时,常常带给人们以真切的感动。可以说,正是这后一类作品,体现了中国诗歌的政治性特色的优秀一面,蕴含有中国诗人在政治观方面的智慧。

朱门酒肉臭,路有冻死骨

托尔斯泰在《安娜·卡列尼娜》的扉页上写下了这样的题词:"伸冤在我,我必报应。"这是出于《新约全书·罗马人书》第十二章第十九节的话,全文是这样的:"亲爱的弟兄,不要自己伸冤,宁可让步,听凭主怒,因为经上记着:'主说:伸冤在我,我必报应。'"显而易见,托尔斯泰认为,对于罪恶的惩罚只应让上帝来实施,而不应由人类(也包括作家)自己来实施。这大概也是西方由宗教传统而造成的一种普遍思想。

可是在中国诗人的心目中,却不存在这样的上帝。他们认为批评社会与声讨罪恶的权力捏在自己手中,这种权力既是社会基于诗歌强大的社会作用而赋予诗人的,也是诗人根据自己作为社会人的责任感而自告奋勇地承担起来的。所以从《诗经》以来,中国诗歌中的社会批评便已形成为一种传统。尤其是在唐宋时代,这种传统更是达到了全盛。法国汉学家认为,唐诗中存在着一种人道主义潮流："所谓人道主义潮流，就是对辛苦的农民或处于灾难之中的人民表达同情、怜悯。"①他们所说的便是同样的意思。而且，其实在整个中国诗歌史上，都存在着这样一种人道主义潮流。

中国诗人所常用的一种社会批评方法，是将不公正的社会现象加以尖锐对比。在中国，社会公正思想具有极为深远的影响力，其来源不是出于在上帝面前人人平等这样一种西方的宗教式考虑，而是出于在同一个社会中人应该彼此平等这样一种社会性考虑。历史上的农民起义，几乎都与这种思想有关。

在中国诗歌中，这也是一种常见的主题。比如《诗经》的《魏风·伐檀》："不稼不穑，胡取禾三百亿兮？不狩不猎，胡瞻尔庭有县特兮？"将不劳而获与劳而不获作了尖锐的对比。汉代诗人梁鸿的《五噫歌》："陟彼北芒兮，噫！顾瞻帝京兮，噫！宫阙崔巍兮，噫！民之劬劳兮，噫！辽辽未央兮，噫！"将帝王的奢侈与百姓的劬劳作了尖锐的对比。杜甫以擅长写社会批评的诗歌著称，他的"朱门酒肉臭，路有冻死骨"（《自京赴奉先县咏怀五百字》），因其表达的典型性与对比的尖锐性而广为人知。又如梅尧臣的《陶者》："陶尽门前土，屋上无片瓦；十指不沾泥，鳞鳞居大厦。"张俞的《蚕妇》："昨日到城郭，归来泪满巾。遍身罗绮者，非是养蚕人。"都以《魏风·伐檀》式的手法，表现了社会的不

---

① 见钱林森《〈牧女与蚕娘〉译后记》，载钱林森编《牧女与蚕娘》，第376页。

公正现象。而类似的说法，在中国社会中是到处存在的。

这种尖锐对比的方法，不仅具有触动人们心灵的思想力量，而且也产生了一种适于中国诗歌抒情特质的极为明快有力的表现效果，可以说中国诗人是相当注意运用这种效果的。

中国诗人在进行社会批评时，往往巧妙地避开皇帝本人（当然在历史上有定评的昏君，如桀、纣、陈后主、隋炀帝之类是例外，对于他们是可以当落水狗来打的）。这往往被人们称为"只反贪官，不反皇帝"，也有人认为是中国诗人政治软弱性的表现。

不过，也许问题要比人们想象的更复杂一些。在中国这样一个皇权延续了两千年的国家里，任何再有影响的诗人也难以与皇权相抗衡。巧妙地避开皇帝本人的社会批评，也许不失为一种维持社会批评传统的聪明行为。否则像梁鸿那样，还只骂到皇帝的宫殿，便已被汉章帝通缉得只能销声匿迹了，社会批评便也就不能有效地维持下去了。

此外，中国诗人之所以在进行社会批评时避开皇帝本人，大概也不是因为视皇权为神圣，而是出于一种现实的考虑。中国的皇帝并不像日本的天皇，具有"万世一系"的血统延续性，因而成为民族的凝聚中心，而仅仅是一定的政治组织（某个王朝）的凝聚中心，所以并不具有神圣性。"王侯将相宁有种乎"（《史记·陈涉世家》）之类豪言壮语，在中国历史上之所以经常可以听到，原因也正在这里。但是,正因为皇帝是一定的政治组织的凝聚中心,因而除非到了要改变这个政治组织(所谓改朝换代)的时候,所有的社会批评当然都只能修补其政治组织,而不能动摇其凝聚中心本身(也就是只能"补天",不能"变天")。中国诗人在进行社会批评时之所以避开皇帝本人,大抵也是出于这样一种潜在的心理制约吧?否则,如果摧毁了这个凝聚中心(当然事实上是不可能的,所谓"秀才造反,三年不成"),那么"皮之不存,毛将焉附",作为这个政治组织之一员的诗人,也便失去了生存的基础。

中国诗人在进行社会批评时,常会以某种假想的理想政治作为参照体系。而且,他们相信(或装作相信),这种理想政治在上古时代是曾经实现过的。这大概是因为上古时代没有历史记载,可以随便发挥想象;也或许是因为假设理想政治是过去有过的,要比假设它是将来应有的,对于现实感很强的中国人来说,更富于使人信服的力量。凭藉这种假想的理想政治,中国诗人就可以有恃无恐地进行社会批评了。

这正如松浦友久所说的:"不管上述哪一种诗人,都有一种共同的倾向,就是把儒家的政治思想,当作一个理想,或者一个理性概念。不是述说现实政治是否如此,而是述说它应该如此。或者用这种思想以假定、润色的方式来述说现实政治……因为这种儒家思想本身,就是远在古代社会时,便以假定的方式,人为地设定一个政治理想或政治理念的一种思想。儒家文献中所主张的政治状态,从过去

一直到现在,在现实生活中,就从来没有哪一天出现过。"①
这其实正反映了中国诗人进行社会批评的智慧:用婉转的
"理应如此"来代替尖锐的"事实如此",从而用婉转的引导
代替尖锐的冲突。

不过说到底,所有假想的理想政治,其实大抵只具有
批评现实的功能;如果真的将它们变为现实,那也许反而
会成为另一场灾难。

18世纪的一个法国人比奥,曾以稍嫌理想化的口吻,
赞赏了中国诗人进行社会批评时那种决无奴颜婢膝之态
的气概。埃尔韦·圣·德尼也同意他的看法:"汉诗里有
无数进谏诗,是一些忠君的仆臣在流放地写的。他们哀叹
自己的失宠,更悲叹皇上的昏庸。比奥先生曾指出一件重
要的事实:中国的皇宫里下臣为君效忠决无奴颜婢膝之
态。人们也不能不注意到在这些倾诉哀怨的诗中,在这些
表明自己怀才不遇,力图重新得宠的被放逐者的陈情表里
流露着一种清高自尊的格调。里面没有一字降低人的风
骨,没有一句表现出卑下的谄媚。"②如果这番印象里确有
某种真实性的话,那正恰恰说明了中国诗人在臣服皇权的
同时,也并未失去出于社会责任感的自尊,以及服务于理
想政治的热忱。

类似中国诗歌中的这种社会批评的传统,并非是存在

---

① 松浦友久《李白——诗歌及其内在心象》(张守惠译),第139页。
② 埃尔韦·圣·德尼《中国的诗歌艺术》(邱海婴译),载钱林森编《牧女与蚕娘》,第18~19页。

于每一种诗歌里的。比如日本诗歌里便显然缺乏这种传统。即使是对于曾经最受他们喜爱的白居易的诗歌,他们也仅汲取其闲适诗,而拒斥其讽喻诗。而在中国诗歌史上,白居易不仅是以其闲适诗,而且也是以其讽喻诗,也就是社会批评诗而著称的。这也从一个侧面说明,中国诗歌中社会批评的传统,乃是与中国文化的本质密切相关的。

一将功成万骨枯

战争是政治的继续,是人性(这里是指超越善恶或包括善恶的广义的人性)的表现之一。尽管它以各种名义进行,有各种表现形式,但其所造成的生命与财产的损失,却几乎是大同小异的。在遭到生命与财产的损失时,厌战思想的产生几乎是不可避免的。然而战争往往又符合人性中好斗、尚武、复仇、杀戮的本能,因而也同样容易激起英雄主义的情绪。

战争的历史几乎与有文字记载的人类历史一样悠久。表现战争的文学也是如此。早在古希腊神话中,战神与文艺女神便已同住在奥林匹斯山上。在各国文学的开端,我们总是可以发现战争的阴影,比如在中国最古老的诗集《诗经》中,在西方最古老的史诗《伊利亚特》中。

然而对于战争的态度,中国诗歌却与西方诗歌有着很大的不同。西方诗歌对于战争的态度,常常是英雄主义的。西方诗歌的源头是《伊利亚特》,它的主题便是战争与英雄主义。中国诗歌对于战争的态度,则常常是反英雄主义的。当然,不是说中国诗歌中不存在英雄主义,但是它只在一些面对外族侵略的时期(比如宋朝),才会表现得比较明显,而总的来说却不占主流地位。中国诗歌的源头是《诗经》,战争与英雄主义并非是其中最重要的主题;相反,对于战争带给人们的不幸,以及对于和平生活的热爱,倒是占有极为重要的地位。

对于中国诗歌与西方诗歌从一开始起便表现出来的对于战争的不同态度,埃尔韦·圣·德尼曾作过一个非常有趣而且也很著名的评论。他认为《诗经》中的《魏风·陟岵》是一篇具有典型意义的作品,"也许在任何其他民族的诗文里找不到类似的作品"。他把这篇诗歌与《伊利亚特》作了比较:"《依(伊)利亚特》是西方最古老的诗,是唯一能用来与《诗经》作比较,以便评价位于有人口居住的陆地两端,在极为不同的条件下平行发展着的两种文明。一边是战争频繁,无休止的围城攻坚,相互挑衅的斗士,是激励着诗人和他的英雄的胜利光荣感,在这个世界里,人们感到自己置身于疆场之上。而另一边则是对家庭生活的眷恋,是一位登山远眺父亲土屋的年轻士兵和他的怀乡之情,是一位斯巴达人定会要扔出墙外的母亲,和一位叮嘱离家人不要顾念光宗耀祖而首先要尽早返回故里的兄长。在这边,人们感到自己置身于另一个世界,置身于一种说不出的安逸的田园生活的氛围之中。"①

---

① 埃尔韦·圣·德尼《中国的诗歌艺术》(邱海婴译),载钱林森编《牧女与蚕娘》,第10页。

这种从其源头便已表现得非常明显的厌恶战争、热爱和平的思想，后来也一直成为中国诗歌中一个极为重要的主题。比如汉代乐府诗《战城南》，便是一首对后来的中国诗歌发生过很大影响的表现战争悲惨后果的诗歌。在唐代诗歌里，伴随着一个时期的对外扩张活动，这种表现厌战思想的作品就更多了，比如李白的《关山月》、《战城南》、《古风》十四、《古风》三十四、王昌龄的《出塞》、汪遵的《长城》、陈陶的《陇西行》、王翰的《凉州词》、曹松的《己亥岁》、杜甫的《兵车行》、三吏三别、白居易的《新丰折臂翁》等等，都是非常有名的厌战诗歌。埃尔韦·圣·德尼认为："这些诗真正体现了中华民族的精髓……即便这些诗的寓意表现得不那么明确，不那么深刻，只要看一看唐代诗人向我们展示的中国人民的实际生活，便可以了解到唐朝以及唐朝之前那些艰苦卓绝的战争生活是根本无法激起中国人进行征战的热忱的。"①

在这里，埃尔韦·圣·德尼提到了中国这些表现厌战思想的诗歌作品"寓意表现得不那么明确，不那么深刻"的特点，这一特点也曾由其他汉学家指出过，如小尾郊一认为："中国的诗中没有出现否定战争的反战诗，而只停留在肯定战争的同时表现其悲惨这一步。"②这大概主要是由中国诗人的现实困境所造成的，他们一方面不能不对战争的

---

① 埃尔韦·圣·德尼《中国的诗歌艺术》(邱海婴译)，载钱林森编《牧女与蚕娘》，第 27 页。

② 小尾郊一《李白》，东京，集英社，1982 年版，第 56 页。

悲惨后果深感震惊,但同时又不能在战争问题上公然对抗国家的权威,因此只能走一条比较曲折的表现厌战思想的道路,这就必然会导致如上所述特点的出现。

中国诗人大致用如下几种手法,在不对战争作明确的否定的同时,对战争作含蓄的否定。

一是写士兵的思乡情绪。正如埃尔韦·圣·德尼指出的,这种思乡情绪实际上是与英雄主义相对立的。如《诗经》的《魏风·陟岵》便是这样,李益的《夜上受降城闻笛》诗的"不知何处吹芦管,一夜征人尽望乡"也是这样。

二是写战争所造成的悲惨后果,这种悲惨后果足以使人们消除对于战争的热情。如古乐府《战城南》和李白的《战城南》便是如此。

三是明写英雄主义,却暗含对于战争杀人本质的揭露。如王翰的《凉州词》便是如此:"蒲桃美酒夜光杯,欲饮琵琶马上催。醉卧沙场君莫笑,古来征战几人回?"这些士兵的豪放的醉态,其实正是由于想到难以生还而引起的。

四是写战争给士兵的亲人、尤其是妻子所造成的痛苦。所谓"闺怨"诗中的很多作品,便表现了这一主题。如陈陶的《陇西行》便是如此:"誓扫匈奴不顾身,五千貂锦丧胡尘。可怜无定河边骨,犹是春闺梦里人。"诗人首先表现了战争的正当,士兵的勇武,战斗的光荣,战死的壮烈,然后却笔锋一转,写士兵的妻子尚不知丈夫早已成为河边白骨,却还在梦里思念着他。于是前半部分的英雄主义,转而成了一种可笑的愚行。

五是写战争的实际利害问题。如曹松的《己亥岁》诗便是如此:"泽国江山入战图,生民何计乐樵苏。凭君莫话封侯事,一将功成万骨枯。"指出了将军的功名来自士兵的白骨,也就指出了战争对于士兵的无益。又如高适《燕歌行》的"战士军前半死生,美人帐下犹歌舞",也指出了同样的问题。

六是诉诸理想政治中的一些道德教训。如李白《战城南》最后的"乃知兵者是凶器,圣人不得已而用之",《古风》三十四的"如何舞干戚,一使有苗平",汪遵《长城》诗的"秦筑长城比铁牢,蕃戎不敢过临洮。虽然万里连云际,争及尧阶三尺高",宋代诗人陶弼《兵器》诗的"是知用兵术,在人不在器……愿采谋略长,勿倚干戈锐",都沿用了老子《道德经》第三十一章的"兵者,不祥之器,非君子之器,不得已而用之,恬淡为上"的传统说法。在这种传统说法中,包含着厌恶战争的道德教训,但又因为是先贤说的,所以效果比较明显而又较少危险。

所有上述这些比较著名的表现厌战思想的诗歌,从表面上来看,都没有明确地否定战争,但是从实际上看,却都含蓄地否定了战争。而且,如果我们不把反战思想仅仅理解为明确的标语口号,那么我们应该承认这些也可以说是反战诗歌。而且更进一步说,由于这些诗歌大都并未明确地否定这些战争的"正当"性或"正义"性,因而其深层的否定战争的意识就有了更为深远的意义。因为如果连所谓正义或正当的战争尚且如此,则不正当非正义的战争就更不必提了。在这里,中国诗人不直接否定战争的作法,反而带来了否定一切战争的超越性态度。

中国诗人因为对战争持厌恶态度,或至少是持消极态度,从而也就必然会对英雄主义和尚武精神持厌恶态度,或至少是消极态度。鲍拉认为,这正是中国智慧的表现之一:"这种伟大的智慧力量,对于中国文明的影响非常深远,而与我们所说的英雄精神背道而驰。"①在战火四起的现代世界里,中国诗人对于战争的睿智见解,是否仍不失为一种冷静的忠告呢?

烽火连三月,家书抵万金

中国诗人经常像这样表现他们的社会批评的意识与厌恶战争的思想。不过,中国诗人在表现这一切的时候,常常大都是诉诸个人的体验,而很少诉诸抽象的原则。然而,也正是由于诉诸个人的体验而不是抽象的原则,所以在他们的诗歌中,反而蕴含着普遍的力量和象征的意义。这可以说是中国诗歌政治性的表现方法的一个基本特色,也是一些优秀的诗歌之所以能够打动人心的奥秘之所在。

比如像杜甫那首著名的《春望》诗,便是一首仅写个人的体验,却又蕴含有普遍力量和象征意义的杰作:"国破山河在,城春草木深。感时花溅泪,恨别鸟惊心。烽火

---

① 转引自杨牧《论一种英雄主义》(单德兴译),载叶维廉主编《中国古典文学比较研究》,第28页。

连三月,家书抵万金。白头搔更短,浑欲不胜簪。"杜甫此诗所写的,全是他在安史之乱中的个人体验:春意盎然的自然与饱受战乱的人世在诗人眼中呈现出的尖锐对比,美好景物在忧愁的心灵中引起的异乎寻常的反应,长期战乱中来自亲人的音讯的可贵,在忧患之中生命的悄然流逝,等等。

但是,因为诗人所写的个人体验,对于经历着或经历过战争的人来说,又是具有普遍性和典型性的,因而此诗就超越了个人的抒情,而成为饱受战争之苦的人们的共同心声。

据说,如果让一个日本人只举一首他所喜欢的中国诗歌的话,他们大都会举出这首诗来。当一个日本人在第二次世界大战刚结束时,来到被原子弹炸得面目全非的广岛时,他的心里首先涌起的便是这首诗中的诗句,并感慨战争的一般后果是"国破山河在",但原子弹却使广岛连山河都改变了模样①。同样是在第二次世界大战期间,一个法国人也"在逃难时经常吟诵"这首诗②。

尽管安史之乱与第二次世界大战是时代、性质和规模完全不同的战争,而这些吟诵此诗的人也不属于同一个国家、民族和文化传统,但是他们却都从杜甫这首诗中获得了深切的感动。由此可见,此诗的个人体验中所蕴含的普

---

① 斯波六郎《〈中国文学における孤独感〉后记》。
② 保尔·戴密微《中国古诗概论》(杨剑译),载钱林森编《牧女与蚕娘》,第45页。

遍力量与象征意义,已经跨越了时代和国界。

类似的例子,还可以举出杜甫的《月夜忆舍弟》诗,这也是一首描写杜甫在安史之乱中个人体验的著名诗歌:"戍鼓断人行,秋边一雁声。露从今夜白,月是故乡明。有弟皆分散,无家问死生。寄书长不达,况乃未休兵。"此诗作于759年秋杜甫在秦州时,其时其兄弟分散在河南和山东,而洛阳附近的故居也已毁于战火,可战火却仍绵延不息,使诗人无法与家人互通音讯。

但是此诗给人的感动,却超越了诗人的个人体验。亲人的流离失所,家业的毁于一旦,音讯的难以沟通,结果的难以预料,这一切大都是苦于战乱的人们共有的经历。因而可以说,此诗以最为个人的体验,表达了全人类的心声。尤其是其中的"露从今夜白,月是故乡明"两句,把战乱中人们"有家归未得"(唐无名氏《杂诗》)的思乡心理,表现得极为真切,极为典型。

在巴金的小说《第四病室》中,便写了一个青年工人在病逝前不住地吟诵这两句诗的情景,表现了抗日战争时期的中国人(包括那个青年工人,也包括作家本人)对于此诗的强烈共鸣。

类似的共鸣也在一个日本汉学家身上出现,尽管他自觉生活在没有战争的日本,没有负过伤,也有可以寄信的家,家人也没有离散,却仍然深深地被此诗所打动。这是因为他从此诗中感受到了一种超越个人体验的强烈的人道主义精神,而这种人道主义精神乃是中国诗歌、中国文学乃至中国文化的根本特征之一①。可见此诗的个人体验中所蕴含的普遍力量和象征意义，又已经跨越了战争与和平的界限。

中国诗歌的政治性，至少在一些优秀的作品中，就这样只是通过个人体验的描写，也就是通过个人性质的抒情来表现的。但是，由于其中的人道主义精神，由于中国诗歌的象征力量，这种个人体验的描写，或个人性质的抒情，却能超越个人的性质，而获得广泛的社会意义。这是中国诗人对于诗歌政治性的表现方法的一个重要贡献，也是像杜甫这样的诗人受到中国人民和世界人民喜爱的一个根本原因。

振衣千仞冈

中国诗人视人生为自然的一部分，视自然为人的安居之地。当他们对政治抱有不满的时候，自然总是成为他们回顾的精神故乡。反之，当他们在与政治的对比中赞美自然的时候，他们常常是以此来含蓄地表达他们对于政治的不满。

左思以"非必丝与竹，山水有清音"(《招隐》其一)这样的赞美自然的诗著名，其实在他对于自然的赞美态度的背后，正有着对于政治的不满在起作用。他因为出身贫寒，所以即使再有才华，在那个看重门阀的社会里，也仍然盼

① 吉川幸次郎《中国的古典与日本人》(贺圣遂译)，载吉川幸次郎著、高桥和巳编《中国诗史》(章培恒等译)，第366页。

不到出头之日。在无可奈何之余,他把视线转向了自然,《咏史》其五便表现了他的这个变化过程:"皓天舒白日,灵景耀神州。列宅紫宫里,飞宇若云浮。峨峨高门内,蔼蔼皆王侯。自非攀龙客,何为欻来游? 被褐出阊阖,高步追许由。振衣千仞冈,濯足万里流。"最后两句乃是千古传诵的名句,可是它的来由却正是由于诗人对政治的不满。诗人将对于不公正的政治的愤慨,化为对于万物自由的自然的赞美。可见这种赞美自然的态度,其实也正是一种变相的社会批评。

对于政治的不满,常常促使中国诗人不仅赞美自然,而且还实际上返回到自然之中去。这种生活态度在中国被称为"隐逸"。按照中国传统的政治观念,人人都有参与政治的责任,尤其是知识阶层。因而,人们用来称赞政治清明时代的一句常用套话,便是"野无遗贤"。而反之,回避政治而在自然中隐逸,也就成了对于政治的无声抗议。而歌唱在自然中的隐逸生活,则更成了一种虽非直接但却有声的抗议了。

陶渊明便是这样的一个诗人。他喜欢过朴实的田园生活,他的生活理想只是:"方宅十余亩,草屋八九间。榆柳荫后檐,桃李罗堂前。暧暧远人村,依依墟里烟。狗吠深巷中,鸡鸣桑树颠。户庭无尘杂,虚室有余闲。"(《归园田居》其一)但是,他之所以以这种田园生活为理想,乃是因为他不满意于当时的政治,这他自己是一再表明的:"久在樊笼里,复得返自然。"(同上)他是以隐居田园来表示对于政治的抗议的。陶渊明的态度，成为后来很多中国诗人效法的榜样，他的诗歌的地位也因此而不断上升。

对于常与政治相伴随的纷争与倾轧，中国诗人每每感到头疼与疲倦，在这种时候，他们也常常以回到自然来摆脱这一切。比如韦应物的《幽居》诗，便很好地表现了这种心理："贵贱虽异等，出门皆有营。独无外物牵，遂此幽居情。微雨夜来过，不知春草生。青山忽已曙，鸟雀绕舍鸣。时与道人偶，或随樵者行。自当安蹇劣，谁谓薄世荣？"诗人认为，世人无论贵贱，都有功利之心；只有自己已经感到疲倦，所以能够享受幽居之情；幽居有幽居的快乐，那就是与自然接近；这么做只是因为自己无能，而不是因为鄙薄世间的荣名——最后这两句其实只是反话，但也正可看出诗人对于纷争之无谓的认识。

在韦应物的诗里，还有在上述左思和陶渊明的诗里，有着一种对于自然的共同认识，那就是如迈克尔·卡茨所说的："中国诗画中的一个常见的主题就是相信大自然有能力使人类心灵恢复那种被实利主义的空虚所毁坏了的平衡。"①在西方诗歌中，直到19世纪的浪漫主义诗歌里，才开始出现了以赞美自然来批评社会的主题。相比之下，在中国诗歌中，这类主题的历史是悠久得多了。而且，即使对于现代人来说，自然不仅能够净化被工业文明所污染了的空气，也仍然能够净化被实利主义所污染了的心灵。

---

① 迈克尔·卡茨《艾米·洛威尔与东方》（韩邦凯译），载张隆溪选编《比较文学译文集》，第183～184页。

"谢灵运认为美的自然是与污秽的人类社会相对地存在的。从而明确地表示由于人事而受伤的心应沉潜于山水之间,并在与环境极端调和之后方能痊愈。"①中国诗人这种充满睿智的声音,也许仍然还值得我们现代人倾听。

适彼乐土

西方诗人不满意于政治时可以逃向宗教,但是中国诗人却只是逃向自然。对于政治的不满在西方诗歌中化为对于天国的憧憬,中国诗人却没有这样一个天国可以憧憬。但这并不是说,中国诗人没有对于理想世界的向往。只不过他们所向往的理想世界,仍然只是在地面上的人间世界,而不是虚无缥缈的天上世界。

比如,在《诗经》的《魏风·硕鼠》里,诗人就表示过对于理想世界的向往:"逝将去女,适彼乐土。乐土乐土,爰得我所。"诗人所向往的这个乐土当然不会是域外文明,而只是一个没有不公正和剥削的地方。这表明即使在上古时期,对政治的不满就已经升华为对于乐土的向往,尽管乐土的具体内容还不太清楚。不过,这个"乐土"从语感上看,仍然是在地上的,而不是在天上的,是人的世界,而不是神的世界。

在中古时期,由于战乱频仍,人们常常躲进深山之中,积累了山中生活的经验。于是在陶渊明的《桃花源诗》中,

---

① 兴膳宏《谢朓诗的抒情》,载其《六朝文学论稿》(彭恩华译),第86页。

乐土便被设想成在某一处人迹罕至的群山之中，通往那儿的只有一个不为人知的山洞，只是因了一个偶然的机会，人们才得以知道它的存在。在那个理想世界中，人们自给自足，与世隔绝，没有阶级差别，没有剥削制度，弃绝智慧，纯任自然，总之，没有现实世界中一切丑恶的东西，而只有符合人性自然的美好的东西："相命肆农耕，日入从所憩。桑竹垂余荫，菽稷随时艺。春蚕收长丝，秋熟靡王税。荒路暧交通，鸡犬互鸣吠。俎豆犹古法，衣裳无新制。童孺纵行歌，斑白欢游诣。草荣识节和，木衰知风厉。虽无纪历志，四时自成岁。怡然有余乐，于何劳智慧。"

从以上描写可以看出，中国诗人心目中的理想世界具有这样几个特征：一是这种理想世界中的生活是顺应自然、弃绝文明的。日出而作，日入而息，随时而种，随时而收，不要历志，不劳智慧，草木识时，四时知岁。二是这种理想世界中的人际关系也是顺应自然、弃绝文明的，没有维持统治阶级存在的税收，没有人与人之间的不平等关系。

从这幅关于理想世界的画图中，可以看出中国诗人崇尚自然、相信性善的倾向，这与在西方的文化中只有善人能够进入天国，而恶人则只能堕入地狱的思想根本不同。因为中国诗人认为人性本善，使人性变恶的只是不良的政治，只要抛弃了不良的政治，人性就又会恢复其善的本性，从而都能在理想世界里找到一席之地。

陶渊明的这首《桃花源诗》，在中国诗歌史上曾发生过

很大影响。后来有很多以桃花源为题材的诗歌,如王维的《桃源行》、刘禹锡的《桃源行》、韩愈的《桃源图》、萧立之的《送人之常德》,等等,都是源出陶渊明此诗的。而中国诗歌中的理想世界的模式,也大抵是由陶渊明此诗所奠定的。

在中国诗人关于理想世界的幻想中,的确存在着不少天真幼稚的成分。比如在他们描写的理想世界中,人性都是善的,这便是极不现实的想法。因而,尽管这样的理想世界为中国人所梦想了几千年,却始终不曾实现过。有时眼看就要实现了,转瞬之间却又为人性之恶所摧毁。而且进一步说,文明正是借助了人性之恶才得以进步的,因而,如果一定要阻抑人性之恶,那就只有放弃文明的进步。在中国诗人所憧憬的理想世界中,情形往往正是这样的。因为他们总是主张在理想世界中应该弃圣绝智,宁愿保留落后的生产方式。然而,如果在现实中真的实现了这种理想,那对于人类来说不啻是另一场灾难。

但是,在中国诗人关于理想世界的幻想中,也确有一些东西是真正有价值的,那就是他们不把理想世界放在天国,像西方人所做的那样,而是将它置于人间。这使我们想起了王安石的一首诗歌,其中描写了他有一次散步的见闻:"径暖草如积,山晴花更繁。纵横一川水,高下数家村。静憩鸡鸣午,荒寻犬吠昏。归来向人说,疑是武陵源。"(《即事》)诗人看见了一个自然纯朴的村落,便想起了世外桃源,也就是理想世界。这颇具象征性地说明了中国诗人

心目中的理想世界的人间性质。这种理想世界的人间性
质,也许可以说是中国诗歌对于世界诗歌的一个独特
贡献。

第九章 乡土观的智慧

　　每个人都热爱自己的故乡，因为故乡是他成长的地方，是他的父母之邦，是他祖先的长眠之地，也是他将来的归宿（至少是心理上的）。

　　风土环境对于人的成长的影响，也许比人们想象的要大得多。早在中国的上古时期，就出现过这么一种说法："橘生淮南则为橘，生于淮北则为枳。"（《晏子春秋·内篇杂下第六之十》）这是一种颇具象征意义的说法：风土环境对于人的成长的影响，就像对于植物生长的影响一样巨大。

　　在人的成长过程中，故乡的一切都已进入了他的意识乃至潜意识，成为他进一步认识世界的原型，并且是永远摆脱不了的原型。所谓口音、相貌、嗜好、习惯等等的不同，倒还不过是其浅层的表现而已。

　　人的成长离不开父母亲人的养育，而故乡总是和父母亲人联系在一起的，所以人们又称故乡为父母之邦。从父母亲人那儿得到的养育之恩，总是会化为对于故乡的深深

184

的热爱。

故乡的一草一木都是从小就熟悉的,故乡的人情风俗也都是从小就濡染的,因此,人们在故乡感到自己是环境的主人,有一种熟悉感、亲切感、安定感和安全感。

在过去,故乡也是祖先们长眠的地方,是人们即将要长眠的地方。这给了人们一种历史延续感与生命延续感,使人们感到自己的存在不是偶然的无意义的,而是生命之链上的一环,历史长河中的一滴。

对于故乡的热爱也许是人类共有的感情,但是,大概没有哪一个民族会像中国人那样,对于故乡具有如此强烈的感情,如此执著的热爱。"中国人眷恋自己的家园,甚至不认为别处可以发现更好的东西。"①埃尔韦·圣·德尼指出:"我将尽力向读者揭示中国大家庭的所有成员身上都具有的一种特别明显的倾向,这种倾向在别的任何民族中都没有这么根深蒂固,这就是对家乡的眷恋和思乡的痛苦。"②所谓中国人乡土观念特重的说法,指的便是这样一个事实。

大概也没有哪一种诗歌会像中国诗歌那样,思乡之情会成为如此重要的主题。在《诗经》中,诗人们就一再表现对于故乡的思念和对于远行的悲哀,很多诗篇因此而成了千古绝唱,如"昔我往矣,杨柳依依;今我来思,雨雪霏霏"

---

① 钱林森《〈牧女与蚕娘〉译后记》,载钱林森编《牧女与蚕娘》,第 376 页。
② 埃尔韦·圣·德尼《中国的诗歌艺术》(邱海婴译),载钱林森编《牧女与蚕娘》,第 28~29 页。

（《小雅·采薇》）。在楚辞中，诗人上穷碧落下黄泉地四处追寻之后，最终还是回到了自己的故乡："陟升皇之赫戏兮，忽临睨夫旧乡；仆夫悲余马怀兮，蜷局顾而不行。"（《离骚》）《招魂》和《大招》在召唤诗人的魂魄归来时所使用的劝诱手段，也无非就是竭力铺陈异乡的恐怖与故乡的美好。可见早在上古时期，思乡之情便已经成了中国诗歌的重要主题。

而且，颇有意思的是，在中国诗歌中，往往会出现这样一种表现：即使理想世界的诱惑，也往往抵不过故乡的召唤。比如在王维和刘禹锡的《桃源行》诗中，那偶尔闯入世外桃源的渔人之所以要离开那里，乃是因为他仍念念不忘自己的故乡！"不疑灵境难闻见，尘心未尽思乡县。""翻然恐迷乡县处……尘心如垢洗不去。"这是多么富于象征意义的表现！在这种表现背后起作用的，恐怕正是中国诗人自己强烈的乡土观念吧？

同样有意思的是，那些类似王昭君这样的远嫁异域的女性的身世命运，在中国诗人中总是引起怜悯的反应。埃尔韦·圣·德尼曾指出："若在别国，昭君的身世引起的会是羡慕而不是怜悯。因为她失去的是幽居深宫的悲苦和卑贱，换回的则是王后的宝座和丈夫的厚爱。可是所有的中国人都为她的命运悲叹。李白、常建以及其他许多诗人说道：昭君死在远离长安的地方，没再见到家乡！这何异于流放!"①

这位法国汉学家似乎不太了解中国古代的生活实际。古代中国与异域的通婚,并不同于欧洲诸王室之间的通婚,因为异域的风土环境往往极为严酷,而其文明程度又远不及中国,而且在生活习惯上也差异甚大。因此,并不仅仅是中国诗人,即使是那些远嫁异域的妇女本人,也往往比起在异域的得宠来,宁可要故乡的安宁。比如汉代江都王之女细君远嫁西域乌孙国王昆莫后,便在一首诗歌中唱出了她的不能适应和思乡之情:"吾家嫁我兮天一方,远托异国兮乌孙王。穹庐为室兮毡为墙,以肉为食兮酪为浆。居常土思兮心内伤,愿为黄鹄兮归故乡。"细君的生活年代去王昭君不远,因此王昭君当时的心情也可以此诗类推。

不过,埃尔韦·圣·德尼的看法仍然很有意思,因为他敏锐地洞察到,中国诗人是如何带着强烈的乡土观念,来考虑中国妇女和异域通婚这类问题的。而这也正是中国诗歌的特色之一。

由于中国人的乡土观念是如此的强烈,因而那些表现思乡之情主题的诗歌,往往会引起中国读者最深切的感动,受到他们最持久的喜爱。有一位日本汉学家曾作过一个小小的调查,他要他所认识的中国留学生只举一首他们所喜爱的唐诗,结果几乎所有人都举出了李白那首著名的

---

① 埃尔韦·圣·德尼《中国的诗歌艺术》(邱海婴译),载钱林森编《牧女与蚕娘》,第30页。

思乡之诗《静夜思》。可见即使在现代游子们的心目中,故乡也仍占有极为重要的地位,表现思乡之情的诗歌也仍然是他们的最爱。这种现象,在其他诗歌传统中大概是不多见的。

那么,为什么中国人会具有如此强烈的乡土观念呢?为什么表现思乡之情会成为中国诗歌的重要主题呢?一些法国汉学家认为,这是因为中国人(也包括中国诗人)为生活所迫不得不到处奔波,"于是离别之情便油然而生,作诗怀乡便成为文人之间的普遍现象"①。"离别是中国诗歌常用的题材之一,它和领土的辽阔和部队的远征有关系。因而那种重返家园的题材和离别的题材颇为相似,不论是解甲的士兵,还是退休的官员,最后都要重归恬静的故乡。"②的确,离别是引起思乡之情的最常见的原因,但是为什么在其他民族中,离别并未引起如此强烈的感伤呢?为什么在其他诗歌中,离别并未受到如此频繁的表现呢?反过来不也可以认为,对于离别的特殊敏感,不正是思乡之情过于强烈的产物吗?

其中的原因是复杂的,也许蕴藏着中国文化的奥秘之一。解开这个奥秘,也许就能加深对于中国文化的认识。不过我们还是打算放弃对于谜底的寻求,只想来看看在思乡之情的表现方面,中国诗人贡献出了一些什么样的

---

① 钱林森《〈牧女与蚕娘〉译后记》,载钱林森编《牧女与蚕娘》,第376页。
② 保尔·戴密微《中国古诗概论》(杨剑译),载钱林森编《牧女与蚕娘》,第53页。

智慧。

远行不如归

在汉代古歌中,有一首奇特的诗:"高田种小麦,终久不成穗。男儿在他乡,焉得不憔悴?"此诗奇就奇在它似乎只说结论,而不说原因,从而产生了一种当头棒喝般的强烈效果。其实,它所要告诉我们的,正是我们刚才提到过的风土环境对人影响甚大这一点。什么土种什么庄稼,一方水土养一方人。中国诗人认为这是非常明白、不用多说的简单道理。

然而,大多数中国诗人却愿意把客游生活的体验说得更明确一些。他们首先告诉我们,客游生活有种种的不便,饥饿寒冷是家常便饭。"连翩游客子,于冬服凉衣。去家千余里,一身常渴饥。"(古别诗)"遥遥征驾远,杳杳白日晚。居人掩闺卧,行子夜中饭。野风吹草木,行子心肠断。食梅常苦酸,衣葛常苦寒。"(鲍照《代东门行》)古代的旅行条件远不如今天,其艰难困苦是难以想象的。

不过,中国诗歌中表现客游生活最出色的地方,还不仅在于表现客游生活的种种不便,而是表现客游生活给人们心理上带来的种种微妙影响。

比如,凡是有过客游生活经历的人,大都曾体验过那种寄人篱下的感觉和自尊心的挫伤。古诗《艳歌行》曾描写过这方面的一个戏剧性场面:"翩翩堂前燕,冬藏夏来见。兄弟两三人,流宕在他县。故衣谁当补?新衣谁当绽？赖得贤主人,览取为吾组。夫婿从门来,斜柯西北眄。
'语卿且勿眄,水清石自见!'石见何累累,远行不如归!"游
子的衣服破了,好心的女主人代为缝补,却受到了男主人
的猜忌,闹出一场不大不小的风波。这对本来就缺乏家庭
温暖的游子来说,又产生了一重新的心理压力,最后发出
了"远行不如归"的沉痛叹息。在曹丕《杂诗》其二中,我们
也可以看到一个类似的说法:"客子常畏人!"这种自尊心
的挫伤和寄人篱下的感觉,是远比饥饿寒冷更让游子们感
到痛苦的。

还有客游生活身不由己的不安定感,也是中国诗人所
敏锐地感受到的。曹丕曾把河中行舟比作客游生活,因为
它们都是身不由己地到处漂流的:"汤汤川流,中有行舟。
随波转薄,有似客游。"(《善哉行》)这个比喻当然也可以倒
过来看,它形象地表现了客游生活乃是一种失去自主性和
安定感的生活。

还有常与客游生活相伴随的那种孤独寂寞之感,也总
是侵袭着游子们的心灵。在中国诗歌中,这种心理的表现
常常会凝缩成动人的警句,比如崔涂《除夜有怀》诗的"乱
山残雪夜,孤烛异乡人",马戴《灞上秋居》诗的"落叶他乡
树,寒灯独夜人",杜牧《旅宿》诗的"旅馆无良伴,凝情自悄
然",都写出了游子天涯孤旅的寂寞孤独之情,常令具有同
样经历的读者感动不已。

故乡是与异乡相对比而存在的。只有身处异乡,才会
产生思乡之情;只有体验了异乡的种种不便,才会回想起

故乡的种种好处。反过来也可以说,只有深深眷恋和热爱故乡的人,才会对异乡的一切产生敏锐的感受。从上述种种对于客游生活的微妙心理的表现中,不正可以看出中国诗人对于故乡的眷恋和热爱吗?同时,不也正是因为他们眷恋和热爱故乡,才会对客游生活的种种体验作出如此微妙的反应吗?

即使在现代社会中,尽管旅行条件有了很大的改善,但是诸如漂泊感、孤独感、寄人篱下感等等,仍然会不时地萦绕在现代游子们的心头。因而,以上对于客游生活的微妙心理的表现,也许仍能给现代游子们以种种启示和感触吧!

每逢佳节倍思亲

中国人的思乡之情在平时就已经很强烈,而尤其是到了传统节日,他们的思乡之情便会加倍强烈。这是因为在中国,许多传统节日,比如新年、元宵、中秋、重阳,都是应该和家人一起度过的。因而,人们总是在传统节日回到故乡,与亲人们团聚,享受天伦之乐。正因为这样,所以当人们因为种种原因不能回乡过节时,他们自然会比平时加倍思念亲人和故乡。中国诗人对于这种心理,具有异常敏锐的感受,也作过非常动人的表现。

对于中国人来说,传统的新年(现在的春节),是一年中最大的节日。对于那些新年不能回乡的人来说,一个人独自在外度过新年,便成了真正的痛苦。那格外强烈的思乡之情,便像冬日的北风一般,分外锐利地划过他们的心头。于是从他们切身的体验之中,便孕育出了一些动人的诗篇或诗句。"乡心新岁切,天畔独潸然。"(刘长卿《新年作》)"那堪正飘泊,明日岁华新。"(崔涂《除夜有怀》)"旅馆寒灯独不眠,客心何事转凄然?故乡今夜思千里,霜鬓明朝又一年。"(高适《除夜作》)都表现了那在新年时变得尤为强烈的思乡之情带给诗人的锐利感受和浓重感伤,并从这种感受与感伤中产生了诗歌打动人心的力量。

北朝诗人薛道衡之所以能以其《人日思归》诗获得一贯看不起北朝诗人的南朝诗人的叹服,无疑是因为诗中蕴含的强烈的思乡之情已经深深地打动了南朝诗人的心灵:"入春才七日,离家已二年。人归落雁后,思发在花前。"中国人的新年要过了元宵才算完全结束,所以人日也可以看作是新年的一部分。诗中所表达的新年思乡之情,原本是不分南北、为所有的人所共有的,而诗的构思又是如此巧妙,难怪会受到南朝诗人的叹服了。

把中国人每逢佳节特别思念亲人和故乡的感情表现得最为典型凝练的,应该是王维的《九月九日忆山东兄弟》这首诗了吧:"独在异乡为异客,每逢佳节倍思亲。遥知兄弟登高处,遍插茱萸少一人。"作这首诗时的王维还是一个翩翩少年,人生初次经历的客游生活给予他那稚嫩的心灵以新鲜而又锐利的刺激,孕育出了这首表达了中国人的心声、反映了中国人的心理的千古绝唱。

其实,不仅是对于古代的中国人,而且是对于现代的中国人,不仅是对于中国人,而且是对于其他国家的人,这首诗及其他中国诗歌中所表现出来的"独在异乡为异客,每逢佳节倍思亲"的人生体验,无疑都应是非常熟悉的东西。因为这种体验原本是超越时间和空间,而为所有的人所共有的。比如,当一个西方人不能回家度过圣诞节时,或者当一个日本人不能回乡度过盂兰盆节时。不过,正是中国诗人,才把人类所共有的、而在中国人身上表现得更为强烈的这种思乡之情,表现得那么震撼人心和优美动人。

日暮乡关何处是

中国诗人以其敏锐的感受发现,除了佳节这些特定的日子以外,人们在秋天和黄昏时分,最容易触发思乡之情。

先说秋天。比如有一首汉代古歌唱道:"秋风萧萧愁杀人,出亦愁,入亦愁。座中何人,谁不怀忧?令我白头。胡地多飚风,树木何修修。离家日趋远,衣带日趋缓。心思不能言,肠中车轮转。"诗人一开始只说秋风使他忧愁,到后面我们才知道他是因为思念家乡,才感到秋风使他忧愁的。但是,我们同时也可以认为,正是因为秋风萧萧,才诱发了他的思乡之情的。

类似的表现在中国诗歌中很多。如曹丕的《燕歌行》换了一个角度,从对方写起:"秋风萧瑟天气凉,草木摇落露为霜。群燕辞归鹄南翔,念君客游多思肠。慊慊思归恋故乡,何为淹留寄他方?"在家之人看到秋天来临,便替在

外的游子着想,认为这应是游子最容易产生思乡之情的时候,可是却不明白游子为何还继续淹留他乡。曹丕《杂诗》的"郁郁多悲思,绵绵思故乡",也是写秋天的容易诱发思乡之情的。王赞的《杂诗》则将人们在秋天容易起思乡之情,与动物在秋天容易起归心相提并论:"朔风动秋草,边马有归心……人情怀故乡,客鸟思故林。"也就是说,诗人认为到了秋天,连动物都有了归心,更何况是人呢?

说起来,在一年四季中,秋天乃是万物开始休息的季节,植物落叶,动物归林。而人作为一种高级动物,也许也还保留着这种动物的本能,因而人们在秋天特别地想回到故乡。屠格涅夫《猎人笔记》的最后说:"在春天容易别离,在春天,幸福的人也会被吸引到远方去。"[①]秋天正是与之相对照的。

与秋天一样,黄昏也容易诱发人们的思乡之情,这一点也为中国诗人所敏锐地感受到了。在谢朓的诗歌中,表现这类主题的诗歌便很多。如《侍宴西堂落日望乡》联句诗的"漠漠轻云晚,飒飒高树秋。乡山不可望,兰卮且献酬",《落日怅望》诗的"已伤慕归客,复思离居者",《冬日晚郡事隙》诗的"已惕慕归心,复伤千里目",《和何议曹郊游》诗其二的"江皋倦游客,薄暮怀归者",等等,都表现了黄昏时分容易诱发思乡之情的主题。在唐代诗人崔颢《黄鹤楼》诗的"日暮乡关何处是,烟波江上使人愁"中,类似的感

---

① 屠格涅夫《猎人笔记》(丰子恺译),北京,人民文学出版社,1962 年版,第 420 页。

受也得到了极富感伤色彩的表现。

本来,在一日的循环中,黄昏时分也是万物开始休息的时候,百鸟归巢,众兽入洞,同时也是人应该回家的时候。在这种时候,自然容易产生浓厚的思乡之情。早在《诗经》的《王风·君子于役》里,便已表现了在"鸡栖于埘,日之夕矣,牛羊下来"的黄昏时分,居家者对于不归者的思念之情。尽管表现的角度有所不同,但所表达的情绪则是一致的。

中国诗人就这样敏锐地感受到了秋天与黄昏在诱发人们的思乡之情方面的特殊作用,并在诗歌中巧妙地作了表现。中国诗人认为,人生是自然的一部分,即在思乡之情这个方面,他们也发现了人生与自然的微妙联系与共鸣。

明月何时照我还

在中国诗歌中,月亮与思乡之情有着特殊的关系。正如苏轼所说的,"人有悲欢离合,月有阴晴圆缺"(《水调歌头》),月亮的圆缺,往往被中国诗人看作是人的离合的象征。在中国人的思维方式中,人事和物理很容易互相沟通,月亮与思乡之情的关系便正是如此。

在梁武帝的《边戍》诗中,月亮象征着团聚的愿望:"秋月出中天,远近无偏异。共照一光辉,各怀离别思。"尽管人们远离故乡,远离亲人,但是诗人认为普照大地的月光,却把人们与故乡、与亲人联系在了一起。表现类似构思的

　　诗歌还有很多，比如张九龄的"海上生明月，天涯共此时。情人怨遥夜，竟夕起相思"(《望月怀远》)，苏轼的"但愿人长久，千里共婵娟"(《水调歌头》)，白居易的"共看明月应垂泪，一夜乡心五处同"(《自河南经乱关内阻饥兄弟离散各在一处……》)，等等，都表现了月亮在游子之间或游子与故乡之间所起的象征性联结作用。

　　也正因为这样，中国诗人看见月亮，就容易想起故乡，因为月亮原本是既照着游子，也照着故乡的。诗人满怀思乡之情的心灵，便自然容易乘着月光的翅膀，飞回到日夜思念的故乡。李白的《静夜思》诗，正因为典型地表现了这种心理，而成为千百年来深受中国读者喜爱的绝唱："床前明月光，疑是地上霜。举头望明月，低头思故乡。"

　　埃尔韦·圣·德尼认为："此诗的不足之处在于需要详细解释……解释得少点而又让人悟出更多的意思实在很困难。"①这大概是对于法国读者而言的，对于中国读者来说，他们只要看到了"月光"和"故乡"这两个词，便不需要任何解释就能理解一切了。

　　而且，从埃尔韦·圣·德尼的解释来看："这首诗谈的是一位在明月夜醒来的游子。他起初以为天亮了，出发的时候到了。于是'举头望明月，低头思故乡'。"②这位法国

---

①　埃尔韦·圣·德尼《中国的诗歌艺术》(邱海婴译)，载钱林森编《牧女与蚕娘》，第29页。

②　埃尔韦·圣·德尼《中国的诗歌艺术》(邱海婴译)，载钱林森编《牧女与蚕娘》，第29页。

汉学家也许终于还是没有搞清楚李白这首诗的全部含义，也就是没有搞清楚月亮与思乡之情之间的联系。这也从一个侧面让我们明白，月亮与思乡之情的这种联系，也许确实是中国诗人的"独得之秘"。

王安石有一首《泊船瓜洲》诗，人们对其中的第三句非常称道，却往往忽视了同样值得称道的第四句："京口瓜洲一水间，钟山只隔数重山。春风又绿江南岸，明月何时照我还？"这是一首表现思乡之情的诗歌，因为春天已经来到江南，所以诗人更急着回去。诗人表现思乡之情的手法非常独特，他认为他的回乡应该有明月相伴随。不过，如果明白了如上所述的月亮和思乡之情的联系，那么我们也就不难理解诗人这么想的原因了。同样，我们对卢纶的"万里归心对月明"（《晚次鄂州》），也会获得一种新的感受。

石川忠久指出："在西洋，月亮似乎被看作是不祥之物……那里也没有赏月的习惯；但在东洋，无论在中国还是在日本，月亮却都是人的朋友。"[①]我们今天对于月亮的美丽，对于月亮的象征性，对于月亮与思乡之情的联系，都已经习以为常了。我们每到中秋之夜，便与家人一起，吃着月饼，望着美丽的满月，享受着团聚的快乐。但是我们不应该忘记，是中国诗人的诗心，使月亮变得美丽，使月亮象征团圆，使月亮与思乡之情联系在一起的。

---

① 石川忠久《汉诗の风景：ことばとこころ》，第45页。

近乡情更怯

当人们经过长期的漂泊,终于又将重返日夜思念的故乡时,他们的心里无疑是充满着喜悦的。比如,当杜甫听说官军已经收复河南河北时,便为能"青春作伴好还乡"(《闻官军收河南河北》)而狂喜不已。但是,中国诗人更为细腻的地方,却在于发现人们在重返故乡时,不仅会有由衷的喜悦,而且还会有隐隐的不安。正是这种隐隐的不安与由衷的喜悦混杂着的感情,使重返故乡成为一件心理复杂的事情。

比如,李频的《渡汉江》诗,便表现了这种复杂的心理:"岭外音书绝,经冬复立春。近乡情更怯,不敢问来人。"照例越是接近故乡,人们便应该越是感到喜悦,可是为什么诗人却说"近乡情更怯"呢?从第一第二句来看,也许是因为诗人久未收到家书,因而不知道家里是否一切平安,所以才感到心情有点紧张吧?如果是这样的话,那么此诗所表现的心情,就有点接近于刘琨《扶风歌》的"去家日已远,安知存与亡"的心情了。要知道,古代的邮政并不像今天这般发达,如果发生了战乱,那情况就更为糟糕了。如杜牧《旅宿》诗的"家书到隔年",戴复古《夜宿田家》诗的"乡书十寄九不达",杜甫《春望》诗的"烽火连三月,家书抵万金",《月夜忆舍弟》诗的"寄书长不达"等等,都反映了这种状况。当人们在长期得不到家书的情况下重返故乡时,他们的心头难免会浮上片片不安和狐疑的阴翳。

但是,问题并不如此简单。即使我们知道故乡的家人一切平安,只要我们确实远离过故乡一阵子,那么当我们重返故乡时,也总会有某种不安的阴翳在心头隐隐萦绕。这种不安的阴翳很难说一定是出于某种担心,而大都仅仅是由于久别重返本身造成的。推想起来,这大概是由于一种因久别而产生的违和感在起作用吧?因为我们重返故乡时看故乡的眼光,已与离开故乡前看故乡的眼光不同。在离开故乡期间,我们也许久已习惯于异乡的风物了,这自然使我们的眼光发生了变化。当用这已经变化了的眼光来重看故乡时,自然会感到有一种既熟悉又陌生的感觉,这就会引起心理上既喜悦又不安的复杂反应。在李频的上面这首诗中,也许正包含着这种因素吧?因为诗人毕竟是在异乡"经冬复历春"地度过了好长时间以后重返故乡的。

在贺知章的著名的《回乡偶书》诗中,诗人似乎也含蓄地表达了类似的重返阔别多时的故乡时的复杂心理:"少小离家老大回,乡音无改鬓毛衰。儿童相见不相识,笑问客从何处来?""少小"与"老大"的对比,暗示了诗人离开故乡的时间之漫长;不改的"乡音",象征了诗人始终不衰的思乡之情;儿童的发问,表面上是一种带有喜剧色彩的反讽,即这些故乡的后来者们竟然不认识这位故乡的老前辈,但在实际上,却是象征性地表现了故乡对于诗人所感到的违和感,也暗示了诗人对于故乡所感到的

违和感。因此,在这首诗表面的幽默之下,潜藏着诗人淡
淡的伤感。

就像这样,伴随游子还乡的,不仅有"明月",还有
"月影"。这就是为什么重返阔别多时的故乡,总会让人
感到心旌摇摇的原因。还记得德沃夏克的《自新大陆》
(*From the New World*)交响曲中乡愁摇曳的第二乐章
吗?那悠扬伤感的旋律,不也正传达了人们在重返故乡
时这种"行迈靡靡,中心摇摇"(《诗经·王风·黍离》)的
复杂感受吗?不仅由衷的喜悦是出于对故乡的热爱,那
隐隐的不安在根底上其实也同样是出于对故乡的热爱。
中国诗人以其灵敏的感觉,捕捉到了这种微妙的心理变
化,并用极为日常亲切的语言,将它巧妙地表现了出来。
以致我们今天读到这样的诗歌时,还会情不自禁地感到
怦然心动。

却望并州是故乡

故乡之所以使人们感到亲切,其中的一个重要原因,
乃是因为故乡是和人们至少是最初的生命旅程紧密地联
系在一起的。而正是在这个意义上,那长期客居之地,也
会因其与人们的另一部分生命旅程的密切联系,而被看作
是"第二故乡"。所谓"第二",并不仅仅是序数词的第二之
意,它也意味着与"唯一"相对的"其他"的意思。也就是
说,人们除了生于斯、长于斯并将老于斯的故乡之外,常常
还会对长期客居之地从不习惯到习惯,从不喜欢到喜欢,

从没有感情到有感情，产生一种"第二故乡"的感觉。尤其是当人们离开这一长期客居之地时，这种"第二故乡"的感觉便会明显地被意识到，一如当人们离开故乡时，便会产生强烈的思乡之情一样。

贾岛的《渡桑乾》诗，便敏锐地捕捉到了这种感觉。贾岛曾在并州(今太原)客居十年，此后又转到比并州更北的地方。在并州的十年里，他无时无刻不在思念自己早先的居住地咸阳(即长安)；可是当他一旦离开客居十年的并州，转向另一个新的陌生的地方时，他的心中忽然又涌起了对于并州的思念之情："客舍并州已十霜，归心日夜忆咸阳。无端更渡桑乾水，却望并州是故乡。"

贾岛在诗中表现了这样一种为人们所熟知的日常经验：人们对于一个长期客居之地的感情，往往是通过离开这个地方的契机才得以感受到的(其实，对于故乡的感情，也同样是在离开故乡以后才会变得清晰强烈的。在这一点上，远离长期客居之地与远离故乡其实并没有什么本质区别)。而在对于长期客居之地的感情被感受到之前，其实它早已在那里悄悄地滋长着了。

而且，更有意思的是，即使是他在并州时日夜思念的咸阳(长安)，其实也不是他真正的故乡，而是早于并州的另一个长期客居之地。因为他的祖籍是范阳(今北京)，他的少年时代也是在范阳度过的。可见他类似的对并州的感情，早已对咸阳产生过了。因而我们有理由相信，当他在又一次长期客居后离开那个并州以后的新的地方时，他同样也会对那个地方产生感情,视之为又一故乡的①。

　　人不仅是环境的产物,也创造着他周围的环境,二者的关系乃是非常微妙的。熟悉与陌生,故乡与异乡,其实在一定程度上也只是相对而言的。在某些情况下,故乡可以变成异乡(比如当一个长期客居异乡的游子回到一个完全变化了的故乡时,或当故乡变得像古诗《十五从军征》里老兵的家乡那样什么亲人都没有时),而异乡也可以变成故乡(比如当一个人长期客居某地并已完全融入其中时)。这也说明了为什么一代又一代的人们不停地迁徙,而故乡的概念却永远存在的原因。这种人心的奥秘,为中国诗人敏锐地感觉到了,并优美地表现了出来。

不知何处是他乡

　　中国诗人之所以反复表现他们的思乡之情,正说明他们是常常处于置身异乡的旅行之中的。他们之所以四处旅行,其原因也许信如保尔·戴密微所说的:"那时中国的文人主要是出于行政管理方面的原因,总是要在这个疆土广袤的王国里从一个地方转到另一个地方,犹如古代罗马的官员们那样。因此,这种离别就在友人们的心头产生了一种沉重的压抑感。"②但是,也有一些诗人,他们倒是真正

---

① 贾岛此诗《全唐诗》卷四七二又作刘皂诗,题为《旅次朔方》。但无论此诗是贾岛作的还是刘皂作的,其中所表现的心理没有什么不同,对我们上面的分析也没有什么妨碍。

② 保尔·戴密微《中国古诗概论》(杨剑译),载钱林森编《牧女与蚕娘》,第44页。

喜欢旅行。而他们喜欢旅行的理由之一，就是能在旅行中
通过置身于异乡，而不断追求人生的新鲜感受。故乡有故
乡的安全感、安定感、亲切感、熟悉感，但是它不会带来新
的感受、新的刺激、新的境界、新的追求。为了人生的不断
充实与更新，离开故乡投入异乡是完全必要的。也正是为
了这个原因，许多诗人不断地告别故乡，出门旅行。

李白便是一个这样的诗人，他的一生几乎都是在旅行
中度过的。他从不断变化的环境中感受刺激，捕捉诗意，
从而创作出了许多反映各地风光的美丽诗篇。对于李白
的这种旅行癖好，松浦友久分析其原因道："真正打动李白
的心，诱使他不间断地投入旅行生活，还有其内在的原因，
那就是他要努力使自己永远处于'置身异乡'的体会之中。
'置身异乡'，才可以使他在不断变化的未知环境中打开心
灵的大门。新的土地，新的风俗，新的人间关系；就在这样
的变化中，培养广泛的兴趣，萌发深切的关心，他宁愿使自
己的一生永远处于这种不断的追求之中。"①

而且，更进一步说，也只有在置身异乡的旅行之中，人
们才会加深对于故乡的感情。而一个喜欢旅行的人，也往
往同时又是热爱故乡的人。松浦友久分析李白的心理道：
"把一生投入旅行生活中的过程，也就是永远把故乡强烈
地作为故乡意识于头脑中的过程。一个一生也没有离开
过故乡的人，当然也就永远无法理解，潮水般猛烈涌来的

① 松浦友久《李白——诗歌及其内在心象》（张守惠译），第2页。

乡愁。'故乡'这个词不正是作为'异乡'、'他乡'的对比才有生命的吗？把一生交付于旅行，正是作为一个诗人的李白，为了能够使自己永远处于吟咏乡愁的立场上，而自行选定的道路。"①

这就足以解释，为什么李白既是一个最喜欢置身异乡的旅行生活的诗人，又是一个最擅长表现思乡之情的诗人。最有名的表现思乡之情的诗歌《静夜思》之出诸李白之手，也就完全不是偶然的了。在李白的意识深处，总是一边向往着新鲜的地方，一边怀念着自己的故乡。当他写"兰陵美酒郁金香，玉碗盛来琥珀光。但使主人能醉客，不知何处是他乡"(《客中作》)时，不是既感受到了异乡的人情物产之可爱，同时又强烈地意识到了自己毕竟是置身于异乡吗？在"不知何处是他乡"中，正交织着这两种看似矛盾的感情。当他写"蜀国曾闻子规鸟，宣城还见杜鹃花。一叫一回肠一断，三春三月忆三巴"(《宣城见杜鹃花》)时，他不是也一面为宣城的美丽风物所感动，一面又为思乡之情所萦绕吗？最有象征意义的是《古风》其二十二，诗人在发了一通"感物动我心，缅然含归情"的思乡之情之后，还是"挥涕且复去，恻怆何时平"，继续怀着思乡之情，踏上了他那永无尽头的旅程。

中国诗人就这样向我们揭示了故乡与异乡、居家与旅行的辩证关系：只有身处异乡，才会意识到故乡；只有身在

---

① 松浦友久《李白——诗歌及其内在心象》(张守惠译)，第 2 页。

旅途,才能获得新的感受。正因为这样,所以中国人才既成了一个最热爱故乡的民族,又成了一个世界各地都有他们足迹的民族。在这种保守与进取的对立统一中,蕴含着中国人乡土观的智慧:旅途在他们的脚下,故乡在他们的心头。

第十章 爱情观的智慧

爱情是人际关系中最重要的一种，无论在哪一种文学中，它都占有最重要的地位，以致与死亡一起，被称为文学的两大永恒的主题。

尤其是对于诗歌来说，爱情以其扣人心弦的力量，成为抒情的永不枯竭的源泉。

中国诗歌中的爱情诗传统历史悠久。在中国最早的诗集《诗经》中，第一首《关雎》便是爱情诗，这是具有象征意义的。从那以后，爱情在中国诗歌中便被吟咏不绝。

然而在东西汉学界，却流行着一种看法，认为中国诗歌比起爱情来更注重表现友情，西方诗歌比起友情来更注重表现爱情。比较极端的说法，则认为中国诗歌中缺乏爱情诗的传统，至少是缺乏西方式的爱情诗传统。

村上哲见介绍过这种看法："一般说来，中国古典诗歌中咏男女之情的极少，这是欧美学者们怀着奇异的感觉强调的问题。"①

这种看法不是完全没有道理的,它至少受到了以下两种现象的支持:中国诗歌中具有强大的吟咏男性友谊的传统,这使吟咏异性爱情的传统相对而言显得不像在西方诗歌中那样引人注目;中国诗歌中的爱情表现比较曲折含蓄,不像西方诗歌中的爱情表现那样热情奔放,因而,它就没有后者那样引人注目。

但是,对这两种现象也可以作另一种解释。我们只能说中国诗歌中吟咏男性友谊的传统比西方诗歌强大,但不能以此证明中国诗歌中吟咏异性爱情的传统因此而薄弱;我们只能说中西诗歌中的爱情表现具有各自不同的特点,但不能因此认为中国诗歌中的爱情表现不及西方诗歌。

至少就后者而言,可以说牵涉到一个比较文化学和比较诗学的问题。也就是说,当两种文化现象或两种诗歌现象呈现出不同面貌的时候,是用一种现象为中心去衡量另一种现象呢?还是用理解各自立场的方式去比较它们呢?

过去有不少汉学家,往往站在西方中心的立场上去理解中国诗歌中的爱情诗传统;但现在也有不少汉学家,能够从平等的立场来理解中国诗歌中的爱情诗传统。

不过,撇开态度问题不谈,东西汉学家们大都发现了一些共同的现象,显示出中国诗歌中的爱情表现与西方诗

---

① 村上哲见《唐五代北宋词研究》(杨铁婴译),西安,陕西人民出版社,1987年版,第212页。

歌中的爱情表现的某些基本不同。比如：

"中国人的爱情从来不是理想的，不是柏拉图式的精神恋爱：它总是意味着对所爱的对象的占有。"①

"当然不必在这一文学时期(魏晋南北朝)的诗里找寻比古希腊、古罗马的诗更具有精神恋爱的情感。""我们理解的那种爱情在中国是不存在的。中国的三纲五常窒息爱情，唯独友谊才立得住脚。"②

"妇女在中国从来不是人们崇拜的对象，不像在我们的文学中那样，妇女在中国的文学中，没有被理想化。"③

"虽然在中国诗歌中男女间的爱情很少像中世纪的欧洲诗歌中那样用理想化的措辞来表达，或像浪漫诗歌那样以绝对的措辞来表达，但它毕竟是一个不可回避的重要的主题。《诗经》中的许多诗篇是真率的爱情歌谣……感情都是准确无误地被表达出来……这种表达的方式是简单而不加虚饰的，一方面绝无忸怩作态，另一方面也无夸大之词。"④

"西方人的爱情趋于理想主义，易将爱情的对象神化，不然便是以为情人是神施恩宠的媒介。中国的情诗则不

---

① C·昂博尔·于阿里《中国古典诗歌的三个时期》(钱林森译)，载钱林森编《牧女与蚕娘》，第 32 页。

② 埃尔韦·圣·德尼《中国的诗歌艺术》(邱海婴译)，载钱林森编《牧女与蚕娘》，第 21 页，第 28 页。

③ 保尔·戴密微《中国古诗概论》(杨剑译)，载钱林森编《牧女与蚕娘》，第 55 页。

④ 刘若愚《中国文学艺术精华》(王镇远译)，第 19 页。

然,往往只见一往情深,并不奉若神明。"[①]

东西汉学家们所谈到的中国诗歌中爱情表现与西方诗歌中的爱情表现的基本不同,归纳起来就是:西方诗歌中所表现的爱情常常是理想化的、神化的、精神性的,中国诗歌中所表现的爱情则常常是现实的、人间性的、灵肉不分的;西方诗歌中的爱情对象常常是神化的、理想化的、受崇拜的,中国诗歌中的爱情对象则常常是人间的、普通的、一往情深的;西方诗歌表现爱情的语言常常是理想化的、绝对的,而中国诗歌表现爱情的语言则常常是简单的、准确无误的、不加修饰的、不夸大其词的、不忸怩作态的。

在我们看来,中国诗歌中爱情表现的上述不同于西方诗歌的特征,正体现了中国文化传统、中国诗歌传统乃至中国智慧的特色。

他生未卜此生休

中西诗歌中爱情表现的不同,与有无宗教传统具有密切的关系。

西方的宗教传统使人们相信,人生并不终止于死亡,即使在死亡以后,也还有另一个世界在等待他们。如果他们在人世表现得足够好的话,他们有希望进入天国,那是一个比人世更好的地方。

既然人生在死后并不终结,那么爱情也应该如此。如

[①] 余光中《中西文学之比较》,载古添洪、陈慧桦编著《比较文学的垦拓在台湾》,第137页。

果在人世还没有爱够,那么可以到天国去继续相爱;如果在人世爱情难以实现,那么可以到天国去实现夙愿;如果在人世爱情被迫中断,那么可以到天国去重续前缘。

"在西方,情人们对于死后的结合,是极为确定的。米尔顿在《悼亡妻》之中,白郎宁在《展望》之中,都坚信身后会与亡妻在天国见面。而他们所谓的天国,几乎具有地理的真实性,不尽是精神上象征性的存在,也不是《长恨歌》中虚无飘渺的仙山。罗赛蒂(D. G. Rossetti)在《幸福的女郎》中,设想他死去的情人倚在天国边境的金栏干上,下瞰地面,等待下一班的天使群携他的灵魂升天,与她相会。诗中所描绘的天国,从少女的服饰,到至圣堂中的七盏灯,和生之树上的圣灵之鸽,悉据但丁《神曲》中的蓝图,给人的感觉,简直是地理性的存在。"①

我们还记得,在《神曲》中,引导但丁游历天国的,正是他过去的情人贝雅特丽奇。在但丁早年的诗集《新生》中,贝雅特丽奇被描写成是一个从天国下凡显示奇迹的天使。

当爱情的延续得到天国与来生的许诺时,它就超越了现世性和人间性,而具有了神化的性质和神秘的色彩;而且所爱的对象也容易被理想化,诗人会把她们看成是天使而不是凡人;同时,由于相爱的人们在来生或天国总能结合,所以今生的精神性恋爱,也能使诗人得到满足。在但丁的诗歌中,贝雅特丽奇便是被高度理想化的,而且其中

---

① 余光中《中西文学之比较》,载古添洪、陈慧桦编著《比较文学的垦拓在台湾》,第136～137页。

所表现的,几乎全是诗人对于情人的精神上的爱情。

但是,中国却缺乏这样的宗教传统,人们也从未得到过死后可以进入天国的许诺。我们在前面曾经谈到过,中国文化的这一特点曾给中国诗人带来过多大的苦恼,因为他们只能在没有任何安慰的情况下与死亡作正面的肉搏。

在爱情方面,中国诗人也面临着同样的困境。既然生命具有现世终结性,那么爱情也应具有现世终结性。再美满的爱情,死亡也会将它带走;今生得不到的爱情,死后更是休想实现;今生已是难续的前缘,死后更是一片茫茫。

"中国文学中的情人,虽欲相信爱情之不朽而不可得,因为中国人对于超死亡的存在本身,原来就没有信心。情人死后,也就与草木同朽,说什么相待于来世,实在是渺不可期的事情。《长恨歌》虽有超越时空的想象,但对于马嵬坡以后的事情,仍然无法自圆其说,显然白居易自己也只是在敷衍传说而已……数十年后,写咏史诗的李商隐却说:'海外徒闻更九州,他生未卜此生休'。"①

尽管民间的迷信说法认为"人死为鬼,有知,能害人"(《论衡·论死篇》),但是几乎所有的知识分子都不相信这种说法。不用说像王充这样的理性主义思想家,要大声疾呼"人死不为鬼,无知,不能害人"(同上),而且即使是一般的诗人,也大抵不相信人在死后还能存在。比如古诗《驱车上东门》的"下有陈死人,杳杳即长暮。潜寐黄泉下,千

---

① 余光中《中西文学之比较》,载古添洪、陈慧桦编著《比较文学的垦拓在台湾》,第 136 页。

载永不寤",陶渊明《挽歌辞》的"幽室一已闭,千年不复朝。千年不复朝,贤达无奈何",其中所表现的死后世界,都是坟墓的世界,无声的世界,长夜的世界。那些描写死后鬼神题材的作品,其实也只是文人写着玩玩的,并不一定真的相信。

生命是如此,爱情也是如此。潘岳《悼亡诗》的"之子归穷泉,重壤永幽隔","孤魂独茕茕,安知灵与无",元稹《遣悲怀》其三的"同穴窅冥何所望,他生缘会更难期",都表现出不相信还有他生、还能在他生与亡妻重逢的态度。《孔雀东南飞》中的焦仲卿夫妇相约"黄泉下相见",可那只不过是相约一起情死的代名词,并不是真的相信有一个死后世界。他们双双情死后,两家将他们合葬一处,在他们的坟墓的树林中,有双飞鸳鸯相向而鸣,但那也只不过是一种象征性的表现,而并不是他们的灵魂的化身。

因为爱情像生命一样跨不过死亡的门槛,因而中国诗人笔下的爱情,只是人间性和现世性的,是非常现实而又非常脆弱的;他们笔下的情人,也只是世俗凡人,而不是来自天国的天使,因而诗人对她们的态度,也只是像对待世俗凡人一样,并不把她们理想化与神化;他们也并不愿意把爱情的欢乐储蓄起来,留待虚无缥缈的来生去兑现,所以理想主义的精神恋爱,自然也就不容易发生。

由此看来,中西诗歌的爱情表现的不同,与来生观念的不同无疑是有密切关系的。我们当然可以依据西方式的爱情观念,指责中国式的爱情观念过于实际;但我们同样也可以依据中国式的爱情观念,指责西方式的爱情观念过于玄虚。不过有一点是可以肯定的,即正因为中国诗人不相信有来生与天国,或者说愿意相信却得不到入场的门票,所以他们对于爱情的脆弱易逝有着极为清醒的认识,一如对于人命的短促易逝那样,从而他们也就更为珍惜这种失而不可复得的无价之宝。

同来望月人何处

中国诗歌中所表现的爱情的现世性和人间性,还可从中国诗人喜欢将爱情置于自然背景中来表现这一点看出来。如果说西方的爱情诗往往洋溢着宗教的氛围,那么可以说中国的爱情诗往往洋溢着自然的气息。

中国诗人视人生为自然的一部分,它们之间的关系有时被视作是平行的,有时被视作是对照的。所谓平行的,就是指人生与自然服从同样的诸如新陈代谢之类的规律;所谓对照的,就是指人生的短促易逝与自然的循环永久之间形成了一种对比。在爱情表现方面,自然也同样时而充当平行的角色,时而充当对照的角色。

比如在晏殊的《无题》诗中,人事的寂寥与物候的萧瑟,相思的愁绪与春日的感伤,乃是融合无间地一起表现出来的:"油壁香车不再逢,峡云无迹任西东。梨花院落溶溶月,柳絮池塘淡淡风。几日寂寥伤酒后,一番萧瑟禁烟中。鱼书欲寄何由达,水远山长处处同。"这便是自然在爱情表现中充当平行角色的例子。在中国诗歌中,这种例子

真是太多了,以至于举不胜举。

不过,我们在这里更想说的,是在爱情表现中自然充当对照角色的例子。中国诗人在表现爱情的时候,常常会写那么一点曾与恋人有关的自然景物,通过景物的依旧与恋人的消失的对照,含蓄地表达他们对于爱情脆弱易逝的本质的认识。

比如唐代诗人崔护的《题都城南庄》,便是一首这样的诗:"去年今日此门中,人面桃花相映红。人面不知何处在,桃花依旧笑春风。"诗人去年见过一位可爱的女子,她的脸庞被桃花衬托得很是美丽;可是今年那可爱的女子却不在那儿,只有桃花还依旧在春风中吐艳。恋情的转瞬即逝,甚至还比不上一向被人们看作是脆弱之象征的桃花,这似乎是对诗人的一个嘲讽。

赵嘏的《江楼感旧》也是一首这样的诗:"独上江楼思渺然,月光如水水如天。同来望月人何处?风景依稀似去年。"诗人眼中的风景,依稀与去年相同;但是那去年一同赏月的人儿,今年却始终没有出现。风景的依旧与恋人的消失,同样造成了一种令人感伤的对比。

欧阳修(一说朱淑真)的《生查子》词,也表现了类似的对比:"去年元夜时,花市灯如昼。月上柳梢头,人约黄昏后。 今年元夜时,月与灯依旧。不见去年人,泪湿春衫袖。"在这首词中,那元夜热闹的花市与灯火,反而增添了诗人"物是人非"的感伤。

在上面这些诗歌中,通过爱情的脆弱易逝与自然的循环永久的对照,中国诗人表现了他们对于爱情的人间性与现世性的认识。因为一方面,自然的背景本身为爱情提供了一个人间性与现世性的活动舞台,正如宗教的背景为爱情提供了一个神圣性与不朽性的活动舞台一样;另一方面,正如人生是通过其与自然的对比而更为清晰地呈现出其作为人生的特征一样,中国诗歌中的爱情也是通过其与自然的对比而更为清晰地呈现出其人间性与现世性的特征的。换言之,通过一个真实的自然的背景和参照系,中国诗歌中所表现的爱情,给人以鲜明的人间性与现世性的印象,因为它相比之下显得那样容易失落,那样转瞬即逝,而不像在与一个虚幻的宗教的背景和参照系相比时那样,给人以神圣性与不朽性的印象。

春蚕到死丝方尽

中国诗人也像西方诗人一样,对于爱情具有深刻的体验与敏锐的感受。不过,由于文化传统的不同,以及如上所述对于爱情本质的观念不同,因而在具体表现的时候,会呈现出截然不同的面貌。西方诗人往往喜欢热情奔放的表现方式,用"理想化的措辞"和"绝对的措辞"来表达;而中国诗人则往往喜欢用委婉含蓄的表现方式,用空灵凄婉、缠绵多致的措辞来表达。

当然,像古乐府《上邪》这样的风格热烈奔放的爱情诗在中国诗歌中也不是没有:"上邪!我欲与君相知,长命无绝衰。山无陵,江水为竭,冬雷震震,夏雨雪,天地合,乃敢与君绝!"但是,在中国的爱情诗传统中,像这样风格的爱情诗却并不占主流地位,正如吉川幸次郎所指出的:"《有所思》和《上邪》,它们表现出的,是直向的、不顾一切的爱情的燃烧。而这是在此以前的中国诗歌中难以见到的现象。众所周知,《诗经》中也有为数众多的爱情诗,但这样炽烈的歌却没有。至少没有如此直露地表现炽烈感情的歌。"①而且,即使在后来的中国诗歌中,这样的诗也是难以见到的。顺便说一下,从此诗以向上天呼吁的方式来倾诉爱情的写法来看,毋宁说此诗正是很好地表现了带有宗教性感情的爱情诗所可能有的抒情方式。不过,即使如此,此诗中所提出的那么多不可能实现的条件,也仍然是以现世的经验为基础的,而不是以来世的幻想为基础的。

在中国的爱情诗传统中占主流地位的,仍应说是那种委婉含蓄的表现方式,尽管其程度有高低之分。这从《诗经》以来,一直到后代的诗歌,可以说给人以比较统一的印象。这里我们想举李商隐的一首《无题》诗,作为代表这种表现形式的比较典型的例子:"相见时难别亦难,东风无力百花残。春蚕到死丝方尽,蜡炬成灰泪始干。晓镜但愁云鬓改,夜吟应觉月光寒。蓬山此去无多路,青鸟殷勤为探看。"

李商隐的爱情诗以隐晦曲折著称,不过此诗却要比一般认为的容易明白。虽说此诗的本事我们已无从知晓,但

---

① 吉川幸次郎《关于短箫铙歌》(骆玉明译),载吉川幸次郎著、高桥和巳编《中国诗史》(章培恒等译),第110页。

其中所表现的感情的脉络却还是不难把握的:诗人感慨于与情人相见的不容易,以及分别时的难舍难分,表白自己的爱情是至死方休的,对分别后时光的流逝与心情的孤独感到忧愁,想通过什么渠道与情人取得联系,等等,可以说表现的都是恋爱中人们常见的心理活动。

但是,此诗的表现方式却是委婉含蓄的。其中除了第一句直接表露了感情之外,其余各句都是借助于各种意象,通过比喻和象征等手法,来委婉含蓄地表露感情的。第二句用东风对于百花凋残的无可奈何,来比喻诗人对于爱情难成的无可奈何之感;第三第四句用"春蚕"与"蜡炬",来比喻诗人对于爱情至死方休的决心;第五句用照镜时看到发色变白这一生理变化,来暗示对于时光在别离中白白流逝的惋惜和担忧;第六句用夜吟时感到月光寒冷这一生理反应,来暗示情人不在身边时的孤独之感;第七第八句则用了一个神话传说,来表达想要互通音信的愿望。总而言之,它们都不是直截了当的表现,而是委婉含蓄的表现。

但是,从另一个方面说,此诗所表达的爱情,却又仍然是人间性和现世性的,所有的意象都指向这一点。以"春蚕"、"蜡炬"为象征的爱情,仅仅是至死方休的,而并不幻想持续到来世。

中国爱情诗的这种表现方式,与中国诗人对于爱情的独特认识有关。他们认为爱情是一种非常微妙的东西,不适于用直露直陈的方式去表现,而应该用委婉含蓄的方式

去表现。同时,这也与中国诗人对语言的看法有关。他们认为语言往往不足以表达感情,所以有必要借助各种意象,以获得比直陈更为扩展的表现效果,并借以烘托出爱情所应有的那种特殊氛围。

这种表现方式直到今天也还在发挥作用,尽管由于西方文化的传入已经改变了很多。记得在某报上看到一外国留学生对中国的民间情歌感到迷惑不解,认为它们的旋律是那样优美,词句是那么漂亮,可就是内容转弯抹角,不敢直说一个"爱"字。而就在最近,李商隐的上述那首无题诗,还被谱成了歌曲,为许多人所传唱。

明确的语言与直露的陈说,有时未必能表达情感的微妙幽隐之处。中国诗人对此深有体会,因而他们才选择了这样一种委婉含蓄的表现方式。其实在生活中也是如此。当"心有灵犀一点通"的时候,当"眼角眉梢都是恨"的时候,又何必直说一个"爱"字呢? 看一看、写一写"眼角眉梢"、"心有灵犀"也就够了。

A·C·格雷厄姆很自信地认为:"李商隐爱情诗的意象无论有多少微妙的用典的暗示,无论格律多么复杂多变,也无论历代注家怎样各说不一,却自有它强大而不会受伤害的生命力,产生于深深触动我们的一种主题……它有时在英译文里几乎像在中文原诗里那样热烈动人。"[①]我们当然相信李商隐的爱情诗仅凭其主题便能在喜爱爱情

---

① A·C·格雷厄姆《中国诗的翻译》(张隆溪译),载张隆溪选编《比较文学译文集》,第234页。

诗的西方读者中间找到知音,可是我们也有理由怀疑,如果对于"东风"、"蜡炬"、"春蚕"、"青鸟"等等意象在中国诗歌中的象征意义和联想功能缺乏了解,如果不管中国爱情诗的这种委婉含蓄的表现方式而只理会其主题,则西方读者是否真能通过西语译文获得像中国读者通过中文原诗所获得的那种美妙的感动?

有情安可别

诚如许多汉学家所指出的,中国诗歌中的爱情,不是理想化的、柏拉图式的精神恋爱,而是现实的、灵肉不分的。在中国的爱情诗里,对于情人们来说,比什么都快乐的,只是厮守在一起,而比什么都痛苦的,则是两相分离。因而中国的爱情诗,常常主要是表现相思的苦恼与相见的欢喜的。这种看来"卑之无甚高论"的感情,这种看来缺乏浪漫色彩的感情,其实正是最朴实无华地表现了爱情的本质的。因为据说爱情的本质,"在心理的深层,或许莫如把它理解为'对丧失的恐惧'更为合宜"[①]。"对丧失的恐惧"的反面,则自然是"对得到的欢喜"。而这两个方面,也正构成了中国爱情诗的两大旋律。

在《诗经》的爱情诗中,给我们以最深印象的,恐怕就是相思的苦恼与相见的欢喜这两大旋律的交奏了吧。"未见君子,惄如调饥。""既见君子,不我遐弃。"(《周南·汝

---

① 松浦友久《中国诗歌原理》(孙昌武、郑天刚译),第42页。

坟》）"未见君子，忧心忡忡。亦既见之，亦既觏止，我心则降。"（《召南·草虫》）"未见君子，忧心钦钦。如何如何，忘我实多。"（《秦风·晨风》）"既见君子，云胡不喜！"（《郑风·风雨》）他们会感到相思的日子特别漫长，于是便出现了这样的千古绝唱："一日不见，如三秋兮！"（《王风·采葛》）而在好不容易见面之后，又会高兴得产生一种不知怎么办才好的感觉："今夕何夕，见此良人！子兮子兮，如此良人何！"（《唐风·绸缪》）

在后代的爱情诗里，最常见的主题，仍然还是这种相思的苦恼与相见的欢喜。而且，表现得更多的，往往是相思的苦恼。因为作为爱情之本质的"对丧失的恐惧"，在相思的苦恼中表现得更为明显。所谓"闺怨"诗，所谓"宫怨"诗，说到底，也就是表达相思的苦恼的诗歌，尽管其相思的对象有平民或君王的不同。正是在这一意义上，"闺怨"或"宫怨"诗之成为中国中世爱情诗的主流，便不是偶然的了。

"美人卷珠帘，深坐颦蛾眉。但见泪痕湿，不知心恨谁。"（李白《怨情》）美人心里恨谁诗人不知，我们当然更是无从得知；但是她为相思而苦恼，这我们却是知道的。"打起黄莺儿，莫教枝上啼。啼时惊妾梦，不得到辽西。"（金昌绪《春怨》）相思的苦恼变形为梦中的远寻，所以她要把妨碍梦境的黄莺打走。"嫁得瞿塘贾，朝朝误妾期。早知潮有信，嫁与弄潮儿。"（李益《江南曲》）相思的苦恼激出了无理的胡说，无理的胡说中却正流露出对于相见的渴望。

在相思的苦恼中,最具精神性的爱情表白,也无非就是表示要默默地等待了,哪怕在等待中岁月流逝,青春虚掷。"思君令人老,岁月忽已晚。"(古诗《行行重行行》)"同心而离居,忧伤以终老。"(古诗《涉江采芙蓉》)"思君令人老,轩车来何迟……君亮执高节,贱妾亦何为?"(古诗《冉冉孤生竹》)"此物何足贡?但感别经时。"(古诗《庭中有奇树》)"盈盈一水间,脉脉不得语。"(古诗《迢迢牵牛星》)"上言长相思,下言久别离。置书怀袖中,三岁字不灭。一心抱区区,惧君不识察。"(古诗《孟冬寒气至》)"相去万余里,故人心尚尔。""著以长相思,缘以结不解。以胶投漆中,谁能别离此。"(古诗《客从远方来》)青春与岁月的易逝与可贵他们不是不知道,但是为了所爱的人他们愿意久久地等待。还有什么比这更为朴实动人的爱情表白呢?支持这种久久地等待的行为的,不仅有对于自己爱对方的确信,还有对于对方也爱自己的确信。换言之,正是真正的爱情所应具有的那种相互信任。

在中国的爱情诗中,夫妇与情人有时是很难区别的。因为中国诗歌中所表现的爱情,大都是一种非常日常的朴实的东西,而不是一种理想化的柏拉图式的东西,因而这种爱情既可在情人间出现,也可在夫妇间出现;而不像西方的理想化的柏拉图式的爱情,往往要到日常生活和夫妇关系以外去寻找,而且也只有在那些不同寻常的场合才能找到。

在《诗经》的爱情诗里,就已经很难看出男女关系的性

质了。围绕着是情人还是夫妇,古今学者往往争论不休。后来的很多动人的爱情诗,如《孔雀东南飞》《长恨歌》等,表现的往往是夫妇之间的爱情(唐玄宗与杨贵妃说到底也是夫妇关系),而不是情人之间的爱情;很多有名的悼亡诗,如潘岳的《悼亡诗》,元稹的《遣悲怀》,诉说的往往是对已故妻子的爱情,而不是对已故情人的爱情。

当然,这并不是说中国的爱情诗中没有表现非夫妇的情人关系的,也不是说表现夫妇爱情的一定比表现情人爱情的更为高明,我们的意思只是说,正因为中国的爱情诗中有时很难看出夫妇与情人的区别,也正因为中国的很多动人的爱情诗表现的往往是夫妇之间的爱情,所以说明中国诗歌中所表现的爱情大抵具有日常和朴实的性质。这不仅是中国式爱情的特色,也是中国的爱情诗的特色。

"无情尚不离,有情安可别?"(汉代古绝句)切切实实地在现实生活中相爱,和心爱的人厮守在一起,用默默的等待来度过分别的时光,这就是中国诗人传达给我们的爱情遗训。

卧看牵牛织女星

中国的爱情诗的特点之一,是"闺怨"或"宫怨"诗特别多,占了至少是中世爱情诗的主流。所谓"闺怨"或"宫怨"诗,其基本表现手法是由男性诗人(偶然也有女性诗人)用第三人称客观态度表现女性对于男性的相思的苦恼。据松浦友久说:"这在比较诗史上看只是个特殊情况,或算作是支流,但在中国诗史上却是典型现象乃至是主流。这个事实,象征着中国对诗歌的认识和性爱认识在方式上的某种特色。日本的和歌和俳句多受中国诗歌的影响,但仅有极小部分受到这种手法的影响。"①可见这是中国的爱情诗的一种独特的表现方式。

中国的爱情诗的这种表现方式,在本国并未引起太多的注意,但在海外汉学界却受到了较为广泛的关注,而且批评意见往往要多于肯定意见。批评大抵集中在这样一个方面:爱情既然是男女双方的事,则中国诗人为什么只用第三人称客观态度表现女子对男子的爱情,而不直接用第一人称主观态度表现男子对女子的爱情呢?

对于中国的爱情诗的这种表现方式的批评,往往是基于如松浦友久所说的其在比较诗史上只算是特殊情况和支流这一点而发生的。换言之,因为其他各种诗歌都以第一人称主观态度表达男性对女性或女性对男性的爱情,所以东西汉学家们才认为中国的爱情诗的这种表现方式是不正统的。

但是,并不能仅用一种标准来衡量爱情诗的价值,尤其不能用适用于大多数诗歌的标准来衡量中国的爱情诗。从诗歌艺术本身的角度来看,在第三人称客观态度与第一人称主观态度之间,在诗人用自己的性别抑或用异性的性别发言之间,都并无高低之分。关键还是要看诗歌中的感

① 松浦友久《中国诗歌原理》(孙昌武、郑天刚译),第43页。

情本身是否深沉,表现本身是否动人。

正是在这一点上,中国诗人认为,像目前这种方式,也许最适合中国的爱情诗表现中国式的爱情,至少在传统诗歌中是如此。因为如上所述,中国诗歌中所表现的爱情的主要内容,常常是夫妇或情人之间的相思的苦恼与相见的欢喜,而不像西方诗歌那样往往是理想化的柏拉图式的精神恋爱。比起从男性的角度来,正是从女性的角度,这种相思的苦恼与相见的欢喜,往往能得到更生动更真切的表现。爱情的内容与表达的方式,正是这样相辅相成地密切相关的。

其次,以男性诗人为创作主体的传统诗歌,可以说是一种男性诗歌。在这种男性诗歌中,无论是像西方诗歌那样表现男性对于女性的爱情,或是像中国诗歌那样表现女性对于男性的爱情,其实在本质上都并无不同,表达的都是男性的观点。在此意义上,表现男性观点的成功与否成了主要的问题,而表现角度则反而成了次要的问题。

因而,从塑造成功了"那美的、可爱的、被动的、偏偏又对爱的可能性没有绝望而持续期待的存在——闺怨的女性形象……至少对男性来说,这也许应该说是异质的因而是富于魅力的女性形象的永远不变的典型之一"①来看,可以说中国的爱情诗的这种表现方式曾经是成功的,至少作为男性的爱情诗——不幸它占了迄今为止各种爱情诗的主要部分——在表现男性观点上是成功的。同时,在表现角度

---

① 松浦友久《中国诗歌原理》(孙昌武、郑天刚译),第59页。

方面,正因为它和其他诗歌形成了互补关系,从而也使它在世界诗歌中足以成为一种不可缺少的存在。

正是在这些方面,中国的爱情诗不仅表现出了自己的特色(相对于其他诗歌的主流表现形式而言),而且也表现出了自己的智慧。当我们读到下面这样的诗歌时,我们的确是很难指责中国的爱情诗的这种独特的表现方式的:"银烛秋光冷画屏,轻罗小扇扑流萤。天街夜色凉如水,卧看牵牛织女星。"(杜牧《秋夕》)"玉阶生白露,夜久侵罗袜。却下水精帘,玲珑望秋月。"(李白《玉阶怨》)如果东西汉学家们从这样的诗歌中感受不到爱情意味的话,那么他们当然就会认为中国诗中缺乏爱情诗的传统了。可是大多数中国读者大概都会为这样的诗歌而感动,因为其中存在着某种深深触动他们心灵的东西,也就是一般称之为爱情的东西。这种中国式的爱情对于西方读者来说也许过于隐微,但对于中国读者来说却是确实存在的。

当然,即使是中国读者,依据性别的不同,反应也会有所不同。男性读者从中辨认出一个可爱的女性,而女性读者则从中看到了自己的影子。但这也正是这种表现方式的卓越之处之一:它具有同时打动男女两性读者的力量。当然,更受这种爱情诗吸引的,无疑还是男性读者。

那么,到底应该按照西方或占主流地位的爱情诗的概念,把中国的这种爱情诗剔出爱情诗的范围呢? 抑或是应该用中国的这种爱情诗,来丰富西方或占主流地位的爱情诗的概念呢? 这我们想是不难回答的。

第十一章 生活观的智慧

中国人是世界上最热爱生活的民族之一,中国诗人又是世界上最擅长表现对于生活的热爱的诗人。

中国曾经历过几千年的漫长的农耕社会,中国诗歌主要便是在这样的社会中孕育出来的。

农耕社会的生活节奏是悠闲的,生活气氛是平和的。在这样的节奏和气氛中孕育出来的中国诗人的生活观念,也是悠闲与平和的。

在这种悠闲与平和的生活观念的指导下,中国诗人发现了日常生活中的种种生趣与美丽,这是其他国家的诗歌中很少见到的。

在现代社会中,这种来源于农耕社会的悠闲与平和的生活,久已成为失落了的东西。这当然是由于工业文明带来的进步所造成的,但新的进步往往是以旧的失落为代价的。

对于这种失落了的悠闲与平和的生活,现代人常常抱着乡愁般的眷恋。否则就很难解释,为什么中国诗歌中一些田园牧歌式的作品,在现代仍然能够引起广泛的共鸣。

不过,历史并没有中断。在现代人的生活中,还不时闪现出这种悠闲与平和的生活的影子。这也许是中国诗歌中那些田园牧歌式作品仍然能够引起广泛共鸣的又一个原因。

在对已经失落了的悠闲与平和生活的眷恋和对它不时闪现的影子的喜爱之外,是否还有一种对未来更多的失落的忧虑?

当生活越来越走向现代化的时候,人们是否反而会增添对于过去的悠闲与平和生活的乡愁?是否会更加羡慕中国诗歌中所表现的悠闲与平和的生活?

也许,中国诗歌中所表现的这种悠闲与平和的生活观念,并不一定只是落后的、应该抛弃的东西,其中也蕴含着对于现代人仍有用处的教训和启示。

在发达国家的人们越来越强烈地渴望回到自然,渴望享受闲暇,渴望支配时间的呼唤中,我们不是可以听到中国诗人这种悠闲与平和的生活观念的遥远回声吗?

悠然见南山

"中国人认为只有在自然中,才有安居之地;只有在自然中,才存在着真正的美。"①这是一个日本汉学家经过长

---

① 小尾郊一《中国文学中所表现的自然与自然观》(邵毅平译),上海,上海古籍出版社,1989年版,第1页。

期研究以后得出的结论,它指出了中国人贡献给人类生活的一条充满睿智的教训。

中国诗人中有一些人,比如像陶渊明,千百年来一直吸引着人们。其奥秘之所在,就是因为他们在生活中恪守着上述教训,在诗歌中倾诉着上述教训。

尽管自鲁迅以来,学者们一直在提醒人们,不要忘了像陶渊明这样的田园诗人还有"怒目金刚"的一面,可是陶渊明最受人喜爱的,毕竟还是他的田园诗,也就是歌唱人类应该在自然中生活的诗歌。

陶渊明的下面这首诗,无疑是最受人喜爱的中国诗歌中的一首:"结庐在人境,而无车马喧。问君何能尔,心远地自偏。采菊东篱下,悠然见南山。山气日夕佳,飞鸟相与还。此中有真意,欲辨已忘言。"(《饮酒》其五)

这首诗如果让学者们解说起来,也许会变得很复杂,比如"见南山"一作"望南山","见"和"望"有什么区别,各自反映了什么样的世界观,"真意"到底是什么意思,等等。可是,这首诗所要表达的基本意思,说来其实也很简单,那就是本文开头所引的那两句话。所谓"真意",也就是这么个意思罢了。

陶渊明的这首诗,不仅受到中国人的喜爱,也受到东亚各国人的喜爱。这是因为东亚各国都曾有过与中国类似的对于生活与自然关系的看法。石川忠久的《汉诗的世界》一书介绍说,夏目漱石在《草枕》中曾引了陶渊明这首诗,认为它表现了东洋心情悠闲的诗境①。说的便是"东洋",而不仅是中国。

具有与陶渊明类似想法的中国诗人真是太多了,在此我们仅举几个例子。如左思的著名的《招隐》诗:"非必丝与竹,山水有清音……踌躇足力烦,聊欲投吾簪。"韦应物的《东郊》诗:"吏舍跼终年,出郊旷清曙……终罢斯结庐,慕陶直可庶。"柳宗元的《溪居》诗:"久为簪组累,幸此南夷谪。闲依农圃邻,偶似山林客。"都表示了对于官职之束缚的厌倦,对于在自然中生活的向往。

保尔·戴密微指出:"有文学修养的官员们可以问心无愧地在诗歌中寻找回归大自然的途径,他们在大自然中歌唱礼仪和知性的解脱。因此这样的重返乡野题材非常多,退休的达官贵人在祖先们长眠的故土里,脱下官服穿上农民的粗布衣,唱起下里巴人的曲调。"②

人类本来就是生活在自然中的,但是随着文明的进步,却慢慢地远离自然了。这当然带来了很多的方便,但也带来了不少的问题。现在很多发达国家的人们,视在自然中度过节假日为最佳选择和最高享受,反映了"一切人为文明都不能代替自然所给予人的满足感"这一真理。而中国诗人乃是最懂得此道的,也是最早歌唱此道的。

---

① 见石川忠久《汉诗の世界:そのこころと味わい》,东京,大修馆书店,1975年版,第 14 页。

② 保尔·戴密微《中国古诗概论》(杨剑译),载钱林森编《牧女与蚕娘》,第 54 页。

当我们在挥汗如雨的盛夏,偶尔读到李白的下面这首《夏日山中》诗:"懒摇白羽扇,裸袒青林中。脱巾挂石壁,露顶洒松风。"我们不是会感到这种境界的诱惑,要远远超过所有的电风扇和空调机吗?

夜雨剪春韭

中国诗人喜欢在自然中生活,他们有时候把这称为"隐逸"。正因如此,所以陶渊明既被称为田园诗人,又被视为隐逸诗人。可所谓"隐逸"的意思,仅仅是指回避世俗的种种麻烦,而并不是指过与世隔绝的生活。

因而,中国诗人喜欢在自然中生活,并不妨碍他们与家人在一起享受天伦之乐。孩子们的缭绕膝下,被视为人生的乐事之一。比如陶渊明《和郭主簿》诗的"弱子戏我侧,学语未成音。此事真复乐,聊用忘华簪",又如鲍照《拟行路难》诗其六的"弃檄罢官去,还家自休息。朝出与亲辞,暮还在亲侧。弄儿床前戏,看妇机中织",都描写了家庭生活的快乐,流露出浓厚的人情味。

中国诗人喜欢在自然中生活,也并不拒绝充满温情的人际交往。毋宁说,他们把充满温情的人际交往,看作是非常符合自然的生活内容之一。比如陶渊明在农村里,便经常与邻人朋友往来。他们有时候讨论庄稼的长势:"时复墟曲中,披草共来往。相见无杂言,但道桑麻长。"(《归园田居》其二)有时候一起闲聊:"过门更相呼,有酒斟酌之……相思则披衣,言笑无厌时。"(《移居》其二)有时候一起讨论文章的得失："邻曲时时来,抗言谈在昔。奇文共欣赏,疑义相与析。"(《移居》其一)有时候一起出去野餐："今日天气佳,清吹与鸣弹……清歌散新声,绿酒开芳颜。"(《诸人共游周家墓柏下》)这种人际往来,往往是回避利害关系,没有功利目的的。

在中国人和中国诗人所注重的人际往来中,最具有中国式的人情味的,大概要算是请客吃饭了。当然,像曹植《箜篌引》描写的那种"置酒高殿上,亲交从我游。中厨办丰膳,烹羊宰肥牛"式的盛宴也是很诱人的,但真正具有人情味的请客吃饭,却并不需要山珍海味,而只要有家常蔬果就行了。因为主人待客的诚意,朋友相聚的快乐,才是更为重要的东西。在农耕社会中,尤其是以自己种的蔬菜、自己养的鸡鸭、自己酿的米酒、自己舂的新米来招待客人,是最有滋味也最富情意的。

比如当杜甫的朋友"问答未及已,儿女罗酒浆。夜雨剪春韭,新炊间黄粱"(《赠卫八处士》)时,我们不是一面为其中所表现的中国式的温厚人情,一面又为其中所描写的家常饭菜的新鲜美味所吸引吗?而杜甫自己招待客人,也不过是"盘飧市远无兼味,樽酒家贫只旧醅"(《客至》)而已,但是主人待客的一片真情厚意,也就蕴含于这些家常饭菜之中了。吕本中《兵乱后杂诗》的"客来缺佳致,亲为摘山蔬",沈约《休沐寄怀》诗的"爨熟寒蔬荐,宾来春蚁浮",都表现了类似的情趣。

埃尔韦·圣·德尼认为,唐诗中一些表现朋友聚会的

诗歌,最好地表现了中国诗人的生活观念。比如像孟浩然的《过故人庄》诗:"故人具鸡黍,邀我至田家。绿树村边合,青山郭外斜。开轩面场圃,把酒话桑麻。待到重阳日,还来就菊花。"他认为这是一首充满魅力的诗歌:"朋友相约来年秋天一同赏花,要想象一幅比这更加宁静的画图不是很困难的吗?"①吸引这位法国汉学家的,正是中国诗歌中那种有关人际交往的充满温情的描写。

在中国诗人的生活观念中,与在自然中生活一样重要的,是重视充满温情的人际交往这一条。回避了利害关系的人际交往,也是自然关系的一个组成部分。在充满温情的人际交往中生活,也是充分享受生活的必要前提。

中国诗人的这一条生活教训,无疑是来自于重视人际关系的中国传统观念的。这种传统观念即使在今天也仍未失去其影响力。因而,当我们今天重温这些诗歌时,便会感到异常的亲切。即使在今天的社会中,朋友之间、家人之间、邻里之间、同学之间的关系,也仍然是人们最为重视的关系。而那节假日的互相招饮,也仍然是那么地充满诱惑。

拄杖无时夜叩门

中国诗人对于人际交往既是如此重视,那就不难理解,为什么他们把朋友来访或去看望朋友看作是最愉快的

---

① 埃尔韦·圣·德尼《中国的诗歌艺术》(邱海婴译),载钱林森编《牧女与蚕娘》,第 28 页。

事情之一。不过,我们不要把这种互相访问看作是一种出于利害考虑或义务观念的行为,他们所看重的其实只是"兴致"而不是"效果"。甚至连互相访问有利于促进相互关系这样的念头,在中国诗人看来也是不应该产生的。

《世说新语·任诞》中有一个有名的故事:住在山阴的王子猷,有一天夜里忽然想起了住在剡溪的朋友戴安道,于是就连夜乘小船去看他。经过整整一个晚上,已到了朋友的家门口,王子猷忽然又要返航了。人们问他为何如此,他回答说:我本来是乘着兴致而来,而现在兴致已经尽了,又何必再去见朋友呢!("吾本乘兴而行,兴尽而返,何必见戴?")

在这个故事中,蕴含着一个可以看作是中国人和中国诗人所看重的人际交往重要原则的东西,那就是凭"兴致"交往的原则。

中国诗人讲究的是"兴致"。如果没有兴致,他便不去朋友那里;如果兴致来了,他便马上就去。因而很自然的,他们喜欢做不速之客。我们看陆游去某村游玩,喜欢上了那儿的人情风俗,于是提出"从今若许闲乘月,拄杖无时夜叩门"(《游山西村》),便可明白"无时",也就是随时,在访问朋友时是多么重要。因为兴致是说来就来、说去就去的,并不能事先拟定计划或排定日程。

因为是凭兴致去看望朋友,所以只要有兴致,路途遥远倒是没有什么关系的。比如陆游去的那个村庄,便好像是比较远的:"山重水复疑无路,柳暗花明又一村。"雪夜访

戴的王子猷,竟乘了一夜的船,也足见路途的遥远。

古人没有现代化交通工具,除了乘船骑马以外,大抵只能靠两条腿。然而也正因如此,他们也就没有了现代人挤车或塞车的苦恼,更不会因此而败坏了看朋友的兴致。尤其是当景色秀丽、时和气清时,他们还可沿途欣赏自然景色,更增添了访友的兴致和乐趣。比如王子猷是雪夜行舟,陆游想要"乘月"而往,好兴致便都是与好景致分不开的。高启的下面这首诗,更典型地说明了这一点:"渡水复渡水,看花还看花。春风江上路,不觉到君家。"(《寻胡隐君》)诗人那天赶的路不算少,但因为既兴致勃勃,又时和气清,因而也就不知不觉地到了朋友的家门口了。

但是,讲究兴致而又兼带沿途赏景的访友形式,有时也会带来出人意料的结果。一种是兴致忽然而来,又忽然而去,于是兴来而往,兴尽而返。王子猷雪夜访戴便是这样。另一种是贪看了路上的风景,"情随事迁"(《兰亭集序》),却把原来的访友目的给忘了,于是又没去成。如果这次访问本来便是乘兴而往,并没有事先约定倒还没什么,否则就要让朋友白白地苦等了。比如苏轼在《和陶归园田居六首》其三中就公然宣称:"步从父老语,有约吾敢违!"为了自己路上和父老谈话谈得起劲,竟然连约会也可以不管了。

当然,这种乘兴而往的访友方式,有时候对访问者也有不利。因为没有事先约好,所以扑空在所难免。不过,诗人们对此似乎早有准备,所以即使扑空也毫无怨言。不仅毫无怨言,而且似乎反而感到别有情趣。以致在中国诗歌中,竟然发展出了一种"访某某不遇"的题材。

比如,贾岛的《寻隐者不遇》诗,便是其中著名的一首:"松下问童子,言师采药去。只在此山中,云深不知处。"据说诗人主要是要表现隐者的高洁,但其实同样也表现了诗人的兴致。又如窦巩的《寻道者所隐不遇》,也是一首这样的诗:"篱外涓涓涧水流,槿花半点夕阳收。欲题名字知相访,又恐芭蕉不奈秋。"从最后一句来看,主人大概出去已很久了,而且可能有得不回来了,可这并未妨碍诗人访问的兴致。当然,不仅访隐者常常是不遇的,访一般朋友也往往如此。如韦应物的《休暇日访王侍御不遇》诗:"九日驱驰一日闲,寻君不遇又空还。"

在访友不遇时,他们仍然兴致勃勃地观看周围的自然景色,认为这已足以补偿不遇的遗憾。如丘为《寻西山隐者不遇》诗便是如此:"草色新雨中,松声晚窗里。及兹契幽绝,自足荡心耳。虽无宾主意,颇得清净理。兴尽方下山,何必待之子。"

对于这类诗歌题材,石川忠久视为"中国诗的独特的世界","这种趣味的发现,可以说是诗歌世界的一个发展"[1]。虽然他仅是就访隐者不遇颇符合隐者身份这个角度而说的,可我们却认为,这话应在中国诗人从访友不遇中感到别有情趣这个方面也很合适。

---

[1] 石川忠久《汉诗の风景:ことばとこころ》,第156页。

　　从被访者方面说来,首先,他对于朋友乘兴而来而自己又不在家这一情况是无须负什么责任的,因为他本来就没有义务为了朋友们那飘忽的兴致而在家里"守株待兔"。比如,像南朝诗人范云的《赠张徐州谡》诗,写因自己外出而朋友来访不遇:"田家樵采去,薄暮方来归。还闻稚子说,有客款柴扉。"其中诗人也只是感谢故人来访的情谊,而并不感到自己有什么失敬的地方。

　　但是,由于被访者自己也颇得乘兴访友之乐趣,因而每当遇到良辰美景的时候,从自己想要访友的心理类推,便自然会产生"也许有朋友会来一游"的念头。所以王维就劝朋友:"好客多乘月,应门莫上关。"(《登裴迪秀才小台作》)据说这是上引陆游两句诗的出典。说起来,既然有陆游那样的"从今若许闲乘月,拄杖无时夜叩门"的客人,自然就应该有"好客多乘月,应门莫上关"的主人。

　　同时,正因为朋友是经常会乘兴来访的,所以中国诗人也往往会在并无约定的情况下,在意识深处有意无意地期待着朋友,尤其是知心朋友的不速之访。比如陈师道视"客有可人期不来"(《绝句》)为人生憾事之一,便反映了等不到知心朋友的失望。其中的"期"可以作"约定"解,也可以作"期望"解,如是后者,便是我们如上所说心理的表现了。

　　不过,如是前者,则中国诗人照例也是不会怪罪朋友的。因为也许说好要来访的朋友路上遇到了更快乐的事情,比如和"父老"或"村叟"谈话谈得投机,又或者已经兴尽而返。而无论是哪一种情况,都是可以谅解的,虽说焦急也是难免的。比如在赵师秀的下面这首《有约》诗中,便反映了对于朋友失约既焦急又宽容的心情:"黄梅时节家家雨,青草池塘处处蛙。有约不来过夜半,闲敲棋子落灯花。"有"有约吾敢违"的客人,也就自然会有"闲敲棋子落灯花"的主人了。

从上述这些中国诗人对待访友或约会的态度中,颇可看出他们对于生活的充满睿智的看法。在他们看来,以"兴致"会友,比以"功利"会友,更是人生的要事。因为后者是为了利害关系的需要,前者则只是为了趣味相投的需要。他们认为,只有通过前者,才能更好地享受人生。无论是兴来还是兴尽,访着还是不遇,违约还是期友,中国诗人都能从中发现生活的乐趣和温厚的人情。这不能不说是一种颇富魅力的生活态度。我们现代人往往是"活得匆忙,来不及感受",看起来抓紧时间,但与古代诗人相比,谁又更懂得利用时间和享受人生呢?

春眠不觉晓

农耕社会的生活节奏是悠闲的,气氛是平和的。中国诗人在这样的社会中,学会了享受悠闲与平和的生活,从中发现种种乐趣,并形诸美妙的诗歌。在他们发现的生活乐趣中,就包括睡眠的乐趣。他们能根据不同的季节与环境,从不同的角度来享受睡眠。

春宵是不适于睡觉的。因为正如苏轼的《春夜》诗所

说的:"春宵一刻值千金,花有清香月有阴。"又如王安石的《夜直》诗所说的:"春色恼人眠不得,月移花影上栏干。"又如金代诗人吕中孚的《春月》诗所说的:"好是夜阑人不寐,半庭寒影在梨花。"一刻千金的良宵是不能错过的。

但是春晨却适于睡觉。这不仅是因为春宵常常晚睡,而且也是因为春晨常伴有一种慵倦的氛围。而在春晨醒来之后,最要紧的不是马上起床,而是稍卧片刻,静听百鸟啭鸣的美妙声音。因为在一年四季的早晨中,也只有这个时候最为热闹。这便是孟浩然那首著名的《春晓》诗所表现的情趣和意境:"春眠不觉晓,处处闻啼鸟。夜来风雨声,花落知多少。"此诗之所以成为千古绝唱,大概是因为表现了两个令人神往之处:一是在春晨睡了一个踏实的早觉,神志清醒而精神愉快;二是睡醒后听到的是百鸟的啭鸣,而又并不急于起来。欧阳修的《啼鸟》诗也表现了类似的情趣与意境:"南窗睡多春正美,百舌未晓催天明。"不过他的口气中故意带上了一点嗔怪。

这种春晨早觉的美妙,为古代诗人所稔知,但是对生活在城市中的现代人来说,却似乎是一种很难享受到的乐趣。因为不仅我们醒来后听到的常常只是嘈杂的市声,而且我们还常常是在睡意方酣时被闹钟的铃声吵醒的。

春天适于卧听的是早晨的鸟鸣,秋天适于卧听的则是夜半的雨声。因为早晨的鸟鸣是代表春天的声音,夜半的雨声则是代表秋天的声音。春雨当然也很美妙,陆游就曾写过"小楼一夜听春雨,深巷明朝卖杏花"(《临安春雨初雾》)的名句。可是秋雨更给人以典型的秋意阑珊之感,可以引发诗人无穷的诗情,尤其是夜晚在枕上卧听的时候,尤其是雨声打在残荷枯竹上的时候。比如陆游的《枕上闻急雨》诗,便发现了秋夜卧听雨声的美妙:"枕上雨声如许奇,残荷丛竹共催诗。"为了卧听这种美妙的雨声,诗人还有意把残荷之类保留起来,如李商隐的"留得枯荷听雨声"(《宿骆氏亭寄怀崔雍崔衮》),便表现了这种情趣。这种秋夜卧听雨声的情趣,如果没有闲适的心境,恐怕也是难以享受到的。

中国诗人认为,夏天里最美妙的乃是午睡以及午睡醒来的那份惬意。人类夏日午睡的习惯据说始于原始时期,那时所有的动物为了避开夏日中午炎热的太阳的伤害,就用午睡来保护自己,人类也是这样。现代医学已经证明了夏日午睡对于健康的益处。这种有益的习惯,在现在还部分保存着,可是也已日益为工业文明所驱逐了。

中国诗人深得夏日午睡之三昧,他们的诗歌对此作了美妙的表现。以致使我们觉得,即使为了他们所表现的那种美妙的午睡,夏日的炎热酷暑也是很有必要存在的。他们把夏日午睡发展成了一种生活艺术,并使之成为一种富有魅力的诗歌题材。

陶渊明是这样表现夏日午睡的艺术的:"常言:五六月中,北窗下卧,遇凉风暂至,自谓是羲皇上人。"(《与子俨等疏》)也就是说,午睡的地点应选择在北窗之下,因为这里在中午没有日照。文徵明认为夏日午睡醒来最要紧的是来杯上好的香茗,以补充午睡时因出汗而丧失的水分:"睡起北窗修茗供,月团香细石泉新。"(《伏日》)柳宗元喜欢享受夏日午睡醒来时的那份宁静:"南州溽暑醉如酒,隐几熟眠开北牖。日午独觉无余声,山童隔竹敲茶臼。"(《夏昼偶作》)苏舜钦喜欢享受夏日午睡醒来时的自然景色:"别院深深夏簟清,石榴开遍透帘明。树阴满地日当午,梦觉流莺时一声。"(《夏意》)杨万里喜欢享受夏日午睡醒来后的慵倦情思:"梅子留酸软齿牙,芭蕉分绿与窗纱。日长睡起无情思,闲看儿童捉柳花。"(《闲居初夏午睡起》)夏日午睡的种种美妙之处,在中国诗人的笔下被表现得如此令人神往。

冬日睡觉的最美妙之处,当然是早晨睡醒后的拥衾不起了。白居易的下面这首诗之所以脍炙人口,恐怕也正是因为表现了这种乐趣:"日高睡足犹慵起,小阁重衾不怕寒。遗爱寺钟欹枕听,香炉峰雪拨帘看。"(《香炉峰下新卜山居草堂初成偶题东壁》五首其四)。这首诗在平安时代的日本一度非常流行,主要便是因为第三第四句所表现的冬日早晨拥衾听钟与拨帘看雪的情趣,深深地打动了平安文人的心灵。

以上种种关于睡眠的乐趣的表现,透露了中国诗人热爱生活的意识和享受生活的智慧。当工业文明使现代人不断远离自然的时候,也使他们不断远离接近自然的睡眠,这是非常令人遗憾的。如果有机会重新接近自然,重新回到自然中生活(哪怕仅仅是节假日也好),让我们别忘

记去体验一下中国诗人所表现的接近自然的睡眠的种种
乐趣。

劝君更尽一杯酒

酒有种种功用,它可以佐餐,可以解忧,可以作乐,可
以助兴,可以宣泄,可以陶醉。即从酒的这种种功用也可
以看出,酒不仅仅是一种饮料,也是一种文化现象。

既然是文化现象,那么中西诗人对酒会有不同的态
度,便也就是可以理解的了。比如保尔·戴密微就曾指
出:"在中国,这类题材(毅平按:指酒醉题材)是一种带有
阴郁色彩的遁世的题材,它不是采用贺拉斯的笔法,而是
采用波斯诗人的笔法来抒写的(也有可能波斯诗人的笔法
是来自中国),如'欢乐苦短,忧愁实多。如何尊酒,日往烟
萝。'这是9世纪的诗人司空图在其《诗品》中对这类题材
的特征所作的说明。"①在诸如曹操、陶渊明、李白等人的诗
歌中,纵饮常常成为及时行乐的代名词。

不过,我们在此想说的,是中国诗人对饮酒的另一种
态度,那就是把酒看作是促进人际交往之物的态度。这与
西方所谓的酒神精神,即强调醉酒时的身心放纵和精神昂
扬的境界,可以说是完全不同的。正是在这一点上,可以
看到中西诗人对于酒的态度的另一种差异。

早在《诗经》里,诗人便一再唱道:"我有旨酒,以燕乐

---

① 保尔·戴密微《中国古诗概论》(杨剑译),载钱林森编《牧女与蚕娘》,第59
页。

嘉宾之心！"（《小雅·鹿鸣》）表示要以酒来让客人高兴。古别诗说："我有一樽酒，欲以赠远人。愿子留斟酌，叙此平生亲。""独有盈觞酒，与子结绸缪。"也是要用酒来增进友情。

在喜欢自然与热爱人生的陶渊明的诗中，这样的表现就更多了。如与邻里一起喝酒："过门更相呼，有酒斟酌之。"（《移居》其二）接受朋友充满好意的赠酒："清晨闻叩门，倒裳往自开。问子为谁欤？田父有好怀。壶浆远见候，疑我与时乖。"（《饮酒》其九）与朋友一起在自然中饮酒，进入消除人己差别的陶然境界："故人赏我趣，挈壶相与至。班荆坐松下，数斟已复醉。父老杂乱言，觞酌失行次。不觉知有我，安知物为贵。悠悠迷所留，酒中有深味。"（《饮酒》其十四）与朋友邻居作长夜之饮："漉我新熟酒，只鸡招近局。日入室中闇，荆薪代明烛。欢来苦夕短，已复至天旭。"（《归园田居》其五）可以认为，正是这种互相招饮的生活，使陶渊明感受到农村生活的充实与人情的温厚。

松浦友久认为："除了一对一的对酌以外，还有许多人一起饮酒的情况。这时，总会有某种大家所共有的酩酊感觉的心理，在起着一定作用。古来，描写饮酒场面的名著，都是准确地把握了这方面的心理的。"[①]这正是饮酒之所以能促进人际交往的原因，因为饮酒与酒醉带来了一种群体

---

① 松浦友久《李白——诗歌及其内在心象》（张守惠译），第105～106页。

的协调感。

群饮会产生群体的协调感,对酌也会产生两人之间的亲密感。比如像在李白的《山中与幽人对酌》诗中,李白与"幽人"的相知相亲,正是通过"酒逢知己千杯少"的对饮与酒醉后不拘常礼的境界来实现的:"两人对酌山花开,一杯一杯复一杯。我醉欲眠君且去,明朝有意抱琴来。"酒醉后的不拘常礼,正说明对朋友的尊重与亲密;而酒醉的有助于摆脱常礼,也正说明酒在促进人际交往方面的重要作用。

这正如松浦友久指出的:"饮酒的心理中,一般都带有某种怀念故人的心情。对酌的好处,便是能和这种心情直接联系起来;互相之间,你给我酌酒,我又给你酌酒,这种动作,体现着一个朴实的愿望,就是把自己的酩酊感觉,通过杯中的酒,传达给对方,使对方也有和自己同样的感受。"[1]相互的距离,就是这样缩短的,相互的感情,也就是这样增进的。"我醉君复乐,陶然共忘机。"(李白《下终南山过斛斯山人宿置酒》)

这样也就不难理解,为什么在朋友远行时,劝酒是最好的表示惜别的方法了。因为在劝酒时,那依依惜别的感情,便也随着酒一同传了过去,使对方感到了友情的温暖。比如王维那首著名的《送元二使安西》诗便是如此:"渭城朝雨浥轻尘,客舍青青柳色新。劝君更尽一杯酒,西出阳

---

[1]　松浦友久《李白——诗歌及其内在心象》(张守惠译),第105页。

关无故人。"诗人是以"西出阳关无故人"的理由,来劝朋友
"更尽一杯酒"的,因为酒代表了朋友间的情意。同样,于
武陵的《劝酒》诗亦是如此:"劝君金屈卮,满酌不须辞。花
发多风雨,人生足别离。"因为人生有别离之苦,所以朋友
才来劝酒。直到今天,亲朋好友在离别时,还常常要用劝
酒来表达友情,认为这样友情将随着劝酒的回忆,伴随友
人度过今后的孤独日子。

正因为酒有这种促进人际交往的功能,因而,招饮在
中国被视为一种友好的表示。描写这种内容的诗篇,常常
流露出浓厚的人情味。比如白居易的《招东邻》诗:"小榼
二升酒,新簟六尺床。能来夜话否? 池畔欲秋凉。"又如其
《问刘十九》诗:"绿蚁新醅酒,红泥小火炉。晚来天欲雪,
能饮一杯无?"便都因此而成了脍炙人口的名篇。

酒在中国人的日常生活中具有如此重要的促进人际
交往的功用,而中国诗人又是很懂得酒的这种功用的,因
而他们的诗歌既表现出他们对于这种功用的深刻理解,同
时又作为中国人的生活及人情的反映,给后人留下了无穷
的甘美回忆。

自然与超自然篇

第十二章

自然观的智慧

　　自然可以说是中国诗歌中最重要的主题之一。早在
19世纪,C·昂博尔·于阿里便用富于诗意的笔触表达了
他对此的深刻印象:"中国人喜爱自然:他们喜欢对着鲜花
凝视,对着白雪沉思,对着云彩遐想;喜欢迎(沿)着溪畔河
岸漫步;爱看流水翻腾,游鱼嬉戏,他们喜欢爬上山岗,尽
享美景;爱在青竹翠柳下畅饮,倾听鸟儿在枝头喁啾
鸣叫。"①

　　在20世纪关于中国文学中的自然与自然观的杰出研
究之一中,小尾郊一得出了这样的结论:"无论在东方还是
在西方,文学与自然之间都存在着极为密切的关系。尤其
是在中国,这种关系更为紧密。这么说决非过言:自古以
来,中国文学很少不谈到自然的,中国文人极少不歌唱自
然的。纵观整个中国文学,我们可以发现,中国人认为只
有在自然中,才有安居之地;只有在自然中,才存在着真正

①　C·昂博尔·于阿里《中国古典诗歌的三个时期》(钱林森译),载钱林森编
　　《牧女与蚕娘》,第32页。

的美。"①

以上,只不过是众多类似意见中有代表性的两家的看法,但我们已可明白,中国人的爱好自然,中国文学的擅长表现自然,已让东西汉学家们留下了多么深刻的印象。

东西汉学家们的上述看法并不仅仅是夸张过誉之词。在西方诗歌中,虽说作为自然引子的自然(即自然不是作为独立的表现主题,而仅仅是作为抒情叙事的辅助手段)早已出现,但作为单独被注意到感受到的整体风景的自然,却是直到 18 世纪的抒情诗中才开始出现的②,至 19 世纪的浪漫主义诗歌而蔚成风气;而早在六朝时代,中国诗人就已经把自然当作独立的审美对象,来感受和表现它的美丽了,这比西方诗歌早了一千多年。

不仅是相对于西方诗歌,而且在整个世界诗歌史上,中国诗歌都以自然意识的发达之早著称。同样伟大的印度诗歌传统,在这一点上也不能和中国诗歌相比。其他东亚诗歌尽管自然意识也发达甚早,但比起中国诗歌来还是要晚得多,而且受了中国诗歌的影响也未可知。

不仅在自然意识的发达迟早方面,而且在自然意识的具体内容方面,中西诗歌也形成了很大的差别。其最重要的差别之一,是西方诗人常常把自然看作是与人生对立的东西,而中国诗人则常常把自然看作是与人生同一的东

---

① 小尾郊一《中国文学中所表现的自然与自然观》(邵毅平译),第 1 页。
② 诺伯特·麦克伦布克《自然抒情诗与社会》,转引自 W·顾彬《中国文人的自然观》(马树德译),第 1 页。

西。也就是如刘若愚所说的："自然与人生的关系在中国诗歌中正如在中国哲学中一样,是极为重要的。大部分中国诗人视人生为自然的一部分。"①

中西诗人的这种自然意识的不同,与中西哲学思想的不同有关。西方哲学强调的是人与自然的分离,而"中国的哲学总是强调那些能把人生和自然界的生命连接起来的关系"②。"在古代中国,人与宇宙抗衡是不可想象的。天、地和人是合为完美的三位一体的。"③这正是中国诗人所强调的自然与人生同一的自然意识背后的哲学基础。

在很长一个历史时期里,自然在西方人眼里只是科学的对象,体育的对象,而不像在中国人眼里那样是诗歌的对象,绘画的对象。科学与体育的目的都是为了征服自然,前者用智慧,后者用体力;而诗歌与绘画的目的都是为了欣赏自然,前者用语言,后者用画笔。所以西方产生了许多伟大的地质科学家和优秀的登山运动员,而在中国则产生了许多优秀的山水诗人和山水画家。"为什么我们西方的诗和画却没有从山那里酿就出可与中国的山水艺术相媲美的伟大艺术呢?"④其原因即在于西方的自然意识与中国不同,因而其对自然的态度也与中国不同。

---

① 刘若愚《中国文学艺术精华》(王镇远译),第 3 页。
② 保尔·戴密微《中国古诗概论》(杨剑译),载钱林森编《牧女与蚕娘》,第 52 页。
③ 保尔·戴密微《中国文学艺术中的山岳》(邱海婴译),载钱林森编《牧女与蚕娘》,第 91 页。
④ 保尔·戴密微《中国文学艺术中的山岳》(邱海婴译),载钱林森编《牧女与蚕娘》,第 101 页。

　　正是由于这种自然意识的差异，所以即使在西方诗歌中出现了自然描写以后，其表现自然美的方法也与中国诗歌不同。在西方诗人那里，自然本身是没有生命的，有赖于诗人的心智投入才会活动起来；而在中国诗人那里，自然本身是有生命的，人类的生命也不过是自然的生命的一部分。西方的诗人"一再怀疑自然山水本身的不能自足，而有待诗人的智心的活动去调停及赋与意义，亦即是他（毅平按：指华兹华斯）所说的：'无法赋给（意义）的智心／将无法感应外物。'所以他的诗经常作抽象概念的缕述，设法将外物和内心世界用分析性的语言接连起来"。这显示出他们那将自然作为与人生对立的东西来看待的自然意识的影响。而在中国的诗歌中，"景物自然发生与演出，作者不以主观的情绪或知性的逻辑介入去扰乱景物内在生命的生长与变化的姿态"①。这自然也是由他们那将自然作为与人生同一的东西来看待的自然意识所决定的。

　　目加田诚指出："假如万物一体皆为悠悠之道（即自然）的表现，自我的存在也是自然的一个表现了。面对山水的自我就与之同气相通，成为道的活生生的流转之一了。一旦如此，自我就不仅是自然的观察者，而且置身其中，融入到自然之中去了。"②这就是中国诗人的自然意识

---

① 叶维廉《中西山水美感意识的形成》，载古添洪、陈慧桦编著《比较文学的垦拓在台湾》，第28～29页。
② 目加田诚《中国文艺中"自然"的意义》（贺圣遂译），载《中华文史论丛》1985年第二辑，第22页。

的核心。中国诗歌中的自然描写,可以说都是从此出发的。在这种自然意识之中,蕴含着中国诗人,后来则更广及于东亚诗人,对于自然的认识的智慧。

自然与人生的关系,在中国诗歌中既是如此的密切,所以我们想借助于刘若愚《中国文学艺术精华》一书对于这种关系的分类,来看看它在各种情况下的不同表现。

所遇无故物,焉得不速老

在视人生为自然之一部分的中国诗人看来,人生与自然服从同样的变化规律。"自然和人处于同一规律之下……这是中国哲学所包含的另一个方面。"①从自然的变化,可以推测人生的变化;从人生的变化,亦可以推测自然的变化。因此,在中国诗歌中,描写人生变化的诗歌,常常伴随着自然变化的描写;而通过自然变化的描写,更加深了对于人生变化的必然性的感悟。

自然的变化常常被与生命的变化联系在一起。比如古诗《回车驾言迈》:"回车驾言迈,悠悠涉长道。四顾何茫茫,东风摇百草。所遇无故物,焉得不速老? 盛衰各有时,立身苦不早。"诗人看到了自然的变化,便联想到了生命的同样过程。在这里,自然的变化是诱发诗人察知生命的变化的契机;同时,生命的变化也因与自然的变化同步而更

---

① 吉川幸次郎《中国的古典与日本人》(贺圣遂译),载吉川幸次郎著、高桥和巳编《中国诗史》(章培恒等译),第369页。

显出其不可逆转性。相似的表现还可以看到很多,比如古诗《驱车上东门》:"浩浩阴阳移,年命如朝露。"古诗《东城高且长》:"回风动地起,秋草萋已绿。四时更变化,岁暮一何速。"李白的《古风》其二十三:"秋露白如玉,团团下庭绿。我行忽见之,寒早悲岁促。"在这些诗歌中,诗人认为生命的变化与自然的变化是同步的,它们都同样处于"变化"的规律的控制之下。

不仅生命的变化与自然的变化具有同一性,而且一般人事的变化与自然的变化亦具有类似的同一性。比如古诗《明月皎夜光》先描写了自然的变化:"白露沾野草,时节忽复易。"然后又描写了人事的变化:"昔我同门友,高举振六翮。不念携手好,弃我如遗迹。"在其他国家的诗人看来,自然的变化与人事的变化之间的这种衔接似乎会有些突兀,但在中国诗人看来,其间的过渡却是顺理成章、自然而然的。因为既然自然会有变化,则人事也会有变化,二者原来便是同一的。

不仅在变化方面人生与自然具有同一性,而且在其他方面也是如此。刘若愚认为:"自然作为人生同类物的观念在最早的中国诗集——《诗经》中已显然可见。"他并举《关雎》为例,认为"鸟的求偶之声与君子希望娶一位姑娘这两者都作为整个自然现象中的一部分而出现,尽管两者之间没有明显的相似。在以后的几节中,黄河继续为这场人生的戏剧提供了一个背景"。他又认为,在《七月》中,

"自然的节奏清楚地表现为与人生的节奏相平行"①。

中国诗人以其敏锐的直觉,洞察了人生与自然的同一性。直到现在,在中国人的观念中,人生与自然的联系还是非常紧密的。他们常常在自然的现象中,寻找人生的现象的说明。

景物如初情自老

视人生为自然之一部分的中国诗人,不仅发现了自然作为人生的同类物的一面,也发现了自然作为人生的对照物的一面。当然,所谓人生的对照物,并不是指西方式自然观的自然与人生相对立的意思,而是指在服从同样的变化规律时,自然的变化与人生的变化的表现方式并不相同,因而形成对照的意思。

自然与人生对照的主要表现之一,是自然具有永恒循环性,而人生则具有短促不再性。这种自然的永恒循环性与人生的短促不再性的对比,为中国诗人所痛苦地意识到,并一再形诸诗歌,成为中国诗歌的传统主题之一,贯穿于整个中国诗歌的历史。

比如,在宋子侯的《董娇饶》中,青春的一去不复与鲜花的谢而复开形成了对比:"秋时自零落,春月复芬芳。何如盛年去,欢爱永相忘。"在《古诗十九首》中,人生的短促不再与金石的永恒长久形成了对比:"青青陵上柏,磊磊涧

---

① 刘若愚《中国文学艺术精华》(王镇远译),第 4 页。

中石。人生天地间,忽如远行客。"(古诗《青青陵上柏》)
"人生非金石,岂能长寿考。"(古诗《回车驾言迈》)"人生忽
如寄,寿无金石固。"(古诗《驱车上东门》)魏晋诗人则常常
将朝露般的人生与无终极的天地进行对比,如曹植说:"天
地无终极,人命若朝霜。"(《送应氏》其二)阮籍说:"人生若
尘露,天道邈悠悠。"(《咏怀》其三十二)在陶渊明那里,这
种对比被表现得更为明确,并对人作为万物之灵长反不如
天地山川,甚至还不如草木而深感痛苦:"天地长不没,山
川无改时。草木得常理,霜露荣悴之。谓人最灵智,独复
不如兹。适见在世中,奄去靡归期。"(《形影神》其一《形赠
影》)在杜甫那里,这种对比在人生与江水之间展开:"人生
有情泪沾臆,江水江花岂终极。"(《哀江头》)在李白那里,
这种对比又在人生与明月之间展开:"今人不见古时月,今
月曾经照古人。古人今人若流水,共看明月皆如此。"(《把
酒问月》)在陈起的《过三桥怀山台》诗中,人生的短促易逝
与景物的一如往昔也形成了对比:"卖花声里凭栏处,沽酒
楼前对雨时。景物如初情自老,夕阳波上燕差池。"类似的
例子还可以举出很多。

其实仔细推想起来,自然也并不是永恒不变的。就自
然的每一局部而言,都处于不断的变化过程之中;而就自
然的整体而言,则呈现出永恒循环的特性。人生其实也是
这样,就其每个个体而言,都处于从生到死的变化过程之
中;而从人类全体来看,则至少在相当长的时间内,也可以
说是薪尽火传、生生不息的。以上这些诗歌中的比较,其

实大都是在个体的人与整体的自然之间作出的。不过,也正是通过这种个体的人与整体的自然的对比,人类的生存问题才会格外清晰地被人们注意到。

同时,作为这种对比的前提的,也仍然是视人生为自然之一部分的观念。因为只有视人生为自然之一部分,这种对比才是可能的。也正因为中国诗人视人生为自然之一部分,这种对比才会越发使他们感到悲哀苦恼。当有些诗人孜孜追求长生不老的时候,也许他们的心目中正横亘着自然这样一个榜样呢!

己是黄昏独自愁

由于中国诗人视人生为自然的一部分,因而他们常常情不自禁地会把自然当作人来看待,把自己的感情移入自然之中,使自然拟人化人格化。这种观照自然的方式,宛如小孩子眼中的世界一样,具有一种物我同一的性质,或许会为世故的成年人所嘲笑,但其实仍不失其天真与美感。

中国诗人喜欢用第二人称来称呼自然或自然物,宛如自然或自然物是有人性的东西一般。比如宋代诗人董颖的《江上》诗:"万顷沧江万顷秋,镜天飞雪一双鸥。摩挲数尺沙边柳,待汝成阴系钓舟。"由于"汝"字的使用,使河边柳具有了人性色彩。这样的例子在中国诗歌中很多,钱锺书在《宋诗选注》中曾举过不少:"对草、木、虫、鱼以及没有生命的东西像山、酒等等这样亲切生动的称呼,是杜甫诗里的习惯,孙奕《履斋示儿编》卷十所谓'尔汝群物';卢仝《村醉》:'摩挲青莓苔,莫嗔惊着汝!'也是一个有名的例。宋人很喜欢学这一点,像王安石《与微之同赋梅花》:'少陵为尔牵诗兴,可是无心赋海棠?'郑樵《夹漈遗稿》卷一《灵龟潭》:'着手摩挲溪上石,他年来访汝为家。'"①

中国诗人还想象自然和自然物也能像人一样地说话商量,钱锺书指出这是宋人诗词里描写天气时常用的手法。例如"浮云在空碧,来往议阴晴"(王质《山行即事》),"云来岭表商量雨,峰绕溪湾物色梅"(潘牥《郊行》),"重阴未解,云共雪商量不了"(王观《天香》),"断云归去商量雨,黄叶飞来问讯秋"(林希逸《秋日凤凰台即事》)②。

中国诗人也常用自然和自然物的"无语"、"无言",来暗示它们本来是能语能言的。如王禹偁《村行》诗的"数峰无语立斜阳",龚自珍《己亥杂诗》的"此山不语看中原",张升《离亭燕》的"寒日无言西下"③。

在这些表现手法的背后,都暗寓着中国诗人把自然和自然物看作是有生命有人性之物的态度。

正因为这样,所以当诗人自己具有强烈感情的时候,他便会将之投射到自然和自然物上,使之带上人的感情的投影,表现得像是人那样。比如陆游的著名的《卜算子·咏梅》词:"驿外断桥边,寂寞开无主。已是黄昏独自愁,更

① 钱锺书《宋诗选注》,北京,人民文学出版社,1958年版,第163页。
② 钱锺书《宋诗选注》,第236页。
③ 钱锺书《宋诗选注》,第9页。

著风和雨。　　无意苦争春,一任群芳妒。零落成泥碾作尘,只有香如故。"其中所写无一不是梅花,但又无一不带有诗人感情的影子。梅花的寂寞,梅花的忧愁,梅花的孤独,梅花的零落,说到底都是诗人赋予的。这正如刘若愚所说的:"当某人有一种强烈的感情,他往往设想自然也带有这种感情,这种现象在英语里称作'感情误置',而这在中国诗歌中是司空见惯的。"①

中国诗人之所以会情不自禁地并能轻而易举地向自然移情,无疑也是因为他们将自然与人生看作是同一相通的东西,将自然看作是自有生命的东西的缘故。于是自然与人生的差别,便被轻轻地抹去了。这是中国诗歌自楚辞以来便已形成的传统,所谓"寓情于景"、"情景交融"、"景中带情"等等,说的便都是这个意思。甚至更进一步,在中国诗歌中,如果自然景色不带上人的感情的投影,便会被认为是不好的表现。而当诗人的感情借助于自然或自然物来表现时,他们相信这样可以获得比直陈其事更为婉曲动人的效果。几千年来中国诗歌的历史,证明他们的想法是有道理的。

芳草离离悔倚阑

也由于中国诗人视人生为自然的一部分,因而他们早就发现,不仅自然会带上人类感情的投影,而且也会引起

---

① 刘若愚《中国文学艺术精华》(王镇远译),第5页。

人类感情的波动。中国著名的文学理论著作《文心雕龙》中的《物色》篇，就是专门讨论自然的变化是怎样引起人类感情的变化的："春秋代序，阴阳惨舒。物色之动，心亦摇焉。"中国诗人并不回避自然的这种影响，而是充分利用这种影响，以表现人生与自然之间的微妙共感，以及人类感情的幽隐曲折。

在中国有些诗歌的开头，常会出现"兴"这样的自然描写，这在西方诗歌中被称为"自然引子"。它们往往起着为全诗烘托气氛的作用，不过也很难说与后面的抒情没有联系。

比如在古诗《青青河畔草》中，开头两句的自然描写"青青河畔草，郁郁园中柳"，即起着类似"自然引子"的作用，为此诗提供了一个心理活动的舞台。不过同时它似乎又是"皎皎当窗牖"的"盈盈楼上女"实际所见的景物，因而这一自然描写便与接着所写的女子的忧愁自然而然地发生了关系。在中国诗歌中，"春草"与"杨柳"都是与别离有关的东西，因而自然容易引起关于别离的回忆。这样，"青青河畔草，郁郁园中柳"便不仅为此诗提供了一个心理活动的舞台，也直接成了引起楼上女子感情波动的原因。

这一联系，到了唐代诗人王昌龄的《闺怨》诗中，便被明确地揭示了出来："闺中少妇不知愁，春日凝妆上翠楼。忽见陌头杨柳色，悔教夫婿觅封侯。"在这种意义上，此诗似乎是上述古诗的唐代版。刘若愚指出："在这首诗里，自然既没有染上人情，也不作为已有感情的表露方式，而是所写感情的源（渊）薮。"①

类似的表现也见于鲍照的《拟行路难》其八："中庭五株桃，一株先作花。阳春夭冶二三月，从风簸荡落西家。西家思妇见悲惋，零泪沾衣抚心叹：初我送君出户时，何言淹留节回换？床席生尘明镜垢，纤腰瘦削发蓬乱。人生不得长称意，惆怅徙倚至夜半。"其中思妇的悲惋情绪，便也是由自然景物引起的。

为自然触动感情的，当然不限于闺中少妇，也包括英雄壮士。比如陆游便在其《病起》诗中写道："芳草离离悔倚阑"，说看到离离芳草，便牵动了那"志士凄凉"的愁绪和"年来触事"的忧端，因而懊悔不该倚阑眺望那离离芳草。

人类作为自然之子，尽管其思想已远离自然状态，但其感情却仍受自然的影响。中国诗人不是凭抽象的推理，而是以诗人的直觉，洞察了人生与自然的隐秘联系，并屡屡地形诸他们的吟咏。

疑此江头有佳句

既然人生为自然的一部分，则作为人类感情之抒发的诗歌，也就并不是与自然异质的东西了。自然景色是天地之"文"，而诗歌文艺则是人类之"文"，这是早就由中国诗人和评论家们反复强调过的。作为天地之"文"的自然景色，与作为人类之"文"的诗歌文艺，在根底上理应是相通

---

① 刘若愚《中国文学艺术精华》（王镇远译），第8页。

的,因而前者能轻而易举地被诗人转化为后者,成为后者的对象与内容。中国诗人之以自然为诗材和画材,可以说便与这种对于自然的看法有关。

刘若愚指出:"在一些更为成熟的诗歌中,自然成了美学沉思的对象及艺术创作的灵感。"他并以姜夔写荷花的名句"冷香飞上诗句"为例,认为诗人是有意识地把自己观赏荷花时的审美经验移植到诗歌创作中去的。他又举姜夔另一首梅花词的结句"等恁时,重觅幽香,已入小窗横幅"为例,认为这里花引起的不是诗,而是画的联想。他还指出:"即使在稍欠老练的诗中,无论当诗人说'景色如画'还是'画犹不及'时,他揭示了一种对于自然的审美态度,承认了自然与艺术的关系。"①

表现类似态度的例子,在中国诗歌中还可以见到好多。比如宋代诗人唐庚《春日郊外》诗的"疑此江头有佳句",苏轼《和陶田园杂兴》诗的"春江有佳句",《郭熙秋山平远》二首其一的"此间有句无人识",陈与义《对酒》诗的"新诗满眼不能裁",《春日》诗的"忽有好诗生眼底",《题酒务壁》诗的"佳句忽堕前",洪炎《四月二十三日晚同太冲表之公实野步》诗的"有逢即画元非笔,所见皆诗本不言",黄庭坚《王厚颂》诗其二的"天开图画即江山",《题胡逸老致虚庵》诗的"山随燕坐画图出",陆游《舟中作》诗的"村村皆画本,处处有诗材",华岳《江上双舟催发》诗的"望中醉眼

---

① 刘若愚《中国文学艺术精华》(王镇远译),第8~9页。

昏欲花,误作闲窗小横轴",林逋《孤山寺端上人房写望》诗的"阴沉画轴林间寺",等等①,都表现了诗人以自然为"美学沉思的对象和艺术创作的灵感"的态度。他们眼中的自然,已不仅仅是原始朴素的自然。这就是保尔·戴密微所一再称道的中国诗人对于自然的审美性态度。也正是这种审美性态度,使中国诗歌,而不是西方诗歌,形成了表现自然美的悠久传统。

古人今人若流水

既然人生是自然的一部分,那么自然当然可以成为人生的象征。刘若愚认为这是对自然的一种更为理性的态度②。

可以用来作为象征的自然物是非常多的,而它们所能象征的内容也是非常丰富的。刘若愚谈到了"川"的象征性:"中国诗中另一个有趣的自然的象征就是河流。它一方面可以象征时间的流逝,另一方面又可以象征自然的永恒。换言之,河流似乎自相矛盾地既是变易的象征又是不变的象征,或者我们应该说它是不变之变的象征。"他以李白的《古风》其十八的"前水复后水,古今相续流。新人非旧人,年年桥上游"为例,说明了其中河水意象的象征性:"虽然河水无尽的流逝与人类无尽的代代延续相似,然而

---

① 参见钱锺书《宋诗选注》,第 107 页,第 125 页。
② 刘若愚《中国文学艺术精华》(王镇远译),第 9 页。

从河流千古如斯的观点来看,来到河边的人则是永不相同的。"①

对于河水的这种象征性的认识,大概最早始于孔子。《论语·子罕》记载:"子在川上曰:'逝者如斯夫不舍昼夜。'"对于孔子的这句话,曾有过种种不同的解释,而比较常见的一种认为,孔子是以河水来象征生命的流逝的。如阮籍的"孔圣临长川,惜逝忽若浮"(《咏怀》其三十二),郭璞的"临川哀年迈,抚心独悲吒"(《游仙》其四),就都是这样来理解的。

在中国诗人的笔下,河水有时候以其无穷无尽性,有时候以其不断流逝性,有时候同时以这两者,显示其对于人生的象征性。比如在徐幹《室思》诗的"思君如流水,何有穷已时",李煜《虞美人》词的"问君能有几多愁,恰似一江春水向东流",杜甫《哀江头》诗的"人生有情泪沾臆,江水江花岂终极"等中,河水都是无穷无尽的象征。在李白《把酒问月》诗的"古人今人若流水,共看明月皆如此",《将进酒》诗的"君不见黄河之水天上来,奔流到海不复回;君不见高堂明镜悲白发,朝如青丝暮成雪"等中,河水都是不断流逝的象征。而在李白的上述这首《古风》诗及苏轼《念奴娇·赤壁怀古》词的"大江东去,浪淘尽、千古风流人物"中,河水则同时显示了无穷无尽性与不断流逝性这双重象征性。"与人类的英杰相比,大江(即长江)似乎是永恒的;

① 刘若愚《中国文学艺术精华》(王镇远译),第9页。

262

然而就其奔流不息而言,它正是变动不居与时光一去不返的象征。"①苏轼的"逝者如斯,而未尝往也"(《赤壁赋》),把河水的这种双重象征性表现得最为概括简洁。

值得注意的是,河水的"变易"与"不变"的双重性,正来自于我们前面所说的自然的双重性:从自然整体来看,呈现出永恒循环的特性;而从每一部分来看,又都处于不断变化的过程之中。从理论上说,几乎所有的自然现象,都具有这种变易与不变的双重性,因而只要诗人愿意,它们都可以成为人生的象征。比如月亮,"盈虚者如彼,而卒莫消长也"(《赤壁赋》),也具有这种双重性。只不过在各种自然现象中,河水以其整体的无穷无尽性与局部的不断流逝性,特别明显地体现了自然的双重性,因而更多地被中国诗人用来作为人生的象征。

心与广川闲

正因为中国诗人视人生为自然的一部分,并重视人生与自然的融合无间,因而,"中国诗歌的最高境界是自我消失在自然之中以及'物'、'我'两者之间的区别荡然无存"②。

六朝时期自然观的发展,与老庄学说的勃兴关系密切,而老庄学说的一个重要命题便是"无我"。这使中国诗歌中的自然观从一开始起,就具有了重视无我之境的特

---

① 刘若愚《中国文学艺术精华》(王镇远译),第10页。
② 刘若愚《中国文学艺术精华》(王镇远译),第10页。

征。此后，直到清末王国维著《人间词话》，仍以无我之境作为自然描写的最高境界："有有我之境，有无我之境……有我之境，以我观物，故物皆著我之色彩；无我之境，以物观物，故不知何者为我，何者为物。"

作为有我之境的例子，他举了冯延巳《鹊踏枝》词的"泪眼问花花不语，乱红飞过秋千去"，秦观《踏莎行》词的"可堪孤馆闭春寒，杜鹃声里斜阳暮"，其中自然景物都带上了诗人感情的投影，相当于我们在"已是黄昏独自愁"一节中所说的境界。

作为无我之境的例子，王国维举了陶渊明《饮酒》诗其五的"采菊东篱下，悠然见南山"，元好问《颍亭留别》诗的"寒波淡淡起，白鸟悠悠下"，其中自然景物像是自主独立的，而并不带有诗人感情的投影。

对于这种"自然中之忘我"的境界，也就是"无我之境"，刘若愚曾引王维《登河北城楼作》诗为例，认为诗人"绝无偏见地来看待每一样东西，不管是自然物体还是人工制作，甚至是他自己的思想。在结尾处（毅平按：'寂寥天地暮，心与广川闲'），他的思想与川流浑然一体，两者都处于安适宁静之中"①。

正是在这种无我之境方面，中西自然观形成了鲜明的对比。西方人的自然观强调物我两立，认为自然本身不能自足，而有待诗人去发现其意义；但是中国人的自然观却

① 刘若愚《中国文学艺术精华》（王镇远译），第10页。

主张物我同一,认为自然本身自有生命,而不待人的主观投入。正是从中国人的自然观出发,中国诗人才会对自然抱着极大的敬意,从自然本身中得到美感,从而创作出了大量的山水诗和山水画;也正是从西方人的自然观出发,直到浪漫主义诗人有意识地去"发现"自然美,自然美一直不为西方人所关注。由于物我两立,因而西方诗人是在"发现"自然美;由于物我同一,因而中国诗人只是去"表现"自然美。

落叶哀蝉曲

中国诗歌中所表现的自然,就这样通过同一、对照、移情、动情、诗材、象征、忘我等等方式,与人生发生着密切的联系。因而在中国诗歌中,自然景物既是它们自己,同时又和人生有关。这可以说是中国人的自然观的一个重要特色。

正因为如此,中国诗歌中的自然描写,可以不作任何衔接,就与人事描写结合在一起,正如我们上面已经看到的那样。这里,我们想再举一个例子,这就是传说是汉武帝所作的《落叶哀蝉曲》:"罗袂兮无声,玉墀兮尘生,虚房冷而寂寞,落叶依于重扃。望彼美之女兮安得,感余心之未宁。"(王嘉《拾遗记》卷五)

很明显地,这首诗可以分为前半部分四句的自然描写与后半部分两句的人事描写。对于中国读者来说,从自然描写到人事描写的过渡是非常自然的。这是因为前半四句的自然景色尽管完全可能是实景描写,但其中已经蕴含了感伤与孤独的情绪。也就是说,对中国读者来说,看到这种自然景色,不可能不产生感伤与孤独的感觉。正如高友工、梅祖麟所说的:"一个中国读者能够在秋风落叶面前不感到悲凉的情绪吗?事实是,对于一个中国读者,把秋风落叶与悲凉情绪分开只是一种逻辑的可能性,但他是不会这样做的。"①因而,当诗人笔锋一转,正面写出自己的感伤与孤独的原因时,中国读者是不会感到有任何突兀之感的,而会觉得这是顺理成章的过渡。在这背后起作用的,正是中国人独特的自然观。

然而,在不具备这种自然观的西方读者看来,这首诗的前后衔接便产生了问题,因为他们觉得,在自然描写与人事描写之间缺乏有机的联系。A·C·格雷厄姆曾介绍过此诗的四种英语译文,并评论说:"几位译者都成功地再现了原诗前四行描绘的景色,传达出了原诗那种情调……但是,具体的景色在第四行之后就消逝了,最后两行中直接抒发的感情……突然使译诗难于圆满结束。"于是,有两首译诗因此而失败,第三首与原文最后一句大有出入,第四首重新写了一个结尾,把已去世的美人重复地比喻为"依在门边一片露湿的落叶",从而获得了成功,但因为改变了原诗,因而只能说是译者自己的创作了②。

---

① 高友工、梅祖麟《唐诗的魅力》(李世耀译),第135页。
② A·C·格雷厄姆《中国诗的翻译》(张隆溪译),载张隆溪选编《比较文学译文集》,第239页。

　　问题正在于，为什么对中国读者来说毫无问题的前后衔接，在英语译文中却成了问题呢？如果几首译诗真的是"成功地再现了原诗前四行描绘的景色，传达出了原诗那种情调"，那么又为什么"最后两行中直接抒发的感情"，会"突然使译诗难以圆满结束"呢？

　　我们猜想，问题恐怕在于，对于西方读者来说，此诗前面四句的自然描写，很难产生它们对于中国读者所能产生的那种足以引起孤独与感伤情绪的效果。如果真是这样，则说明由于自然观的不同，英语译文很难传达中文原诗那种自然与人生的微妙共感；或者说，西方读者很难感受到中国读者所能感受到的那种自然与人生的微妙共感。

　　而在《拾遗记》中，作者是这样描写此曲在汉武帝身上所引起的强烈反应的："帝闻唱动心，闷闷不自支持……悲不自止。"

第十三章　超自然观的智慧

　　人类是一种具有高度想象力的动物，他们常常不满足于自己所生活于其中的自然世界，而要虚构一个超自然世界，来满足自己那永无止息也广无边际的想象力。

　　人类的这种特征，在小孩子身上表现得比较明显。对小孩子来说，现实与想象，自然与超自然，常常难以区分，或者更准确地说，是很容易沟通。他们那异想天开的奇想，常常令成年人惊讶不已。这种奇想会成为他们长大以后回顾的乡愁，在理性的后面隐隐发挥影响。

　　人类也是如此。特别是在人类的早期，人类常常构造超自然世界，将之投上自然世界的影子，又反过来以之影响自然世界。神话传说、宗教传说、鬼神传说、奇迹传说等等，都是其表现的种种方面。这些关于超自然世界的想象，对于后来的人类文明，尤其是后来的文学艺术，曾发生过持久而深刻的影响。

　　不过，在各种文化中，这种对于超自然世界的想象，其程度却有很大不同。在西方文化中，它扮演了一个极为重要的角色。希腊神话与基督教义,曾被认为是决定西方古代文化的两大支柱,而它们都与超自然世界有关。它们对西方诗歌的影响尤其巨大,以超自然世界为题材的诗歌,在西方诗歌传统中占有极大的比重与极高的地位。

但是在中国文化中,尽管在其早期,超自然世界也曾扮演过重要的角色,而且对上古的中国诗歌也曾发生过很大影响,孕育出了像楚辞这样的千古绝唱,但是其影响及地位却远不能和在西方文化中的相比。中国人的理性精神,很早便开始了清除超自然世界影响的工作。如孔子创建的儒家学说,王充提倡的理性精神等等,都曾给予超自然世界以很大的打击,使之在中国文化中的影响减少至最低限度(与西方文化相比)。

中国的诗歌也便因此受到了很大的影响。虽然正如大卫·哈克斯所指出的那样,"虽然超自然现象在中国诗歌中不像在传统的西方诗歌中那样突出,但也并非完全没有"[1],但是其影响绝不能说是很大的,其地位也绝不能是很高的。"在儒家的影响下,中国正统的古典文学——诗和散文,不包括戏剧和小说——始终未曾好好利用神话。"[2]不仅仅是神话,其实也是整个超自然世界,都始终未被好好利用。

不仅是所受影响很小,所占地位不高,而且对于超自

---

[1] 见刘若愚《中国文学艺术精华》(王镇远译),第 11 页。

[2] 余光中《中西文学之比较》,载古添洪、陈慧桦编著《比较文学的垦拓在台湾》,第 134 页。

然世界的利用方式,中国诗歌与西方诗歌也有很大不同。在西方诗歌中,超自然世界本身往往就是重要的主题,尽管其表现也许寓有象征意义;而在中国诗歌中,超自然世界更多地只是作为典故,作为传说,作为想象力的催化剂,作为现实的隐喻而出现的。刘若愚认为:"很难弄清一个诗人是真正相信超自然的现象还是仅仅以此为一种文学手段,即暗喻……这种超自然现象的作用正如用典的作用一样:神话中的人物与历史上的人物都可能是当代人的伪装。"①也就是说,在西方诗歌中,超自然世界本身往往即是诗人主要关注的对象;而在中国诗歌中,超自然世界往往只是诗人用来为其他目的服务的道具。

中国诗歌在接受超自然世界的影响和利用超自然世界的方式方面所呈现出来的这种特点,与中国人,尤其是中国诗人的那种怀疑的现实主义精神不无关系。"大致上说来,中国作家对于另一个世界的存在,既不完全肯定,也不完全否定,而是情感上宁信其有,理智上又疑其无,倒有点近于西方的'不可知论'(agnosticism)。"如元稹既说"同穴窅冥何所望,他生缘会更难期",可还是不放弃"与君营奠复营斋"②。一般民间对于迷信的态度,其实也正是这样的。

这种种区别,使中国诗歌呈现出了与西方诗歌不同的

---

① 刘若愚《中国文学艺术精华》(王镇远译),第15~16页。
② 余光中《中西文学之比较》,载古添洪、陈慧桦编著《比较文学的垦拓在台湾》,第136页。

面貌。"西方文学的最高境界,往往是宗教或神话的,其主题,往往是人与神的冲突。中国文学的最高境界,往往是人与自然的默契(陶潜),但更常见的是人间的主题:个人的(杜甫《月夜》),时代的(《兵车行》),和历史的(《古柏行》)主题。"①

对于这种不同的面貌,当然可以根据不同的立场进行价值判断。不过我们相信,中国诗人对于超自然世界的态度,乃是最适合于中国诗歌的抒情方式的。而且从更宏观的角度来看,也是最适合于中国人的心智结构和人文理想的。

进一步说,尽管超自然世界作为人类早期想象力的结晶,永远有其存在的价值,永远散发着诱人的魅力,但是人类文化的发展,总是要向着更为理性的世界迈进的,作为人类心声之表达的诗歌,也总是要摆脱超自然世界的影响的。这对西方文化来说,也许意味着巨大的失落,但进步总是以失落为代价的。正是在这方面,中国诗人对于超自然世界的态度,也许仍有值得西方诗歌借鉴的地方。

天若有情天亦老

在中国的上古诗歌中,有"天"或"帝"这样的代表宇宙最高力量的超自然概念。这种"天"或"帝",并不是人格化的神。"他不同于《旧约》中的上帝完全具有人性,也不同

---

① 余光中《中西文学之比较》,载古添洪、陈慧桦编著《比较文学的垦拓在台湾》,第 135 页。

于希腊神话中的宙斯。"①同时,它也不像埃尔韦·圣·德尼所认为的,是一种绝对的神:"《诗经》里既没有半上帝也没有其他神的影响,只有一个至高无上者。因此18世纪的传教士将古代中国人的宗教信仰比作原始希伯来人的宗教信仰是很恰当的。"②这是因为,与希伯来人所信仰的绝对的神相比,中国诗歌中的"天"或"帝",似乎更接近于冥冥之中制约万物的自然法则。正如吉川幸次郎所指出的:"所谓天,是头顶上广袤的天空,它便是宇宙秩序的显现,他们(毅平按:指汉儒)认为其规则之正确是世界秩序的根本。天不是基督教中的上帝。不用说,天就是秩序。"③由此看来,"天"很难说是一种神,无论是人格化的神抑是绝对的神。它似乎只是一种自然的法则,一种掌握自然运行的东西。有时被认为有点人格化,有时又与人完全不同。

在上古诗歌中,诗人们对这种"天"或"帝"抱有信仰。他们认为,人类就是天在地上的延续,因此,人类在自身中本来就具有天所具有的法则。只要人类的愿望是合理的,就合于天的法则,天就会赞助这种愿望;但如果人类行为不当,违背了天的法则,天就会给予严厉的惩罚。《诗经》

---

① 刘若愚《中国文学艺术精华》(王镇远译),第11页。
② 埃尔韦·圣·德尼《中国的诗歌艺术》(邱海婴译),载钱林森编《牧女与蚕娘》,第11页。
③ 吉川幸次郎著、黑川洋一编《中国文学史》(陈顺智、徐少舟译),第4页。

和楚辞的诗人们就是这样认为的[①]。

但是在中世诗歌中,这种信仰却发生了动摇。人们首先怀疑的是天的公正性,因为似乎天并不总是奖善罚恶,而常是反复无常的。众所周知,司马迁曾对"天道"提出过一个著名的怀疑:"余甚惑焉,傥所谓天道,是邪非邪?"(《史记·伯夷列传》)类似的怀疑也常常见诸中国诗歌。如在曹植的《赠白马王彪》中,诗人曾反复表示对天命的怀疑:"太息将何为? 天命与我违。""苦心何虑思? 天命信可疑。"而含蓄的怀疑,则早已出现在项羽的《垓下歌》和刘邦的《大风歌》等汉初诗歌中了。

对于天的公正性的怀疑,其实正是对于"天"本身的信仰的怀疑的表现,这是孔子以后理性思想发挥影响的结果。正如埃尔韦·圣·德尼所说的:"随着时间的推移,特别是从孔子和老子的时代开始,真正的宗教情感在诗人的作品中已愈来愈少见。在著名哲学家孔子门徒的著作里,宗教感情已被纯粹伦理的说教所代替。而在信奉老子的神秘学说的诗人作品里宗教感情则被静思瞑(冥)想中模模糊糊的憧憬所代替……我们可以注意到从这时起中国产生了多种不同的信仰。同时也出现了怀疑论的萌芽。我们将看到这种怀疑论逐渐明显地表现出来。"[②]诗人们既

---

① 参看吉川幸次郎《新的恸哭——孔子与"天"》、《项羽的〈垓下歌〉》、《汉高祖的〈大风歌〉》(均邵毅平译),均载吉川幸次郎著、高桥和巳编《中国诗史》(章培恒等译)。

② 埃尔韦·圣·德尼《中国的诗歌艺术》(邱海婴译),载钱林森编《牧女与蚕娘》,第12页。

然对"天"本身的信仰发生了怀疑,那么他们当然也就很难再相信"天"的公正性了。

在中国中世以后的诗歌中,诗人们很少再像《诗经》和楚辞的诗人那样,向天呼吁,乞求天的帮助或证明。这表明他们已不再保持对天的信仰了。一种比较普遍的看法认为,"天"是无情之物,与"人"是有情之物不同。比如李贺就曾经说过"天若有情天亦老"(《金铜仙人辞汉歌》),言下之意天是无情的。所谓"无情"的意思,也就是没有意志的,就和自然界一样。如果天是无情之物,那它当然就既不能奖善罚恶,也不能反复无常。在杜甫的《新安吏》中,也有过类似的说法:"莫自使眼枯,收汝泪纵横。眼枯即见骨,天地终无情。""天地终无情"的说法也好,"天若有情天亦老"的说法也好,似乎都暗示了原本存在着认为"天"是有情之物的看法,而这正是上古诗人的看法。但是在中世以后的诗歌中,却对上古诗人的看法提出了反驳。"天"于是恢复了其作为自然的本性,从超自然世界降回到了自然世界之中。

不过,即使当"天"失去了其超自然性之后,后代诗人们也还是常常在超自然的意义上来提到它,但这时已经不是把它作为一种信仰,而仅是把它作为一种道具来利用了。比如刘若愚说:"在后世的诗中,'上帝'一词经常出现,但是往往很难说清楚诗人用这个词时何为实指,何为虚指。譬如李贺所写的'帝遣天吴移海水',我们很难确定他是相信上帝还是仅仅用一种尽可能摄人心魄的方式去描绘宇宙的巨变。"①其实在大部分情况下都是后一种用法,哪怕下笔皆为"牛鬼蛇神"的李贺也不例外。当然,中国诗人在使用"天"这样的超自然概念时的郑重其事态度,也确实增加了判断他们是否真正信仰之的难度。像这种将"天"视为诗意想象的道具的做法,即使在现代生活中也大量存在。"天"的概念有助于激发诗人的想象,这便是它在中国诗歌中继续存在的理由。

嫦娥应悔偷灵药

尽管中国的神话不如西方发达,但是中国仍然有自己的神话传统。在上古诗歌之中,受神话影响最深的是楚辞,其中很多诗歌是奉献给诸神的。"注释者把这些超自然的生命一般都解释成比喻的形象,即使确实如此,事实已证明了屈原取材于一种活生生的宗教传统。"②如果撇开后世注释家们散布的理性迷雾,则也许可以认为那些远在南方的诗人的信仰是虔诚的,至少他们还没有受到起于当时中国北方的理性思想的影响。

但是,后来的中国诗歌却很少继承楚辞的传统,正如余光中指出的:"也许是受了儒家不言鬼神注重人伦的入世精神所影响,楚辞的这种超自然的次要传统(minor tradition of supernaturalism)在后来的中国文学中,并未发挥作用,只在部分汉赋,嵇康郭璞的游仙诗,和唐代李贺卢全等

---

① 刘若愚《中国文学艺术精华》(王镇远译),第12页。
② 刘若愚《中国文学艺术精华》(王镇远译),第13页。

的作品中,传其断续的命脉而已。"①也许在这个名单中还得加上李白,但是即使如此,也仍不足以改变中国诗歌很少继承楚辞传统的事实。

其实,即使是那些看上去继承了楚辞传统的诗人,其对神话的态度是否果与楚辞的诗人相同,这也不是没有疑问的。刘若愚指出:"后来的诗人如李贺写到巫师和精灵的时候就接受了来自屈原的这种文学传统。所以在超自然的现象上,后代诗人很难说反映了他们自己或同时代人的信仰。"②一般来说,后代的诗人们只是利用神话传统,以之作为激发想象的道具,而并非是真的相信神话。而且,他们的利用也是很有限度的。

在谢朓《新亭渚别范零陵云》诗的"洞庭张乐地,潇湘帝子游"中,诗人提到了黄帝在洞庭山奏《咸池》之乐,帝尧二女娥皇、女英追随帝舜死于湘水等神话传说。但是,诗人之所以要在这里引用神话传说,只是为了要让这些地名更富于传奇色彩而已(后来的唐代诗人也每每如此),而并不含有相信这些神话传说的意思。

在李白《清平调词》的"一枝红艳露凝香,云雨巫山枉断肠","若非群玉山头见,会向瑶台月下逢"中,诗人或是夸张杨贵妃的美貌只有仙界才能找到,或是夸张杨贵妃的得宠更甚于巫山的神女;在李商隐《无题》诗的"蓬山此去

---

① 余光中《中西文学之比较》,载古添洪、陈慧桦编著《比较文学的垦拓在台湾》,第 133～134 页。
② 刘若愚《中国文学艺术精华》(王镇远译),第 13 页。

无多路，青鸟殷勤为探看"中，作为西王母使者的青鸟，仅仅是信使的比喻而已。在这些诗人的笔下，神话传说都不过是夸张和比喻的材料。

李商隐的《嫦娥》诗，看起来是以神话传说为主题的，但其实仍是以神话传说为象征而已："云母屏风烛影深，长河渐落晓星沉。嫦娥应悔偷灵药，碧海青天夜夜心。"尽管对于此诗所指究为何事众说纷纭，或说是讽刺长生不老之无益的，或说是象征偷食禁果者之永远孤独的，但其仍是以神话传说为象征的道具则是无疑的。

神话传说也常被诗人用来作为委婉的讽刺的工具，其作用是不仅可以缓冲政治上的刺激，也可以增强感情上的强度。比如李商隐的《瑶池》诗便是这样："瑶池阿母绮窗开，黄竹歌声动地哀。八骏日行三万里，穆王何事不重来？"据说诗人乃是想以此诗来讽刺唐代帝王迷信神仙的行为的。

由此看来，中国诗人在理智上不相信神话传说，又于诗意的感发上每每以之作为工具，这两者的巧妙平衡，恰恰成了很多富于想象力的诗歌的魅力之所在。如果抽出了其中的任何一端，这种魅力也就会有所损失。

几回天上葬神仙

长生不老的神仙也是超自然世界中的重要一员，它在中国中世诗歌中曾经风靡一时。有不少诗人真正相信它，但也有不少诗人对它表示怀疑，这我们在第六章"人生观的智慧"中已经谈到过了。大致说来,"神仙世界时而以一种没有人间社会种种卑劣和软弱的世界的简单的寓意而出现,时而作为热情的升腾和神秘的虔诚对象,时而又作为一种靠不住的幻象"①。这不仅是阮籍,也是中国中世诗人对待神仙的几种主要态度。

在此,我们想涉及的是中国诗人怎样利用神仙题材来激发自己的想象,从而使自己的诗歌添上奇特的魅力这一点。刘若愚认为:"很难说中国诗人在多大程度上真正相信这些神仙……无论怎么说,神仙给诗人提供了描绘他们想象与暗示他们思想的色彩斑斓的方法。"②我们可以看到,利用神仙作为激发想象的素材,与对神仙的怀疑是并行不悖的。或者换句话说,正是因为中国诗人开始怀疑神仙,所以他们才能有效地利用神仙作为激发想象的手段。埃尔韦·圣·德尼也注意到了这一过程:"汉代诗歌里充满着这些神奇的幽灵。著名的汉武帝对这些神怪非常信仰。而及至晋朝许多人已不大相信这些神怪。到了唐朝,这些神怪在诗人作品里所起的作用仅仅与希腊神话故事在维吉尔及其同代人诗里的作用相仿。"③这里所说的"神怪",其实是指的神仙。这可以说是中国诗人将超自然世界从信仰降为诗材的一般过程。

---

① 桀溺《〈牧女与蚕娘〉序》(钱林森译),载钱林森编《牧女与蚕娘》,序文第10页。
② 刘若愚《中国文学艺术精华》(王镇远译),第14~15页。
③ 埃尔韦·圣·德尼《中国的诗歌艺术》(邱海婴译),载钱林森编《牧女与蚕娘》,第13页。

　　李白诗被严羽的《沧浪诗话》评为"飘逸",作为"飘逸"风格的例子,严羽举出了其《梦游天姥吟留别》诗。看一下这首诗我们便可知道,神仙题材在形成李白的飘逸诗风方面起了怎样的作用。

　　在此诗中,李白描写了梦中所见天姥山的壮观景象。而使梦游达到高潮的,则是关于神仙世界的奇遇:"列缺霹雳,丘峦崩摧。洞天石扉,訇然中开。青冥浩荡不见底,日月照耀金银台。霓为衣兮风为马,云之君兮纷纷而来下。虎鼓瑟兮鸾回车,仙之人兮列如麻。"但是,正当梦达到高潮时诗人却惊醒了,于是,关于神仙世界的奇遇与惊醒后的怅然若失就形成了鲜明的对照:"忽魂悸以魄动,恍惊起而长嗟。惟觉时之枕席,失向来之烟霞。"这种梦游与惊醒的对比,似乎也象征了超自然世界与现实世界的对比:诗人生活于现实世界,却神游于超自然世界,但最终还是只能回到现实世界。

　　显而易见,诗人并不真正相信神仙世界,他认为这种神仙世界只有在梦中才能见到,从而暗示了神仙世界的非现实性与幻想性;但是他又喜欢在梦中见到神仙世界,因为即使神仙世界不过是一场美梦,也已稍能使平庸的现实生活变得更容易忍受一些。正如小尾郊一指出的:"李白将仙人们自由地邀游天地的感情咏入了诗中,作成了幻想性的世界,梦想在自由的世界里流浪邀游,这一切实际上是为了发散自己的愤懑。他对神仙本身其实是非常怀疑的,毋宁说他认为那是幻想性的存在。"①李白所看重于神仙的,正是其幻想性的特点。

类似李白这样的以神仙作为激发想象的手段的态度,我们在其他诗人的作品中也能看到。比如当谢灵运惊异于永嘉江心孤屿的美丽时,他觉得不把它说成是仙境就不足以传达其美:"表灵物莫赏,蕴真谁为传。想象昆山姿,缅邈区中缘。始信安期术,得尽养生年。"(《登江中孤屿》)我们当然不至于天真地相信,诗人是在表达对于神仙世界的虔诚憧憬。在李白上述那种对于名山的描写中,正有着谢灵运此诗的影子。其实即使是在今天,人们也常常把奇山异水说成是"仙境"。这也仍然像谢、李诗一样,只是一种夸张比喻的说法,一种激发想象的说法。

在李贺的"几回天上葬神仙,漏声相将无断绝"(《官街鼓》)中,神仙题材被作了更为奇特的利用:诗人先假定长生不老的神仙是存在的,然后又指出在永恒的时间之流中连神仙也不能免于一死,于是神仙的长生不老,反而成了在永恒的时间之流中生命的脆弱易逝的最有力的证明。神仙题材由于被诗人作了这样的巧妙利用,从而获得了一种奇特的反讽色彩。

我们也许已经注意到,在一些最富想象魅力的诗人的作品中,总不难发现神仙的影子。诗人们越是起劲地把神仙们描绘得栩栩如生,我们越是有理由相信他们只不过是

————————

① 小尾郊一《李白》,第155页。

在利用它们。不过,我们还是应该感谢诗人们,因为即使对于我们这些世故的现代人来说,神仙也仍然是富于吸引力的题材。在我们那貌似成熟的心灵深处,同样隐藏着难以启齿的对于长生不老的渴望。

诗成泣鬼神

和神仙相比,在超自然的世界中,鬼神并不算是最讨人喜欢的东西。"鬼神"虽然分别联合了"鬼"与"神",但在一般的用法中,好像总是偏重于"鬼"的方面,因而可以说是一个偏义复词。几千年来,中国人一直是既相信鬼神,又怀疑鬼神,拉拉扯扯,直到如今。中国的诗人们是一些绝顶聪明的人,他们也许谁也并不真正相信鬼神,但他们绝不肯让鬼神不为他们的诗歌服务。而且,因为鬼神不及神仙来得高贵,所以服务的方式也就非常之猥杂。

自从《毛诗大序》说"故正得失,动天地,感鬼神,莫近于诗"以来,中国诗人们就一直认为鬼神是他们的最佳读者或最好听众。比如杜甫对于李白诗歌的著名赞辞就是"笔落惊风雨,诗成泣鬼神"(《寄李十二白二十韵》)——李白每作成一首新诗,鬼神读了或听了都会感动得哭泣起来! 文天祥称赞诸葛亮的文章,也用了类似的说法:"或为《出师表》,鬼神泣壮烈。"(《正气歌》)这次鬼神是为《出师表》的壮烈而感动得哭泣起来。方孝孺则修改杜甫的说法,认为李白并不在乎鬼神是否哭泣:"诗成不管鬼神泣,笔下自有烟云飞。"(《吊李白》)这简直是拿鬼神的感动不当回事了。在这些例子中,鬼神都被诗人拉来作为证明某人诗歌或文章杰出动人的证明。但是不言而喻,这些都是比喻的说法,夸张的说法,不过是诗人吓人的惯技而已。

在《孔雀东南飞》中,焦仲卿殉情前特地关照老母亲说:"故作不良计,勿复怨鬼神。"是怕迷信的老太太因不明其心意而疑神疑鬼的,并不是诗人本人相信鬼神。杜甫《兵车行》的"君不见,青海头,古来白骨无人收。新鬼烦冤旧鬼哭,天阴雨湿声啾啾",是以鬼哭来吓唬穷兵黩武的统治者,就像《战城南》的诗人以死尸腐肉来倒好战者的胃口一样。韩愈《石鼓歌》的"雨淋日炙野火燎,鬼物守护烦㧑呵",是以鬼物保管文物的想象,来形容石鼓流存的不易(杜甫《古柏行》的"扶持自是神明力,正直原因造化功"也是如此)。杜甫《赠卫八处士》的"访旧半为鬼",只是人死的比喻说法而已。李颀《听董大弹胡笳兼寄语弄房给事》的"董夫子,通神明,深松窃听来妖精",杜甫《丽人行》的"箫鼓哀吟感鬼神",就像是让鬼神为杰出的诗歌而哭泣一样,也让它们为美妙的乐声而感动。如此这般,在不同诗人的笔下,鬼神常常派上不同的用场,但是没有一个例子可以表明,诗人是确实相信鬼神的。

有人说,中国诗歌中没有魔鬼(撒旦),不像西方诗歌中那样。事实也确实如此。中国诗歌中的鬼神,常常做一些保护文物之类的好事,或做一些听诗而泣之类的雅事,但是一般并不捣乱,受了冤苦也只是哭哭而已。因而,诗歌中的鬼神形象并不让人感到可怕,远不及传说中或小说中的(也不过是相对而言)。这大概是因为中国诗人心地善良,不愿意让读者受到惊吓。然而正因为这样,这些来自超自然世界的鬼神,却也给中国诗歌增添了一些机灵的鬼气,增加了一份想象的魅力。

魂魄不曾来入梦

也许我们不应该把魂灵或魂魄归入超自然世界,因为古代中国人认为它们是身体的确实无误的一部分。在诗歌之中,中国诗人也以同样肯定的语气来叙述魂灵或魂魄的活动,并不像他们对神仙或鬼神那样采用怀疑或调侃的语气。不过,从今天的观点来看,它仍然具有超自然的性质。埃尔韦·圣·德尼曾指出:"在最不信神者的诗里,诗句形式尽管千变万化,却都表达了灵魂不灭的思想,表达了灵魂不受肉体限制而独立存在的思想。这种观念仿佛是对他们自己不信宗教行为本能的反抗。"①

中国诗人相信,魂灵(或魂魄)是独立于而又附着于肉体的。人死了以后,它们就会离人而去。如孔融《杂诗》其二写其儿子死了,他到坟上去看他:"白骨归黄泉,肌体乘尘飞。生时不识父,死后知我谁?孤魂游穷暮,飘飖安所依?"诗人一面确信儿子是死了,而且死后是没有知觉的,一面又担心儿子的孤魂无处可去。又如蔡文姬《悲愤诗》写道:"登高远眺望,魂神忽飞逝。奄若寿命尽,旁人相宽

---

① 埃尔韦·圣·德尼《中国的诗歌艺术》(邱海婴译),载钱林森编《牧女与蚕娘》,第26页。

大。"在这两首诗中,魂灵(或魂魄)的离去都意味着死亡,只不过蔡文姬的魂灵当时被旁人的安慰言语所召回,所以这一次没有死成。

　　睡眠有时被古人看作是"假死"(反之死亡则被看作是"长眠"),因而在睡眠中魂灵或魂魄也会离开身体。大概古人就是用这来解释梦的现象的。比如李白《梦游天姥吟留别》诗写自己梦游天姥山,便认为是魂魄前往游览的,魂魄归来梦也就醒了:"忽魂悸以魄动,恍惊起而长嗟。"杜甫的《梦李白》诗则认为自己之所以频频梦见李白,乃是因为李白的魂魄不远千里来到自己的梦中:"故人入我梦,明我长相忆。恐非平生魂,路远不可测。魂来枫林青,魂返关塞黑。君今在罗网,何以有羽翼……水深波浪阔,无使蛟龙得。"在诗中杜甫把李白魂魄的来去写得宛如实有其事一般,还叮嘱李白的魂魄一路上要当心。在李白的《长相思》诗中,描写了自己的魂灵或魂魄确实苦于路途遥远,一如杜甫诗中所描写的那样:"天长地远魂飞苦,梦魂不到关山难。"而在王安石的《葛溪驿》诗中,诗人却认为由于思乡心切,所以梦魂并不嫌路途遥远:"归梦不知山水长"。最有趣的是死人的魂灵或魂魄也可以进入活人的梦中,如白居易《长恨歌》的"悠悠生死别经年,魂魄不曾来入梦",这显示了魂灵超越肉体及生死的独立性。在这些诗歌中,魂灵或魂魄似乎都是梦的代名词,诗人们用魂灵或魂魄的活动来解释梦境产生的原因。

　　也许,把魂灵或魂魄理解为一种生命或梦境的比喻说法或象征说法更为恰当一些。对我们来说,重要的不是诗人们是怎样看待它的,而是诗人们是怎样利用它的。在中国诗人对于梦境的描绘之中,魂灵或魂魄的概念发挥了最为重要的激发想象的作用。许多描绘梦境的杰出诗篇,都是借助于魂灵或魂魄的参与而完成的。因而,即使在魂灵或魂魄的利用方面,也能看出中国诗人驾驭超自然现象的能力。

家祭无忘告乃翁

中国人有祭祀祖先的传统,这也反映在中国的诗歌中。祖先的神灵无疑也属于超自然世界。明白了中国诗人对于其他超自然物的态度,便也大致可以明白他们对祖先的神灵可能采取的态度。

也许只有上古的诗人是真正相信祖先的神灵的,这在《诗经》中表现得非常充分。不过后来的诗人们却未必如此,他们大都只是口头上说说而已。刘若愚认为:"后世的同类诗歌倾向于对这种早期作品的模仿而没有多大的文学价值。也许这是因为后世的诗人们往往是更为世故老练的知识分子,易于产生怀疑。他们并不像早期诗人那样被真正的宗教感情所激动,而把对祖先的祭祀看作是一种怀念的外在表现。"①不过,中国诗人的这种世故老练的怀疑,有时也并不妨碍他们创作出激动人心的诗歌。

---

① 刘若愚《中国文学艺术精华》(王镇远译),第 15 页。

陆游作于临终前不久的《示儿》诗,便表明对祖先的祭祀有时会激起多么动人的想象:"死去元知万事空,但悲不见九州同。王师北定中原日,家祭无忘告乃翁。"陆游也像说"死去何所知"(《饮酒》其十一)的陶渊明一样,进而也像大多数中国诗人一样,并不相信人死了以后还有知觉,这在此诗的第一句中已经表现得很清楚了。不过他即使明明知道这一点,却仍然谆谆嘱咐儿子:如果南宋军队收复了中原,在家祭时别忘了告诉自己一声!这样就形成了一种"无理合情"的悖论:因为从道理上来讲,明明知道死去一切皆空,却又仍要儿子在祭祀时把自己当有知觉的人看待,这是不通的;但是从感情上来讲,这种表面的矛盾正统一于诗人那至死不见中国统一的悲哀,因而在读者看来,其中又不存在矛盾了。在这里,对于祖先神灵的明知其无而愿信其有的态度,孕育出了真正的悲剧性的激情和震撼人心的魅力。

这种对于祖先神灵的态度,不仅使此诗成为千古传唱的名篇,也催生了另外一些具有类似构思的诗歌。南宋和蒙古会师灭金后,刘克庄在《端嘉杂诗》其四中,将满腔喜悦寄托在明知不可能奏效的祖先祭祀上面:"不及生前见虏亡,放翁易箦愤堂堂。遥知小陆羞时荐,定告王师入洛阳。"南宋灭亡后,中国终于在元朝统治下获得了统一,可这却莫如说是对陆游统一遗愿的莫大讽刺,于是林景熙在《书陆放翁书卷后》诗中,又将满腔悲愤寄托在唯恐其奏效的祖先祭祀上面:"青山一发愁濛濛,干戈况满天南东。来孙却见九州同，家祭如何告乃翁？"①在这些诗歌中，祖先祭祀都成了激发诗人激情的有效手段。

因此，对于中国诗人来说，祖先祭祀在一般情况下只不过是一种"怀念的外在表现"而已，很难激起他们真正的宗教激情；但是在人生或家国遭逢重大变故之际，祖先祭祀常常会诱发诗人真正的悲剧激情，一如陆游的《示儿》诗那样。中国诗人认为，这种悲剧激情足以超越自然世界与超自然世界的界限，至少是在他们诗意的想象之中。于是这种知其不可为而为之的悲剧激情，便成为这类诗歌的真正动人之处之所在。

---

① 参见钱锺书《宋诗选注》，第 215 页。

重版后记

　　本书自收入顾晓鸣教授主编的《中国的智慧》丛书，由浙江人民出版社于1991年初版以来，已经整整过去十七个年头了。在这段时间里，大陆版早已脱销、绝版，只有台湾版还在由多家出版社（大部分未经我授权）常销，且被岛内有些大学的相关课程列为教材或参考书。但大陆的读者也并未忘怀本书，常有读者通过各种方式和渠道，来打听如何可以得到本书，或表达他们对于本书的厚爱。我自己也曾一再动过重版的念头，但都因忙于杂事而耽搁了下来。现承蒙复旦大学出版社贺圣遂社长和宋文涛博士的美意，终于把重版提上了议事日程，使我有机会了却对于读者的一段"债务"，自然是让我十分高兴而感激的事情。

　　乘这次重版的机会，我又核对了一遍引文，改正了若干错字，调整了部分段落的划分，添补了一二有关朝鲜半岛和越南诗歌的材料。但也仅此而已，于全书的结构、内容、观点等，均一仍其旧。需要说明的是，由于有些日本汉字（特别是日本简体字）排不出来，所以日文引文中的汉字都不得已排成了中国简体字。

这次重版,将原有之两种与将撰之两种合在一起,纳入自设的《智慧中国文学》"四季"套书中。原有关于诗歌与小说之两种,分别为"春卷"与"夏卷",先行出版;将撰关于戏曲与散文之两种,分别为"秋卷"与"冬卷",嗣后出版。全部四种互相配合,形成"体系",庶几能反映我对于中国古典文学四大文体的一孔之见。本书是为"春卷"。本书大陆版名《中国诗歌:智慧的水珠》,台湾版名《诗歌:智慧的水珠》,纳入本套书后,为统一起见,易从今名。

在本书的修订过程中,对于其中涉及西方浪漫主义诗歌的若干问题,法国文学专家黄蓓博士提供了宝贵的意见;宋文涛博士的精心编辑,则使本书文质彬彬,可以取悦关爱本书的读者;这都是要在此致谢的。

岁月不居,本书初版时我刚过"而立",可重版时却已"知天命",马齿徒增,而学无寸进,唯有叹息而已!

记得张爱玲在《更衣记》里说过:"抄袭是最隆重的赞美。"本书竟也有幸领受过多回这种"赞美"。姑举一例。在2000年第9期的《江西社会科学》上,刊登了一篇署名龙迪勇的《寻找失去的时间——试论叙事的本质》,其中"一、时间"之"1.时间意识"全部四段,连引文带注释,均抄袭自本书"时间观的智慧"之开头部分。该文后来还被中国人民大学复印资料《文艺理论》2001年第1期转载,并获江西省内多个学术奖项。我本来"木知木觉",只是过了好久之后,承一位素不相识的朋友"路见不平一声吼",才了解并确认了此事。值本书重版之际,我要对这位富于学术正义感的朋友表示衷心的感谢,并祝愿他(她)永远保持这种可贵的古道热肠与侠义精神;同时也要"立此存照",以回报本书的这个"赞美"者,并等待着他把所得稿酬和奖项按抄袭字数比例分给我一部分。希望其他的"赞美"者也接踵跟进。

邵毅平

2008 年 4 月 1 日识于复旦大学光华楼

图书在版编目(CIP)数据

诗歌:智慧的水珠/邵毅平著.—上海:复旦大学出版社,2008.4(2022.7重印)
(智慧中国文学·春卷)
ISBN 978-7-309-05964-9

Ⅰ.诗… Ⅱ.邵… Ⅲ.古典诗歌—文学研究—中国 Ⅳ.I207.2

中国版本图书馆 CIP 数据核字(2008)第 035160 号

诗歌:智慧的水珠
邵毅平 著
责任编辑/宋文涛

复旦大学出版社有限公司出版发行
上海市国权路 579 号 邮编:200433
网址:fupnet@fudanpress.com http://www.fudanpress.com
门市零售:86-21-65102580 团体订购:86-21-65104505
出版部电话:86-21-65642845
上海盛通时代印刷有限公司

开本 890×1240 1/32 印张 9.375 字数 188 千
2008 年 4 月第一版,2022 年 7 月第二次印刷
印数 4 101—5 200

ISBN 978-7-309-05964-9/I·427
定价:58.00 元